阿Q
“学霸”系列

U0923425

阿Q▼著

有一种爱情叫学霸

河北出版传媒集团 花山文艺出版社

图书在版编目（CIP）数据

有一种爱情叫学霸 / 阿Q著. —石家庄:花山文艺出版社，2014.6（2017.7重印）

ISBN 978-7-5511-1908-5

Ⅰ. ①有… Ⅱ. ①阿… Ⅲ. ①长篇小说－中国－当代 Ⅳ. ①I247.5

中国版本图书馆CIP数据核字(2014)第114470号

书　　名：有一种爱情叫学霸
著　　者：阿　Q

策划统筹：张采鑫
特约编辑：周丽萍
责任编辑：刘红哲
责任校对：齐　欣
装帧设计：颜小曼
美术编辑：许宝坤
出版发行：花山文艺出版社（邮政编码：050061）
（河北省石家庄市友谊北大街330号）
销售热线：0311-88643221/29/35/26
传　　真：0311-88643225
印　　刷：长沙鸿发印务实业有限公司
经　　销：新华书店
开　　本：880×1230　1/32
印　　张：9
字　　数：216千字
版　　次：2014年8月第1版
2017年7月第2次印刷
书　　号：ISBN 978-7-5511-1908-5
定　　价：29.80元

目录

目录

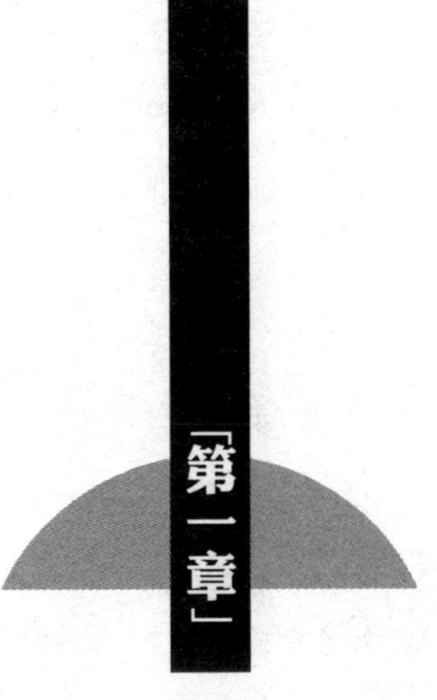

大学里，很多“爱情”都是从
“真心话大冒险”这混账游戏开始的。

Part 1

一报的大礼堂内坐满了前来听英语讲座的人，底下的声音稀稀落落地响起。

李佳人被挤到最后的过道中，手里握着本她们大二上的线性代数书，小手紧张地握成拳，目光偷偷地瞄向讲台，看着靠窗边坐在椅子上的人。

“各位同学不好意思，按之前我们通知的，李教授临时有事不能来了，这次的讲座就由他的得意门生国审院吾卿为大家解说。请大家鼓掌欢……”

主持人话还没有说完，台下已经掌声雷动。

李佳人吐了吐舌头，心念道，卿贵人的人气果然不是盖的。

思忖间，椅子上的男生从容地站了起来，表情带着些许疲倦与惯有的淡漠，脚步不紧不慢地走上讲台。

他身上穿着较正式的黑色西装，里面配着质地极好的白衬衫，本就一张精致的脸被衬托得更为清俊。

只是他那脸上藏不住的疲倦看得李佳人既“捉急”又内疚，要不是昨夜通宵帮她补习线性代数，卿贵人也用不着这么疲惫地上场吧。

李佳人默默地咬起了手指头。

轻微地打了个哈欠，站到讲台前的吾卿开口说话了。

他的声音太好听，以至于李佳人根本就没听清他在说什么。后门突然又涌进来一批人，李佳人没站稳就被挤出了门。

她一向对英语没多大兴趣，所以也没再挤进去，一个人坐在报告厅外面的石阶上等吾卿，跟她一起来的室友们还在里面。

事先已经发过短信给吾卿说自己会来，为了不让某人以为她是说话不算话的主儿，李佳人乖乖地坐在外面，没有离开。

吾卿开完讲座从报告厅打着哈欠出来，狭长的丹凤眼微微朝身旁的灌木丛瞥了眼，余光就瞥到李佳人弯着腰，小手伸在灌木丛中，裤袋上两只熊猫布贴，一上一下晃动着，很是滑稽。

吾卿习惯性地眯起眼，手将衬衣领口的纽扣随意地解了几颗，迈开脚步准备走上前，这时报告厅里冲出几个女生，面带桃红地围住了他。

“吾卿，讲座很精彩，李教授要看到一定会很高兴，中午一起去吃饭庆祝吧。”刚帮忙张罗讲座的两个女生带着另外几个不认识的女生围着他殷切地说道。

吾卿停住脚步，垂眼望了望被堵住的去路，眉头皱了皱，却是无话。

三米外，原本蹲在地上的李佳人站了起来，手里抱着只猫，回头就看到她家卿贵人站在不远处看着她。

一群莺莺燕燕围着那少年，有女生大胆地用身体蹭上了他闲置在一旁的手臂。吾卿则依旧那副不冷不热的样子，安静地站在原地，眉宇间透着清冷的气息。

忽而那气息变得柔和起来，恍惚间，李佳人觉得吾卿好像朝她笑了，这笑容瞬间就把她的小心脏震得颤了下。

似乎也察觉到了吾卿在笑，围着他的女生很是惊奇，下意识地朝李佳人的方向望了过来，看到是个女生，目光瞬间变得阴沉下来。

李佳人顿觉头皮发麻，第一反应就是抱着手中的流浪猫跑，可又不能让卿贵人发觉她要逃，所以脚步一步步往后挪得很慢，头越埋越低。

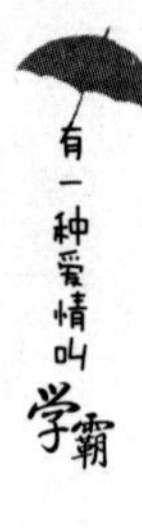

别看我，别看我，别看我……

别……

“李佳人，不是说要一起吃饭的吗？还不过来。”

往后退了第四步，吾卿带着微微笑意的嗓音轻柔地响起，李佳人觉得自己要死了。

小心翼翼地抬起头朝吾卿那边望去，发现围着他的女生们都用一种很惊疑很诡异的目光死死地盯着她。

李佳人想，完了，她这几天一直担心的事终于要发生了。

来不及哀叹，见她不过去，那厢等得不耐烦的吾卿又唤了声，这一声，差点儿把她的魂都吓没了。

“佳人，要我过去吗？”

李佳人屏住呼吸，瞪大眼珠看向桃花眼微眯的卿贵人，艰难地吞了吞口水。

刚才吾卿叫她什么来着？

佳人……

佳人……

佳人……

天，是佳人……

完了完了，这次误会要大了。

李佳人不知道吾卿为什么突然跟自己这么说话，但是她今天来这儿，没打算跟他一起吃饭的。她本来是想等他出来，把他们之间的误会好好解释下，然后各归各的。当然还是要谢谢他昨天帮她补线性代数，虽然不是她主动要求，她是被迫的，但是今天线性代数考试，她考得出奇顺利。

可是……

事情的发展好像远远超出了她的想象。

Part2

李佳人咧着嘴，表情僵硬地看着面前微笑的少年。

午后的阳光斜斜地落在他的肩头，他的半边侧脸沐浴在阳光中，一双凤眼里的光芒说不出的妖异。

现在不是发呆的时候，等她回过神来，想要开口解释，已经来不及了。

吾卿不知道何时走到了她身旁，一手拎着讲座用的卷宗，一手自然地牵起了她的手。

她手一抖，怀里的小猫儿便敏捷地跳了下去，又钻进了灌木中。

“愣着做什么？肚子不饿吗？”吾卿笑意吟吟地抓着她的手说。

李佳人脑子又被刺激得短路起来，嘴唇微微地翕动了下，想说什么，可又不知道自己要说什么，只听到一颗心怦怦地跳得很快，整个人就这么鬼使神差地在众目睽睽之下被卿贵人牵着小手走了。

“卿学长，她是你妹妹吗？”有不死心的女生追了上来，眼睛锐利地盯着李佳人，发问道。

吾卿没有女朋友，是全校都知道的事，什么时候冒出来个女的，她们竟然都不知道。

李佳人这时候已经反应过来了，正想着怎么解释，突然肩头被人拍了把，她惊愕地回头，发现是自己寝室的老大王青青在朝她眨眼，手里被突然塞进了个东西，没来得及看，就见另外几个姐妹站在几米外看着她促狭地笑，然后笑着跑掉了。

再回头，发现刚才站在这里询问的女生已经不见了。

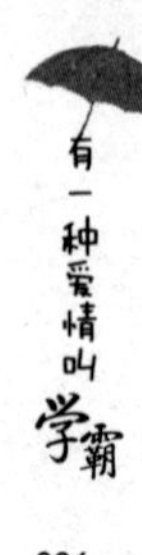

“咦，人呢？”

李佳人不经意地问出声来。

吾卿淡淡地说：“走了。”

“你都跟她说了什么？她突然走了。”李佳人好奇地问，回过头，发现刚才那个女生正靠在朋友的肩上一副泫然欲泣的模样，见她望过去，眼神愤愤地瞪了她一眼。李佳人被吓了一跳。

看她们那眼神，卿贵人定是说了什么不好的话。

李佳人目光有些责怪地瞥向吾卿，心想卿贵人到底有没有帮她解释啊，那群女的做什么这么凶地瞪她。

眼神虽然是怨的，却忘了她的手还跟人牵在一起呢。

“说你不是我妹妹。”吾卿困意又上来了，打了个哈欠说。

李佳人见他没瞎说，心放宽了些，可是总觉得哪里不对劲，可是又想不出来。

反应迟钝也是一种病。

说不是妹妹，就等于是另种暧昧啊，就是……就是她最怕人误会的那种……

所谓的……

“李佳人，你是不是……”走出校门，见人少了，吾卿松开了李佳人的手，却发现她另一只手握着东西，一看，那清俊的帅脸有些抽搐，声音顿了顿，干涩地启口。

“啊？什么？”

李佳人慢半拍地回应，头下意识地低下去一看，这一看，她的魂真被吓飞了，小圆脸瞬间飙红。

她手里竟然握着块护垫……

李佳人这才慢慢想起这玩意儿是老大王青青临走前塞给她的，原因还得说到今天考线性代数前。她隐隐有种大姨妈要来的感觉，却没有带护垫，就问老大要了下，结果一考试忘了，等老大想起给她的时候，她已经跟卿贵人牵上小手了。

她突然明白刚才寝室那群女生为什么笑得那么促狭了。

早不给晚不给，偏偏这个时候给，老大她们肯定是故意的，想让她在卿贵人面前出丑。

李佳人囧了囧，这问题不太好回答，只能默默地点头，偷偷地把攥着护垫的手藏进了口袋里，脸上烫得很。

吾卿没有继续问下去，只是脚步掉转了个方向，带着李佳人朝“堕落街”巷子里的一家江南菜馆走去。

跟上去的时候，李佳人偷偷回头望了眼，卿贵人刚才站的地方是个湘菜馆门口呢。

她最近被寝室里的人逼着狂补吾卿的个人信息资料，知道他喜欢吃辣，特钟爱校门口的这家湘菜馆，出去吃差不多都是在这家，可今天怎么没去呢？

难道是他以为她那个来了不能吃辣，所以才……

脑中突然闪过这样的想法，李佳人忍不住地打了个寒战，走在后面，小心翼翼地抬头仰望着卿贵人那好看的后脑勺儿。

不会真的是为了她吧？卿贵人对她这小透明竟然这么上心。

可是他为什么对她上心？难道他真把她当成女朋友啦？

不不……卿贵人这种全校瞩目的大神怎么会看上她，何况他俩这八辈子打不着地联系在一起，还是她闹的乌龙。

整件事情其实是这样的。

Part3

三天前是她们寝室老大王青青生日，她们全寝室都出去吃饭庆祝了。餐桌上有人提议玩“真心话大冒险”这游戏，她当时光顾着吃，没注意听，等她反应过来的时候，桌子上那盆酸菜鱼里的大汤勺正对着她，老大就跟老巫婆似的朝她狞笑着说：“佳人妹子，‘真心话’还是‘大冒险’？”

老大向来没有节操，想到她平时的作风还有她那时脸上的奸笑，李佳人毫不犹豫地就选择“大冒险”。

刚选完，看到王青青更加奸邪的笑容，她就后悔了。

她难道还指望不正常的老大给她个正常的冒险方式吗？

果然，王青青把自己的手机扔给了她，指着一个名字让她打过去说：“我是09审计（1）班李佳人，我喜欢你很久了，我想跟你谈恋爱。”

那人名不是吾卿，是王青青的老乡，本来跟卿贵人一点儿事都没有，可是李佳人打过去的时候，那个叫韩言鑫的男生恰好洗澡去了，喊他室友接的电话，巧得很，那室友就是吾卿。

“我是09审计（1）班李佳人，我喜欢你很久了，我想跟你谈恋爱。”

在室友们的淫威下，李佳人闭着眼睛咬牙打了过去，憋着一口气说完，就听到电话里传来一阵很好听的声音。

“我是吾卿。”那人说。

一般人听到这句话，就知道不是本人接的了。可李佳人不是一般人，被王青青她们怂恿的时候，她一心赴死，连打给谁名字都没细看，所以根本没反应过来。旁边，几个室友催得紧，以为她说得小声对方没听清，让她再说一遍，她软柿子好捏，听话地硬着头皮又说了一遍。

“我是09审计(1)班李佳人，我喜欢你很久了，吾卿，我想跟你谈恋爱。”

一秒大声说完，立刻挂电话。

李佳人红着脸拼命地喘气，却发现周围的室友全震惊地看着她。

王青青艰难地问：“佳人，你刚才嘴里喊的是谁？”

“吾卿啊！”李佳人木讷地说。

在众人的惊叫声中，李佳人才后知后觉地知道表白对象搞错了。

吾卿，何许人也？

李佳人消息再不灵通，也听说过这人。

国审院08级ACCA专业千年不变的第一名，拿的奖学金比李佳人一年的学费、生活费加起来还多。

学校证券投资协会会长，全校唯一一个进去不花钱还能赚钱的社团，专门做证券投资的，据说里面每个社员每个月都有千把块的生活费补贴，钱都是吾卿带人搞投资赚的。

学生会名誉主席，挂名不做事的。

……

上面都是空的，其实在这个学校里，只要听到是ACCA专业的，就足以让人仰望了。

ACCA并不是审计专业，虽然它跟审计在李佳人的学校都被划进了国审院，但是ACCA属于会计类的学科。ACCA，全称特许公认会计师工会，是目前世界上最大及最有影响力的专业会计师组织之一，也是在运作上通向国际化及发展最快的会计师专业团体。

普通会计专业，考个CPA已经很不错了，但也有比CPA强悍的CGA，即加拿大注册会计师，然而ACCA是比CGA更牛逼的团体，它面向全世界。

这个专业的专业课全部是英语教学，技术含量很高，而且光有才还上

不了，还得有钱，因为学费跟考试费都比李佳人他们一般专业高多了。

有才、有钱、有能力……这是李佳人在还未见到吾卿前的感觉，直到第一次见到卿贵人，李佳人才知道，语言是多么神奇而又匮乏，所有对卿贵人的褒奖之词，也只有这两个字能概括了。

那就是——大神。

本以为那晚的乌龙表白会随着时间的潮流慢慢淡去，吾卿依旧是吾卿，李佳人依然是李佳人，两人仍然在两个完全不同的高度生活着。可是，李佳人这样侥幸的心理，连一天都没坚持下来。

翌日中午，李佳人上完线性代数出来，就在教室附近碰到了吾卿。

之前与卿贵人未打过交道，李佳人只在室友孙小毛的手机里看到过孙小毛偷拍到的卿贵人的侧脸，那双漂亮的丹凤眼尤为印象深刻，以至于从教室里出来，听到周围的女生惊喜地对着某处喊“看，竟然是吾卿”时，她忍不住抬头望了眼。

那一眼，便恰好对上了卿贵人眸光熠熠的凤眼。

李佳人瞬间就有种被电到的感觉。

想起表白的事，即使知道吾卿不可能认出自己，她还是本能地想躲。

身后有女生不耐烦地朝她嚷嚷：“李佳人，你挡住我的视线了。”

这一喊，李佳人顿时觉得头皮发麻，不经意地瞥了眼东南方向的吾卿，发现他的视线果然停在了她身上。

李佳人大囧，想逃，旁边的老大抓着她的手激动地在她耳边说：“佳人，看，是卿贵人啊！哇，他旁边的不是我们院的院长吗？卿贵人果真面子大，院长这千年大冰山对他笑得脸跟盛开的菊花似的。”

“卿贵人”这称呼是王青青率先给吾卿取的，因为吾卿看上去就一身贵族气，谁能勾搭到他，准能蹭到点儿福气，是众人的贵人。

李佳人皱起脸，掰王青青的手。

老大，你的节操呢？

“他走过来了。”

“这里有他认识的人吗？”

“天，朝我们这边看过来了！”

“小孟，帮我看看我的头发乱不？”

“……”

周围闹成了一团，李佳人被王青青抓着手挣脱不开，眼睁睁地就看着吾卿毫无预兆地走了过来。

李佳人莫名地背上全是冷汗，有种不好的预感。

在场的所有女生都忘记了离开，全部视线都投向了他。

吾卿好像习惯了这样的注视，神情不变地迈着步子最终停在了她面前。

“09 国审（1）班李佳人。”

吾卿站在她面前淡淡地说，语气像是陈述而不是询问。

李佳人木讷地点点头，感觉到周围所有人的目光都移向了自己。身旁王青青放在她胳膊上的手因为激动攥得更紧了。

“你的心意我知道了。”

李佳人睁大眼睛，张开嘴，完全呆住了，半天没反应过来，周围的室友跟同学们全好奇地看着他们。

“手机带了吗？”吾卿像跟她独处似的，自动屏蔽了附近的所有人，对她说。

李佳人愣愣地、手机械地伸向了自己的口袋，拿出手机给他。

吾卿旁若无人地接过李佳人的手机，白皙修长的手指快速地在上面按了几个数字，然后还给了李佳人，微微地勾了勾嘴角：说：“这是我的号码，下次别打错了。”

话音刚落，以卿贵人为中心，方圆十米内，所有人都倒抽了口冷气。

什么情况？

Part4

吾卿走了好一会儿，周围的人才都反应过来，用探寻的目光看着李佳人。

“小毛，快掐我一把，刚才卿贵人是跟我们佳人说话了吧。”老大王青青推着室友孙小毛说。

孙小毛：“老大，你把佳人的手机抢过来，打贵人一个电话看看，就知道是不是做梦了。”

下一秒，李佳人手里的手机就被两个室友抢了过去，某人手一抖，电话就拨了出去。

“喂？”

某人手继续一抖，竟然还按了扩音器。

所以，所有人都听到了吾卿那好听的嗓音。

李佳人几乎是条件反射般扑过去抢回手机，赶紧掐掉电话，撒腿就跑。

整个学校，让吾卿主动给电话，竟然还掐了吾卿的电话的人，估计就李佳人一个了。

李佳人脑子嗡嗡地乱响，一口气跑回了寝室，钻进被窝里，握着手机喘气喘气再喘气。

这一切都是假的，闭眼再睁开，翻手机通讯录，那个突然多出来的吾卿手机号依旧在。

李佳人崩溃了，这到底是什么情况？谁来给她解释下？

当天下午，全寝室逃了毛概课，帮李佳人分析这件事。

王青青说：“卿贵人这是赤裸裸地调戏你呢！佳人，你火了，我拿一百块打赌，你这次要火了。”

孙小毛说：“佳人妹子，把贵人的电话报给我下，我想偷偷地存下。”

童大宝说：“佳人别给她，小毛定是想卖钱呢。还是给我吧，我打过去帮你问问卿贵人到底是什么意思？”

李佳人囧：“说了老半天，你们倒帮我想想他到底想干什么啊？”

王青青咂了咂嘴说：“贵人说知道你的心意了，还给了你他的号码，让你别打错，就是让你找他，他好继续调戏你。”

孙小毛举手说：“贵人的心思好难猜好难猜，卿贵人这么聪明，定猜得到你那表白电话是闹着玩的，他做什么还玩这一招？难道贵人暗恋你？”

孙小毛把李佳人全身上下打量了一遍，三秒后摇头，说：“貌似不大可能，我们学校又靓又有才的妹子多的是，我们院就有唐思瑶、黄露惠、张晓清三枝花呢，前阵子张妹子倒追贵人闹得纷纷扬扬，也没见贵人动心。佳人更不可能了。”

“纠结什么呢？直接打过去问就好了。”童大宝说完，用李佳人的手机又拨了吾卿的电话，速度快得李佳人都来不及拦。

这次电话响了一声，就被人挂断了。

挂的不是李佳人，是吾卿。

寝室的几个女生对着手机面面相觑，很快，李佳人就不纠结了。

大神果然是闹她玩的，估计是因为她玩大冒险戏弄了他，他故意做那事，算戏弄回她吧。

李佳人想。

王青青她们对着被挂断的手机想了想，貌似这样最有说服力。

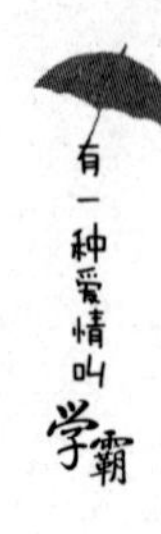

向来吾卿这样的大神也不会勾搭李佳人这样的小透明。

想着大神是在开玩笑，李佳人也松了口气，没把这事放在心上。

线性代数期中考要到了，她这数学困难户差不多一有空就往图书馆跑。

距吾卿碰见她后的第二天下午，在图书馆复习的李佳人突然接到了大神的电话。

“李佳人？”那边又传来那好听的声音。

李佳人囧囧地“嗯”了一声。

“我是吾卿。”那头说。

李佳人再囧。

大神，我知道你是谁，你找我是不是还想戏弄我一次？大神，我错了，下次再也不玩“真心话大冒险”那混账游戏了，求你别再玩我了。

李佳人内心哀号，嘴上又“嗯嗯”了下。

“昨天找我什么事？那时我在开会，所以切断了，后来手机没电了，又忙，所以忘了回。”吾卿淡淡地说。

李佳人又一次愣住了。

卿贵人这是跟她解释吗？

可是，为什么要解释？解释她又要纠结了。

“学长……我……”李佳人“我”了半天，也没“我”出半个字来。

“叫我吾卿就好了。”某人很是自然地说。

李佳人又一次被震慑住了。

李佳人好想说她何德何能岂敢直呼贵人名讳啊。

“你说你怎么了？”见她不说话，吾卿开口问道，那边还伴随着键盘的敲击声，他好像在忙事。

李佳人本来想问吾卿到底什么意思的，可是觉得直问不太礼貌，只好憋着自己纠结地咕哝了声：“我在看线性代数，明天要考试，不太会做，赶着做题，所以……”

不跟你聊了……

话还没说完，吾卿的声音又响起了。

“你在哪里？”

“图书馆。”李佳人又一次条件反射地回答。

“哪层？我来找你。”

“呃……”

卿贵人要来找她？做什么？想当面教训她不该玩“大冒险”玩到他头上吗？

唉，事情是她惹出来的，卿贵人觉得自己被戏弄了，来戏弄她应该的。

“三层的阅览室。”李佳人如实地说，做好了被训的准备。

挂断电话，李佳人继续回座位做题，十分钟左右，她旁边的空位被人拉了开来。

李佳人赶紧把自己堆得到处都是的书本理了理，想给人让位，这时，一只白皙玉手压在了她的线性代数书上。

李佳人愣愣地抬头，就看到了突然驾到的卿贵人。

“明天什么时候考试？有多少内容不会，圈下我教你。”

吾卿穿着黑色的小西装，里面配着灰色的针织衫，干净帅气地出现在李佳人眼前，拉开身旁的空位，动作从容地坐了下来，手里还拿着李佳人的线性代数书。

李佳人傻眼。

卿贵人不是来找她算账的，而是想给她补课？

李佳人很是受宠若惊地看着吾卿，呆呆地没反应了。

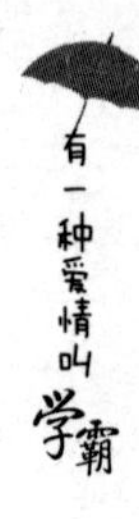

“怎么了？我长得很难看，你一副见鬼的表情。”吾卿歪着头，微微地朝她笑。

李佳人僵硬地摇头。

谁敢说卿贵人长得难看，那全校就没有好看的男生了。

吾卿五官比例都很精致，正脸侧脸都好看，什么叫360°无死角，就是卿贵人这种。

“那就是见到我太激动了。”吾卿笑着说，伸手拉住她的胳膊，把她拉回了位子上。

李佳人囧，算是吧。

她真的很激动，激动得都不知道卿贵人到底为什么这么对她。他俩一点儿都不熟，王青青她们说吾卿不爱搭理陌生人，可是，他又为什么要给不熟的她补课呢？

李佳人没想多久，就划了不会的区域交给了吾卿。

她这会儿顾不上那么多，那些题做了好久了，她还是不会，真的需要人帮忙。

拿过圈了很多的教科书，吾卿皱了皱眉头。

李佳人不好意思地垂下头，她不会的东西好像多了些。

“只要教我一点儿就好了，凑个及格就行，我要求不高。”怕卿贵人嫌她麻烦，李佳人赶紧出声。

吾卿抬眼扫了李佳人一眼，表情微微地抽搐了下，淡淡地说：“被人知道我教的人才考及格，我以后就不要混了。”

李佳人囧。

好吧，大神，其实我不介意你教我考满分的。

事实证明，卿贵人的耐心是极好的，李佳人的领悟能力是极差的。

从下午四点一直教到晚上八点，那些不懂的问题李佳人依旧不懂。一模一样的题她会做，积分简单的她也会，但是稍微一难，她完全不知道怎么做。

肚子有些饿，卿贵人没说吃饭，李佳人也不好意思开口，但都晚上八点了，以前这个时候，她早回寝室了。

“其实，难的就列个步骤，老师也会给分的。反正是期中考，不挂就好，我会这么多，七十分应该有了，我……”

“你把这几道题再做一下，我去买点儿吃的。”

李佳人本想跟卿贵人说就这么可以了，她想回去了，可大神根本不听她的潜在意思，把新出的难题递给了她，颇有威严地说。

李佳人无奈，她真的不想考满分的。

“我想吃梅干菜扣肉煲仔。”无力地接过题，见吾卿要走，李佳人还是忍不住豁出去说道。

吾卿回头看了她一眼，微笑地点了点头，走了。

题做得差不多的时候，吾卿打电话喊她出去。

图书馆里面不能吃东西，他们只能到外面的走廊里吃。所幸外面有沙发，坐着倒也舒服。

吾卿把热乎乎的煲仔饭递给李佳人，怕她烫特意在塑料盒下面放了一本杂志。杂志应该是他新买的，李佳人偷偷地瞥了下，是“Vista 看天下”。

卿贵人眼光果然不差。

这杂志挺好的，就是卖得有些贵。至少对李佳人而言，是贵了。

满足地吃着自己的煲仔饭，李佳人凑过去看了下吾卿手里的回锅肉盖浇饭里的几块大瘦肉，有点儿嘴馋，但又不好意思开口要。

那是卿贵人，不是老大、小毛跟大宝，她不好直接动手抢。

哀怨地咬了口梅干菜，觉得自己碗里的扣肉跟吾卿的回锅肉一比，好

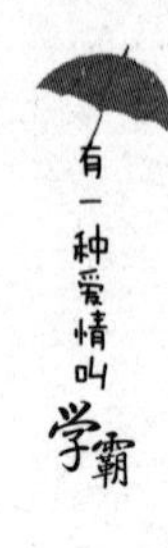

肥腻，李佳人有些不开心。

哭丧着脸间，发现碗里多了好几块瘦肉，而自己的肥肉被夹了出去。

李佳人泛着水眸抬头看着默默吃肥肉的卿贵人，顿时觉得不管大神为什么搭理她，是想调戏还是玩弄她，都没关系，给她瘦肉吃的人都是好人。

李佳人开心地吃着吾卿夹给她的瘦肉，心里美滋滋的，突然，感觉到有灼热的光线射向自己，停下筷子抬头望了眼四周，发觉周围好多人都在看他们。

李佳人开始不安起来。

吾卿看她不吃了，以为肉没了，又把碗里的几块全给了她。

李佳人的鼻子酸了。

头一次，有陌生的男生对她这么好，而且那男生还是赫赫有名的大神。

虽然很想吃肉，可是被人误会跟大神暧昧，是很可怕的事。

“怎么了？嫌少吗？”

李佳人摇头，她又不是猪，肉全给她了，她怎么还会嫌少。

“学……学长，其实，我们这样不太好，那边好多人在看我们，误会了就不好了。我是没关系，可是毁你的名誉就事大了。”李佳人低着头，拿眼偷瞄着不远处攒动的人群，小声地说。

看她那紧张的小模样，吾卿嘴角微微上扬，有些故意道：“误会什么？”

“误会我俩在一起。”李佳人垂下眼，比着手指，有些羞涩。

“在一起干什么？”

在一起干什么！

吾卿竟然这么问她？

一向被人认为很迟钝的李佳人此刻觉得卿贵人比她还迟钝，他们俩这么近距离地坐在一起吃饭，他还喂她肉，还是在学校图书馆这么适合约会的地方，别人肯定会误会他们在谈恋爱啊！

可是，想想也不对，她这样的身份哪够资格跟吾卿谈情说爱，就算别人误会也肯定会立刻反驳自己吧。

对对，就跟寝室的老大她们一样，都不会相信吾卿会看上她的。

李佳人没什么大优点，但有个不错的地方就是她素来很有自知之明，这么一绕，她便又不纠结了，心安理得地继续吃饭。

倒是吾卿没打算就这么放过她，声音酥麻地“嗯”了一声，用筷子敲了敲佳人的塑料碗，道：“佳人，你刚说别人会误会我们在一起干什么？”

李佳人又一次被他那绵软的一声“佳人”给刺激到，喉咙被米饭呛了下，顿时狂咳起来。

吾卿见状，好心地伸手给李佳人拍背，结果李佳人咳得更厉害了，眼泪都快下来了。

妈妈呀！大神我错了，别吓我了！

李佳人两眼通红地望着吾卿，差点儿要哭出来，最后，在卿贵人满是真挚，鼓励的目光下，李佳人鼓足了勇气，说了声：“误会我……我在吃你的剩饭。”

望着吾卿脸上有些崩裂的表情，李佳人默默地垂下眼来，恨不得一头撞死在扣肉饭里。

她这回的，也忒蠢了吧！

Part5

还好吾卿并没有出声嘲讽她，李佳人暗自松了口气。

看来卿贵人果真是来耍她的，对她没意思，所以才丝毫不在乎她说了

什么蠢话。

一吃饱，佳人就习惯性地想要睡觉。她刚准备跟吾卿告别，回寝室洗洗睡了，可没等她开口，吾卿就一把将她从沙发上拽了出来，又拎回了阅览室，递了一份试卷给她。

这是他们当年的线性代数期中试卷，李佳人看着上面隽秀有力的“吾卿”两个字，还有那显眼的“100”分，有些蒙圈，很快，她又开始自惭形秽起来。

为什么同样的脑袋，差别这么大呢。

李佳人望着吾卿的头，幽怨地想。

往年的期中试卷题型都是一样的，吾卿让李佳人做他们那年的卷子，被大神的分数刺激了，李佳人顿时睡意全消又有力气做题了，瞬间把要跟卿贵人道别的事给忘记了。

吾卿把去掉答案印好的空白试卷给了李佳人，李佳人哼哧哼哧地做完给卿贵人批阅。

看着惨不忍睹的红杠杠，李佳人哭丧着脸又被吾卿逼着继续做题。

没想到这么僵持下去，两人竟然待到了图书馆关门。

卿贵人绝对有强迫症，硬要把李佳人教到全会为止，被图书馆管理员赶出来后，又拉着她到了可以通宵的考研教室，继续教。

李佳人头一次觉得被人补习是件痛并快乐的事。

就这样，她在大神的“淫威”下跟线性代数奋战了一夜，最后卷子做到了 100 分，吾卿才放了她，可那时天都亮了。

晚上，室友老大她们见她没回去还特意打电话问了她，听说她跟卿贵人在一起后，那边炸开了锅。

没讲几句，吾卿就说做题不要分心，擅自把她的手机给关机了，她也就不知道寝室那边闹成什么样了。

解放时都已经早上五点多了，八点半第一节课就要考试，李佳人懒得回寝室睡了，就在考试教室睡了会儿。而吾卿帮她复习完，才说起他今天有讲座，要回去准备下东西，就先走了。

然后事情就成了最先开始的那样。

她通宵跟吾卿在一起的消息，在早上考试之前就被寝室几个大喇叭传到了整个班级。

吾卿向来跟女生都保持着距离，哪怕是他部门里的女干事，他也是冷淡处置，平时都看不到他跟女生同行，每次上完课，不是去证券部，他就宅寝室，甚至还有谣言冒出来他不喜欢女生，跟他们寝室的韩言鑫是一对。

这会儿，突然冒出个女的，跟吾卿整晚待在一起，整个学校都炸开了锅，就算很多女生不愿接受这个事实，但不得不承认，这突然冒出的小佳人，跟卿贵人关系肯定不一般。

没想到寝室的小迷糊，看起来呆呆的，竟然能得卿贵人如此青睐，李佳人寝室的其他几个都兴奋得不得了，她们小佳人这是要飞上枝头当凤凰啊，这么值得骄傲的事，当然要好好炫耀一番啊！

于是，很快全校的人都知道了，李佳人是吾卿的女朋友，吾卿给她通宵补数学就是最好的证明。

要说他俩怎么在一起的，嘿，那还不是她们佳人有本事，倒追来的。

怎么倒追的，电话表白啊！

众人惊掉了下巴，电话表白啊！这么老土的招数，本来真的没什么可以拿出来炫耀的，可那表白的对象不是别人而是吾卿。

众所周知，整个学校没几个人知道吾卿的手机号码，就算是他证券部里的人，也没他们部长的电话。每次都是他到一定时间来部里处理事务，他不想出现的时候，谁也找不到他。

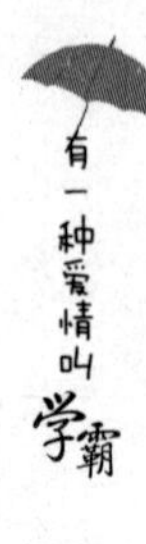

因为吾卿很不爱被打扰。

所以李佳人竟然能弄到吾卿的手机号！也忒有本事了吧！

李佳人寝室的几位心照不宣地“呵呵呵”，对对，有本事。

等李佳人听到这些八卦传言时，她身上已经被敲上了“吾卿女友”的标签，不管她怎么解释，她还是被老大她们押着去听了吾卿的讲座。

“佳人，你撞疼我了。”

吾卿的声音在耳边温温地响起，直到脸上某人的体温传来，李佳人才后知后觉地发现自己失神间撞到了前面的卿贵人。

“对……对不起。”李佳人小声地道歉，想要把脑袋从吾卿的胸口移开，不料头发上的小发夹钩住了卿贵人的衬衫扣子。

“佳人，别……”

吾卿来不及说完，李佳人就被他那声“佳人”又囧到了，脸烧得急着把头移开，一用力，就把吾卿的衬衫纽扣给扯了下来。衬衫上头两颗纽扣本就解了开来，现第三颗纽扣一掉，卿贵人就露出了半边白皙如玉的胸膛，李佳人全身血液瞬间涌上了脸，头低着，大气都不敢出一声。

“现在怎么办？”片刻后，李佳人小心翼翼地抬起眼瞅着某人，双手对着手指，支吾地问。

卿贵人袒着胸膛也不遮掩，表情无奈地盯着她：“是啊，该怎么办呢？”说着，目光还若有若无地扫了眼李佳人的衣服。

李佳人苦闷地皱起小脸，伸手开始脱自己的外套，打算给卿贵人遮羞。

吾卿见她那可怜的样子，忍不住笑出声，手一伸，李佳人以为他要拿她的衣服，动作更麻利了些，最终还是被吾卿给按住了手。

“李佳人，你手腕里不是还搭着我的西装。”吾卿眯眼微笑地说。

李佳人这才发现，吾卿出来时脱下的西装还在她手里，赶紧巴巴地递过去，脸烫得不得了。

西装门襟开得比较低，吾卿穿完，那露着的胸膛依旧露着，堕落街上好多经过的学生都忍不住回头看他，女生的脸上都挂着潮红。吾卿似乎不怎么在意，可李佳人觉得很是别扭。

“进去吃饭吧。”吾卿抬眸望了她一眼，指着前面饭馆的大门。

卿贵人前脚刚走，李佳人没有立即跟上去，而是一股脑儿地钻进了附近一家饰品店。

饰品店里站着好几个女生，在兴奋地挑着女生的玩意儿。

吾卿以为李佳人是被好看的饰品吸引了，所以急着去买，毕竟是女孩子，有这心性也不奇怪，他也没阻拦。

饰品店外还站着几个男生，模样是在等人，应该是那些女生的男友。店内有女生喊了个名字，其中一个男生急忙钻了进去。从吾卿的角度，正好能看到那男生在掏钱为女友埋单，身旁的女孩子脸上挂着幸福的笑。

吾卿突然就想起了李佳人，那女孩儿笑起来的时候，两只眼睛弯弯的，神情像只慵懒的猫。

路边等着的几个男生悉数进了饰品店，想到李佳人还在店里，吾卿突然迈动脚步朝店里走了过去，手下意识地伸向西装内侧掏出了个 Gucci 的黑色牛皮钱包。

然而还没走几步，一个娇小的人影突然从店里冲了出来，吾卿还没来得及看她手里拿着什么，李佳人已经扑到了他身前。

只觉得脖子上一暖，一条黑色的针织围巾被套在了他的脖上。

“你把头低些，我够不着。”

想像潮流杂志上给卿贵人的围巾弄个好看的造型，可是无奈她一米六的个子跟卿贵人一米八的个子比差好多，她又手短，弄起来特别吃力，只能

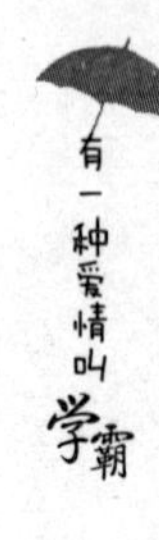

嘴里嚷嚷。

吾卿听话地把身子弯下些，任由李佳人的小手摆弄着，那双好看的丹凤眼盯着专注忙活的女孩儿，感觉到她的手划过他的肌肤，他莫名地就起了战栗。

“呼，终于遮住了。”

看着卿贵人被围巾遮掩的胸膛，李佳人松了口气，不禁呢喃出声，抬头就看到吾卿在看她，目光灼灼。

李佳人的心跳瞬间漏跳了好几拍。

卿贵人长得真是好勾魂啊！

「第二章」

卿贵人说："所以，
你是想现在对我真心表白吗？"

Part 1

从坐下来到现在，吾卿一直在给李佳人夹肉。

望着堆得跟小山似的碗，李佳人艰难地吞了吞口水，心里小鼓乱打着。

手捧着饭碗，李佳人默默地吃着牛柳，时不时地抬眼瞅吾卿，一触及他的目光，就做贼心虚地赶紧低头往嘴里扒饭。

可是这饭，怎么吃怎么心乱，感觉到周围其他人在偷瞄他们这桌，李佳人更加坐不稳了。

吾卿专心地吃着摆在他面前的酸菜鱼，慢条斯理地剔着上面的鱼刺，夹了块准备往对面送去，却发现那边桌板空了，李佳人抱着自己的碗，身子往后移了很多。

“你不吃鱼吗？”

吾卿困惑地皱起眉问李佳人。

李佳人摇了摇头，突然想起了什么，又快速地点头。

反正她不能再吃卿贵人夹的菜了，她会折寿的。

又偷瞄了吾卿一眼，感觉到卿贵人心情好像不错，李佳人含着筷子想，是不是该跟他说点儿什么？

“李佳人，你有话想跟我说吗？”

李佳人踌躇时就听到吾卿在跟自己说话。

呃……

李佳人迟疑了下，卿贵人这是等着她招供吗？他早知道她想跟他坦白？

肯定啊！现在全校人都在传他俩的八卦，吾卿肯定也听说了，虽然不是她自己传出去的，是老大他们传的，但结果都一样，她都是毁了吾卿名誉的罪魁祸首，所以她这会是不是应该弯腰鞠躬，毕恭毕敬地对吾卿道个歉，求他原谅呀？

见李佳人一脸呆样，吾卿抿了抿嘴，放下筷子，给自己倒了杯清茶，抿了一口放在一边，继续循循善诱："你想说什么，说吧，我听着。"

从进门到现在，她就一直在偷瞄他，神色还带着忧愁。

吾卿觉得，自己再不开口，李佳人快要憋死了。

"那个……"

停顿了会儿，看到吾卿嫌热地扯了扯脖子上的围巾，李佳人危机感上身，吸了口气，碗放在桌上，决定豁出去了。

"学长，其实我那次表白不是真心的，我们那天玩'真心话大冒险'，我被罚冒险，本来是让我打给老大她朋友的，不知道为什么变成你接了，我就那个了……本来，昨天你给我补课的时候我就想跟你解释的，可是你一直拉着我做题，我都做晕了，就没来得及说，想着今天考完试说的，可是好像晚了，大家都在传我们那个那个……对不起，学长，都是我的错，你骂我吧！"

一口气把话说完，李佳人低着头站在那儿，一副视死如归的样子，等着吾卿痛骂她一顿。

可是等了很久，对面都没啥动静。

李佳人小心翼翼地抬起眼，偷瞄了吾卿一眼，正对上吾卿清冷的目光，她猛地打了个寒战，再度识相地低下头去，不安地绞着双手。

完了，卿贵人不想骂她，不会是想打她吧！

吾卿静静地望着她，半晌无话。

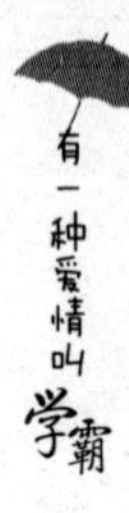

当李佳人以为卿贵人要在沉默中爆发时，吾卿才慢悠悠地开口：“所以，你是想现在对我真心表白吗？”

李佳人瞬间一口气卡在喉咙里给呛着了，猛地抬头，惊愕地望着吾卿。

她表示不是很明白卿贵人的话。

是她太蠢了吗？还是她刚说得不够清楚？她什么时候说她要真心表白来啦！

她只想说完，各回各家，各抱各妈，跟卿贵人两不相干啊！

卿贵人果然是卿贵人，脑回路跟她这种人完全就不在一个层次的，交流起来好累啊。

“其实我……能不能不表白……”李佳人挫败地垂着头，脸贴着桌板低低地说。

耳边却响起吾卿“善解人意”的嗓音。

“嗯，你害羞了。”

李佳人身子一歪，脑门儿直接砸在了桌板上。

她根本就不想表白好不好，虽然吾卿很优秀，但是她从来就没肖想过卿贵人，跟吾卿谈恋爱这种事，她一直都觉得那是天方夜谭。

而且，她不相信吾卿会喜欢她。

咬了咬牙，李佳人死猪不怕开水烫地继续找死：“不是害羞，我压根儿就没跟学长表白的心思。”

“哦——”吾卿意味深长地来了句，然后手摸着下巴说，“原来你不喜欢我啊！”

语气中带着一分恍然两分伤楚三分怅然，那双丹凤眼有些幽怨地盯着李佳人，嘴角却依旧保持着微笑。

“……”

李佳人偷偷瞥了眼强颜欢笑的吾卿，心脏猛地抽搐起来。

卿贵人是不是觉得她没跟他表白，自尊心受挫，连带着精神受损了，所以还笑得出来？也对，像他这样的人，女生见了都抢着表白，突然遇到个她这样不想表白的，定是受打击了。可是，她也不是不喜欢他，他那么优秀，是人都喜欢啊，但那种喜欢不是非要谈恋爱的喜欢。仰慕，就是仰慕，就像她仰慕周总理，她也没胆去跟人家表白啊。呃，难道吾卿在她心里就算周总理般伟岸的存在吗？

李佳人越想越囧，实在不知道该开口说什么了。

“你为什么不喜欢我？”

恍惚间，突然听到吾卿在问她。

李佳人内心的罪恶感极速往上升，卿贵人果然很在意啊！他自尊心果然受伤了啊！他是不是已经开始自我否定了？

……

不……不可以……

他是堂堂卿贵人，岂能自我看低？

李佳人咬牙急说道：“不是我不喜欢你，喜欢是喜欢，但是喜欢不一定要谈恋爱嘛，学校那么多女生喜欢你，你也没跟她们谈。”

越往后，她说得越脸红。

“哦，这么说，你是喜欢我的咯。”吾卿又一次意味深长地说。

李佳人颓败地点了点头，不能让卿贵人自尊心受伤啊，不能啊……

“你喜欢我那就好了，可以谈恋爱了。”

“可是其他女生也喜欢你，你不也没谈。为什么偏偏是我？”李佳人忍不住追问。

就是为什么是我，为什么啊，为什么……

难道……

他也喜欢我？

一个想法突然在李佳人的脑海中冒了起来，但很快就被她压了下去。

不可能，卿贵人怎么会喜欢她！

“你跟她们不同。”吾卿淡淡地说。

李佳人觉得浑身的汗毛全竖了起来，心怦怦跳得好快。

难道，是真的……卿贵人觉得她跟其他人不同，所以喜欢她了……真的吗？

“你比她们好养。”吾卿抿了口茶，慵懒地说。

李佳人又一次蒙圈了，什么叫她比她们好养？

卿贵人的话真的好难理解啊！

李佳人真的要哭了，在她哭出来之前，她又听到吾卿不咸不淡地来了句："你不挑食。"

呃，李佳人愣住。

“我觉得既然大家都已经误会了，也就没必要去刻意解释了，毕竟很多人的想法一旦形成，很难被别人左右。自从这谣言出来后，学校到堕落街这一路走来，都几乎没女生上前来烦我，这对我来说感觉不错。仔细想想，有个女朋友也不错。”见李佳人一脸痴呆样，吾卿扬了扬唇，解释道。

这话后来被李佳人学给室友们听，大家都吐了！什么叫反正误会了，就没必要刻意去解释！那去年是谁被院花强拉 CP 之后，还特意解释压根儿都不认识那女生来着！是谁！

套路，都是套路！

无奈迟钝如李佳人，永远都是被套路了都不知道。

她仔细将吾卿的这话琢磨了好久，终于恍然大悟，内心的粉色泡沫碎了一地，不过很快她就释然了。

原来卿贵人不是喜欢她，而是不喜欢被其他女生骚扰，所以将错就错，让她当个幌子女友啊。

发觉到这一点，李佳人神秘兮兮从自己的座位上走了出来，凑到吾卿耳边小声地说："学长，你早说找我假装情侣不就好了，我保证会配合你的。帮学长解决烦恼，那是多荣幸的事啊。"

主要是还有肉吃，还有美色看。

后面的话，李佳人闷在肚子里没敢说出口。

吾卿握茶杯的手一抖，额头上默默地多了排黑线，眼睛幽深地看向李佳人，最后无奈地叹了口气，说："你非要这么理解也可以。"

Part2

事实上，李佳人就是这么理解了。

自从她知道卿贵人"真实"的想法后，李佳人再也不别扭了，饭也吃得香了，觉也睡得好了，几个室友再也不用为她操心了。

"佳人，今天不用去跟卿贵人演情侣戏吗？你都有空打'仙剑'了。"王青青一上完体育课回来就朝坐在床上打仙四的李佳人说。

李佳人砍着花脚草蚊点头："贵人说他近日公务繁忙，无暇抽身。"

"佳人，你跟吾卿真的只是做戏给其他女生看？"孙小毛从窗帘里探出头来忍不住又一次追问。

李佳人给柳梦璃补了点儿血，头也不转："听卿贵人的意思是这个。"

"会不会是你听错了啊，就算是吾卿想找人当挡箭牌，怎么就偏偏挑上你啊？"躺在床上睡觉的大宝也咕哝了声。

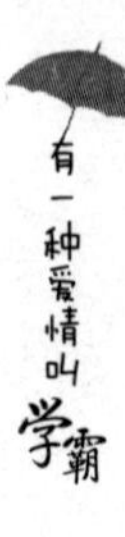

“贵人说了，他觉得我好养不挑食，听话又懂事，任劳任怨。”李佳人很自豪地眯起眼睛。

“呸！”那厢老大王青青边换衣服边吐槽，“吾卿突然找上你之前都不认识你，哪里看出你听话了。我觉得他定是糊弄你的，或者是你曲解他的意思了。”

李佳人操作着韩菱纱找了女萝岩的入口钻了进去，嘴里哼哼：“那你说不是我认为的那意思，难不成卿贵人真心跟我谈恋爱吗？这可能吗？”

“不可能！”寝室三人异口同声。

李佳人默然了，片刻后，某人忧伤地开口问：“我想知道我是不是长得真的很差劲，所以你们回答得这么齐啊。”

见孩子伤心了，王青青第一个冒出来安慰：“佳人啊，其实不是你差劲，你这脸多可爱的，两只眼睛，一只鼻子一张嘴的多正常啊。只是吾卿这厮太贵气了，你站在他身旁怎么看怎么像个丫鬟。”

“还是通房丫鬟，一看就不像正主儿。”旁边的小毛同学不忘补了句。

李佳人黑线，合上电脑，哀怨地看着王青青：“老大，两只眼睛，一只鼻子一张嘴，这是外貌特征吗？”

王青青干笑，识相地闭了嘴，麻溜地爬上了自己的床。

其实李佳人长得不难看，相比之下她长着张很讨喜的娃娃脸，大眼睛俏鼻子樱桃嘴，稍微有点儿婴儿肥，算可爱的女生。但是在男女生比例 3 比 7 严重失调的他们学校数不清的美女中，李佳人的确是不出众的。

就拿他们系来说，掰着指头就能随口数出二十多个美女，个个身高过一六五，体重九十五徘徊，B 胸上，小蛮腰，美瞳电眼，清纯的、妖媚的、可人的……都有。

可李佳人除了张娃娃脸还能看外，在女生平均身高一米六三的他们学校，她穿鞋才一米六的身高就矮了，再加上她婴儿肥，人家小蛮腰，她却有小肚肚。更关键的一点，她是A罩杯。

万恶的A罩杯啊！

还好李佳人是个乐观的妹子，从没妄想过吾卿会看上自己，所以就算被说不配，她也乐呵呵的。

反正她是秉着个好学妹的操守在帮学长演戏呢。

李佳人继续打起了游戏，打到女萝岩第三层，手机铃声突然响了起来，是健美操班的同学打来的，问她怎么还不来上课，说老师都来了，让她快点去。

说罢，就匆匆挂了电话，上课的时候老师一律要求他们关机来着。

望着嘟嘟声起的电话，李佳人蒙了会儿，才恍然想起，这周他们健美操班要进行期中测验，完了，她竟然把考试给忘记了。

顾不得关电脑，李佳人几乎连滚打爬地从床上下来，胡乱地穿好鞋，顶着头凌乱的头发，火急火燎地就朝门外冲。

寝室的其他人皆都惊诧地问她："佳人，你做什么去啊？"

"考试，体育课期中考，我忘记啦！要死了要死了……"李佳人一路号叫着跑出了寝室，朝润园操场的方向跑去。

望着李佳人离去的凌乱背影，室友们不禁为她捏了把汗。

考试都能忘记，佳人啊，你都记着点儿啥啊！

Part3

等李佳人匆匆地赶去健美操教室时，李老师已经开始给第二组的人考试了。

李佳人怯生生地站在门口，弱弱地喊了声："报告！"

没人理她，她识相地站在一旁，等所有人都考完，才敢走到李老师的面前，低着头，道歉道：“对不起，老师，我迟到了。”

李艳居高临下地瞥了她一眼，目光落在她那头鸟窝般乱糟糟的头发上，脸上露出几丝嫌弃的表情来。

这就是传说中吾卿的女朋友？眼光也忒差了吧？

她之前不是没听说过吾卿这个学生是如何如何的优秀，别说学校的女生为之倾倒了，就连她这种刚毕业不久的女老师，光听着他的事迹，都能激起少女心来。

可是，这么一朵灿烂美丽的鲜花，竟然被插在了李佳人这朵牛粪上，是人都无法忍，李艳觉得有些痛心疾首。

虽然内心不待见李佳人，但她毕竟是为人师表，做事还是有原则的。

从一旁扯过张椅子坐下，身材健美的李艳跷着二郎腿，手里拿着打分簿，对着李佳人摆了摆手道：“跳吧。”

就自己一个人跳，李佳人的小心脏开始打起鼓来。她有点儿怯场，不是因为旁边有太多人看着，而是她不是很记得舞步。之前她脚上得了甲沟炎，指甲一直出血，现在都没痊愈，她旷了好几节体育课，别说舞步不熟悉了，她很多都已经忘了。

但是这是期中考试啊，不跳就没分了。

期中考试成绩直接影响她期末会不会挂科，为了不挂科，李佳人深吸口气，豁出去了。

李艳想着，这姑娘虽然人长得一般，身材也一般，但肯定有什么过于常人之处，才会得到吾卿这么优秀的男孩子的青睐，但是当她看到李佳人一脸严肃地对着她跳起舞步时，她被刺激得差点儿从椅子上掉下来。

我勒个去！她教的是健美操，又不是广播体操！李佳人那小学生舞步是什么鬼玩意儿！这是在挑衅她？

唰唰两笔，李艳愤怒地在李佳人的名字后面打上了个鲜红色的鸭蛋。

她以有这种学生为耻！

被告知自己得了零分的李佳人，差点儿当场就哭了。期中分数是零分等于她这课挂掉的几率为99%，体育课又不像其他科目可以补考，它一旦被挂，只能等到大三没体育课的时候再来重修，或者她有办法去其他地方加两个学分，填补这学期的体育分。

李佳人觉得有些委屈，但又觉得自己活该，谁让她又笨又不知道笨鸟先飞，课后勤学苦练。

李艳打完分就拿着打分簿走了，这节课就这样结束了。

她一走，班里的同学也便得到了解放，回寝室的回寝室，去食堂吃饭的去吃饭，大部分人都因为李佳人考零分而暗自偷笑。

只是少数几个没得到好成绩的，在李佳人身上找到了安慰。望着呆立在原地，生无可恋的李佳人，有人上去拍了拍她的肩膀，安慰说："李佳人不要难过啦，大学里没有挂过科的，青春都是不完整的。"

李佳人抬起头，红着眼望着说话的女同学，瘪了瘪嘴。

她宁愿她的青春是不完整的。

一股悲伤的情绪从李佳人的身上蔓延开来，四周空气变得很是安静，突然不知道谁惊叫一声，说："李佳人，你的鞋头上怎么有血？"

李佳人吓了一跳，反应慢半拍地低下头看自己的鞋子，帆布的舞蹈鞋，鞋头处果然有摊黑红色的血迹。应该是她一路赶着从寝室跑到教室，又跳了操，所以脚趾甲那儿的伤口又裂开了。

万恶的甲沟炎，都拖了半个学期了，还一直不好。

李佳人有些无奈，听到周围有人问她："李佳人，你还好吧？"

李佳人没事地摆摆手，笑呵呵道：“没事没事，就指甲嵌进肉里了，然后伤口又裂开了。”

李佳人本来想说没什么大不了的，就是起个脓而已，结果旁边那几个女生一听，都咋呼起来。

“都有脓水了怎么还说没事，有脓说明伤口有毒啊，不把毒水弄干净的话，可能会得破伤风的，破伤风会死人的，这样怎么能叫没事呢？”

“对呀，对呀，李佳人，你这甲沟炎都好一阵子了，之前看你上课就脚上出血，怎么还没好啊？你得去医院看看啊！真是的，吾卿不是你男朋友吗，他怎么不带你去医院啊？”

“呃……”

李佳人囧，她有点儿想说，其实卿贵人根本不知道她脚上有伤啊！一是他们在一起的时候，都是在校园里慢慢走路，她又没做剧烈运动，都没像现在这样出过血；二是她觉得没必要告诉吾卿这个事，毕竟他们只是在演戏，麻烦人家不好。

看大家都在为她抱屈，数落吾卿的不是，李佳人觉得自己作为吾卿千挑万选地演戏拍档，不能辜负他的期望，她有必要在这种时候维护吾卿的声誉，所以她咳了几声，为吾卿正名：“不是啊，学长……哦，不，吾卿有带我去医院的，今天也是要去复查的，等我下课，他就带我去啦。”

刚说完，李佳人的手机正好有短信进来。一口气跑来，她都没时间关机，这会儿拿起手机一看，是10086发来的余额不足的通知，她心塞了下，但面上还是保持镇定，对着众人挥了挥手机，撒谎道：“那个，是吾卿的短信，他说他在沁园食堂的门口等我，我……我先走了，大家拜拜。”

说罢，怕被继续追问的李佳人，逃也似的跑出了健美操教室，回头看到那几个女生还杵在门口，一脸担忧地望着她。

接收到她们的目光，本想回寝室的李佳人，咬了咬牙，从操场出来，一股脑儿地爬上了沁园的山坡。

谎都已经撒出去了，就算是演戏，她也得演足全套才行啊！

脚趾上的伤口本来就裂开了，再爬个山，等李佳人到山顶的沁园食堂的时候，她整个帆布鞋头都被血染污了。

找了个没人的地方，脱下鞋一看，袜子都被脓水浸湿了，轻轻一拨，疼得很。

既然山都已经爬了，离出小门也不远了。李佳人想了想，为了不得破伤风，她决定自己跑去医院看下脚，老这么拖着的确不好。

李佳人刚打车到镇上的医院，口袋里的手机就响了起来，她拿起来一看，是卿贵人打来的。

李佳人愣了会儿，眼看铃声都要断了，她才反应迟钝地按下接听键，把手机放到了耳边，蚊子般叫了声："学长。"

听到那头虚弱至极的声音，吾卿的心"咯噔"了下，随手关掉了人人网的界面，从椅子上站了起来，声音尽量放柔地说："李佳人，你现在在哪个医院？"

李佳人"呃"了声，下意识地朝四周张望了下，没见到吾卿的身影，她有些奇怪了。

卿贵人怎么知道她在医院？难道他有千里眼？

她没好意思问吾卿，吾卿也没告诉他，他之所以知道她在医院，是因为她把健美操跳成了小学生广播体操的视频都在人人网上传疯了，别人家女朋友都拼命地考了个优秀，她给他考了个零蛋。考零分也就算了，脚伤了也不告诉他，还骗别人说他陪她去医院看脚，结果人家把这事往人人上一传，韩言鑫回来看到他还待在寝室里，难得在他面前找到自豪感的韩社长差点儿把他骂成了陈世美。

“就算是第一次谈恋爱没经验，你也不用这么冷酷无情吧，没空陪人家去医院也就算了，还要逼着人家撒谎给你撑面子，你还要不要脸啊！”

某人还在他耳边喋喋不休，吾卿额头上的青筋跳了跳，一掌把都快贴到他身上的韩言鑫给拍开，耐着性子又柔声问了遍：“佳人，你现在在哪儿？”

李佳人一听到吾卿喊她“佳人”，她就什么抵抗力都没有了，当下又“呃”了一声，退到医院门口，抬头看了眼，支吾地报了个名字：“浦口区第三人民医院。”

“你乖乖在那儿等着，我这就过来。”吾卿说。

没等李佳人客气地说卿贵人你不用过来啦，吾卿就挂断了电话。

李佳人望着嘟嘟声起的电话，内心有些忐忑。

她是不是给吾卿惹麻烦了？

Part4

怕吾卿来了找不到自己，李佳人都没有去门诊部排队，而是蹲在了医院门口，等吾卿过来。

等了一会儿，李佳人觉得头上一凉，几滴水滴了下来，接着雨滴越来越多，天上下雨了。

李佳人捂着脑袋赶紧往后躲，不料撞到身后的人。

“谁这么不长眼！”

女生的谩骂传来，李佳人闻声赶紧回头，眼睛瞬间睁大。

“李佳人？”穿着艳丽的女生震惊地看着她。

“肖华。”李佳人艰涩地开口，目光轻轻地瞅了眼秦肖华旁边的男生，表情很是尴尬。

没想到会在这里碰到李佳人，秦肖华不动声色地笑了笑：“佳人，我们都快三年没见了吧，这么巧，没想到会在这里碰到你。你高二转学后就一直没跟我们联系，过得还好吗？”

李佳人迟钝地点头，直说“好”，心里巴望着这场别扭的偶遇早点儿结束。

李佳人突然转学消失后，等了两年秦肖华都没等到机会炫耀下她的幸福，哪能这么容易放李佳人走。

“对了，忘跟你介绍了，这是我男朋友，你也认识的，以前我们学校的顾潇。”

李佳人再呆也知道秦肖华是故意在跟她炫耀呢。两年没见，秦肖华这个性一点儿都没变，还是这么讨厌。只是当时的她太傻，把人当朋友后，连带着秦肖华的缺点一并忍受了，反而没觉得秦肖华讨厌。

李佳人自然是认识顾潇的，他还是当年的绯闻男主角呢。

听到李佳人的名字，顾潇也认出了眼前的女生是谁，当即脸色就阴了下来，表情厌恶地瞪着李佳人。

看得出人家不待见自己，但李佳人还是硬着头皮跟顾潇打了个招呼：“你好。”

顾潇不屑地冷哼了声，没理她。

秦肖华要的就是这种效果，当即脸上笑开了花，假惺惺地解释：“他就是这脾气，不大爱搭理人，佳人，你别介意哈。”

李佳人斜眼瞥她干笑，内心腹诽，我要介意我早就一巴掌扇死你了。

可是她没胆，她要有胆，当初也不转学了。

李佳人呵呵笑了声，算回答了。

气氛一下子冷凝下来，李佳人站在廊檐下朝马路望着。吾卿还没有来，

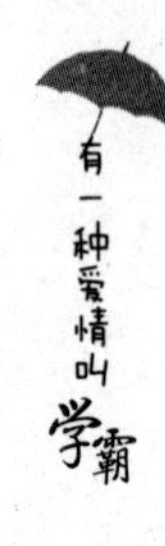

旁边的秦肖华也没想走。

顾潇拉拉秦肖华的手，小声道：“走了，跟这种人闲扯什么。”

秦肖华却不以为意地继续找话题：“佳人，你怎么会来医院，哪里不舒服吗？”

看见你就浑身不舒服，李佳人想说，但嘴上依旧呵呵了两声，抬了抬自己的脚，随意地回：“脚趾发炎了。”

秦肖华闻言，下意识地瞥了眼她的脚，目光落在她那只认不出什么牌子的帆布鞋上，面露讥诮：“佳人，你怎么上了大学还穿没牌子的鞋啊！你家里条件还可以啊，没必要这么节省吧。”

除了爱吃肉外，李佳人对生活没什么多大需求，穿衣打扮向来很随意，她对品牌没什么概念，觉得穿得干干净净的自己没什么可丢人的，她不爱听秦肖华这说话的语气，反正两人也没啥交集了，所以不擅长斗嘴的她索性装作没听到秦肖华在讲什么，没有再回她。

遭到冷处理的秦肖华不免有些愤愤，阴阳怪气地跟李佳人道了个别，然后拉着男友就走，再也不愿看佳人一眼。

看到她走了，李佳人立马松了口气，心有余悸地晃了晃头，嘴里嘀咕一声：“总算是走了。”

下雨了，外面有些冷，李佳人双手抱在胸前，又往里挪了些，目光望着已经走到路边拦车的秦肖华他们，无奈地叹了口气。

她跟秦肖华从初中就是同学，一直到高中都同班。她性格比较内向且木讷，平时很少有人愿意跟她玩，说好听点儿是她玩不开，说难听点儿是人家嫌她笨不会玩，因而她的朋友很少，秦肖华是为数不多的一个。

秦肖华性格开朗奔放，跟李佳人完全不一样，跟很多人都能处好。所以，这样的一个人来跟自己做朋友，李佳人自然是激动的。

高中考到一个学校的人很少，李佳人跟秦肖华又在一个班，自然关系更好了。

高二的某天，秦肖华突然偷偷拉着李佳人塞了个信封给她，里面是张空白信纸。

秦肖华看上了学校赫赫有名的帅哥顾潇，想给他写情书。

但当时秦肖华因为艳丽的外表在学校也有点儿名气，想着以她这身份写情书万一被拒绝了就丢脸了，所以让李佳人帮她写，这样就算被拒绝了，她还可以把一切推到李佳人身上，说表白的是李佳人。

顾潇是学校的大众情人，举手投足都散发着偶像剧男主的气息，十七岁的李佳人正值青春年华，对这样的帅哥存有钦羡也正常。但这钦羡就如同钦羡偶像剧里的男主一样，少迷一个多迷一个其实都没大关系。

当李佳人听到好朋友肖华要追顾潇时，她就很自然地把这钦羡都给撇掉了，乐呵呵地答应帮忙，却没想到自己被算计了。

事实上李佳人帮秦肖华写的情书，都没送到顾潇手里，就被他们班班主任给截了。为此，顾潇当着全班同学的面被严厉地训了一顿，因为上面没有署名，所以老师并不知情书是谁写的。可顾潇知道，他们班帮李佳人转送情书的莫迪迪告诉他，这是某某班的李佳人让他给的。于是，觉得被侮辱的顾潇就找到了李佳人，将情书甩到了她脸上，骂她都不照照镜子。

李佳人自然是觉得委屈的，解释说这不是她写的，秦肖华突然跳出来，痛心疾首地对她说："佳人，你写情书这件事怎么不跟我说的啊？"

李佳人当时用看外星人似的目光看秦肖华，心想这厮什么时候精神分裂了，情书不就是她让自己写的吗？

秦肖华的反咬一口跟情书上的笔迹对证，李佳人给顾潇写情书的事就成了铁铮铮的事。很快，李佳人就火了，全校人都知道她李佳人厚脸皮跟顾

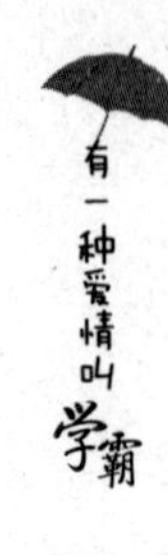

潇表白，被顾潇骂回去多照照镜子的事。

知道就算解释了，也没人会相信她是帮秦肖华送的情书，李佳人索性也没争辩，也没找秦肖华算账，事情一出，在学校到哪儿都被人指指点点后没多久，她就让家里人给她转学了。

说来说去，还是她不够厚脸皮。

等着等着，李佳人有些犯困了，她眯着眼，打了几个哈欠，蹲在门口，双手抱在胸前小憩了会儿。雨越下越大，风打着雨滴吹到她的脸上，带着丝丝凉意，她不以为意地继续睡着。

不知过了多久，落在身上的小雨滴突然停了，像有什么东西撑在了她的头上。她下意识地睁开眼，抬头，便看到了吾卿。

他手里撑着把黑格子折伞，身上穿着黑色的长款毛衣，里面搭着白色的简 T，下身水蓝色的牛仔裤，白色的耐克鞋，一如既往的干净帅气。跟之前几次见面稍有不同，今天的吾卿鼻梁上架了副浅黑色边框眼镜，那双好看的丹凤眼藏在轻薄的眼镜片后，竟多了几分缱绻的笑意。

李佳人看得有些慌神，还没反应过来，就看到吾卿朝自己伸出手来。

望着那只白皙修长的手，李佳人正犹豫要不要伸手去抓，吾卿已经俯下身下，一把揽住她的腰，将她整个人揽进了怀里。

李佳人吓了一跳，一头撞在吾卿的胸口上，大气都不敢出一声，脸涨得通红，心里直打鼓，她是不是靠得离卿贵人太近了啊！

那头，吾卿倒没有觉得有什么大不了的，单手合了伞，一手环在李佳人的腰间，侧过头，目光落在李佳人左脚染着血污的帆布鞋上，眉头微蹙。

“多久了？”吾卿突然发问。

李佳人“啊”了下，呆了片刻才反应过来吾卿应该是在问她的脚伤多久了。

“有一阵子了。之前有个学姐是做手绘鞋的，我们寝室都在她那儿买了一双，我的鞋稍微小了点儿，穿起来有点儿挤脚，但是定制款鞋，又不好退，所以我就一直穿着。鞋的确也好看，但是穿着时间长了，脚趾甲就被压得嵌进了肉里，医务室的姐姐说我这是甲沟炎，平时鞋穿宽松点儿，经常用消毒水擦擦就好了，所以一直没去医院。”李佳人像回答问题的小学生，认真地回吾卿的话。说完，她小心翼翼地瞅了吾卿一眼，只见他神色冷凝，脸上的表情很是阴沉。

李佳人的心猛地沉了下来，卿贵人这是在生气吗？因为她这么点儿的小事就麻烦他。

哎哎，她本来就不想麻烦他的嘛！她也不知道他怎么会跑来找她。

李佳人很是过意不去，一时不知道该说些什么好，杵在吾卿的怀里，模样看上去很是不安。

这在吾卿看来，觉得她很是委屈。

想想也是，从他跟她在一起后，也快大半个月了，要不是今天人家把她的考试视频传网上，他都不知道她脚上有伤。是她没有把自己当成男友，还是说他这人太失败，不值得被信任？

吾卿神色凛了凛，将李佳人往自己怀里带了些，伸出手来。

李佳人以为吾卿是气得要打她，吓得赶紧闭上了眼睛，结果等了很久，身上也没有传来痛感。她偷偷地睁开眼，就见吾卿在朝她笑，修长的手落在她的头上，轻轻地摸了摸她的头发，神情很是宠溺。

李佳人望着他，又开始恍惚起来。

吾卿由着她发傻，牵着她的手去了外科门诊，等着排队给她看脚。

等吾卿陪着李佳人看完脚，从门诊部出来时，发现天色已经黑了。

李佳人起脓的脚趾上绑着纱布，吾卿让她把帆布鞋当拖鞋踩着，一路

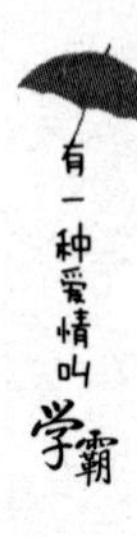

搀扶着她出了医院。

外面的雨还没有停，雨势比先前还大了些。李佳人从寝室出来的时候，身上就穿这件薄款卫衣，本以为考完试就会回寝室的，没想到会耽搁这么久。这会儿下雨，她感觉到有些冷，垂在一旁的小手有点儿冰冷，她下意识地想将手放进卫衣口袋，却被吾卿自然地握住。

她愣愣地看着他，忘记了躲闪，而他则一脸从容地牵着她的手下了医院门口的台阶。

运气很好，他们刚走到马路边，随手就拦到了一辆出租车，吾卿把李佳人塞进了车里，随后自己坐了进去，关上门，对着司机报了他们学校的地址，闲下来后，他又随意地帮李佳人搓手。

李佳人本来就手冻得跟小胡萝卜条似的，现在吾卿突然对她做这么亲密的举动，她的脸也成了圆胡萝卜。

这是羞的。

吾卿一脸平静地垂头帮李佳人搓手，李佳人看着他头顶好看的发旋，心里说不出的发痒。

告诉自己这是不对的，这里没他们学校的人，他们没必要演戏了，这种亲密动作还是不要做的好，可是手上被揉得好暖，她有些舍不得抽开。

纠结了半天，最终还是感性战胜了理性，李佳人把还有些发抖的身子朝吾卿那边移了移，红着脸很是不好意思地垂着头小声说：“卿贵人，剧本里能不能加个抱抱？”

吾卿闻言停下手，抬眸看她那涨红的小脸，眉眼微微地愣神了下，没有拒绝她，伸手把她抱进了怀里。

李佳人本来就想吾卿礼貌性地抱抱她，哪知道现在她几乎整个人都贴在他身上了，她的脸就贴着他的胸膛。

他的心跳声清晰可闻，李佳人觉得这抱抱好像抱得太过了。想跟吾卿说说，偷偷瞄了眼卿贵人，发现他一脸沉静，看不出任何喜怒来，李佳人立刻识相地低下头，脑袋趴在吾卿身上，大气都不敢出。

卿贵人一定嫌她要求过分了，李佳人心想道。但事已至此，懊悔已经来不及了。她都已经抱上了，吾卿身上很暖，她又舍不得放了。

这一舍不得，李佳人很快就趴在吾卿身上睡着了。

听着她轻微的鼾声，吾卿叹了口气，脱下外套盖在了她身上，望着窗外滂沱的雨发呆。

Part5

李佳人醒来的时候，已经是第二天了。

她从小身体好，淋了雨除了打几个喷嚏外，也没感冒发烧，一醒来，精神奕奕，容光焕发，看了下手机，早上八点半，她竟然睡了这么久。

昨晚她是怎么回寝室的？吾卿让老大她们接她的吗？

她们今天上午没课，只有下午七八节有政治经济学。

童大宝在寝室里煮红枣粥，小毛跟老大端着碗守着锅蹲在一旁，看到李佳人困惑地从床上爬下来，招呼她道：“佳人，去把橄榄菜跟老干妈拿过来。”

李佳人听话地拿着东西凑了上去，干巴巴地问王青青：“老大，我昨晚怎么回来的？”

王青青夹了一颗老干妈黄豆往嘴里一塞，咬着道：“你真一点儿都不记得？”

李佳人摇头。

“粥开了！”一旁的孙小毛惊喜地说道，急巴巴地掀锅就舀，嘴里咕哝了声，“卿贵人抱你上来的。”

“抱我上来？不是你们把我弄上来的？”李佳人惊愕地说。

童大宝脱掉围裙走了过来，蹲下：“你的手扒着吾卿不放，我们想抱也没法。”

李佳人囧，红了脸，她真抓着吾卿不放了吗？

“宿管阿姨不是说，男人与狗不得进女生寝室吗？吾卿怎么抱我上来的？”李佳人想不通。

“卿贵人不是男人，错了，卿贵人不是一般男人，宿管阿姨一看到他，脸羞得跟小姑娘似的，开门都来不及。你不知道，昨天他抱你上来有多轰动，我们整幢楼都快炸了，你竟然还睡得着。好多女生都跑来看，一开始不相信你跟吾卿真在一起的女生昨晚都死心了，吾卿自始至终忽视所有女生只看你一人，已经足够摧毁少女们澎湃的心了。你要不信，卿贵人的外套还在这儿呢，披在你身上的，因为湿了，我们拿下来了。”孙小毛边解释边指了指挂在李佳人柜子上的长款毛衣外套。

李佳人不得不信了。

“唉，没想到卿贵人演戏这么投入，寝室都演到了，怎么都不跟我商量下剧本的。”李佳人囧囧地说。

围在锅边的三个脑袋齐齐抬头看她，额头上都挂着一排黑线。

“佳人，你不会真觉得吾卿在跟你演戏吧？”王青青歪着头问。

李佳人：“你们不也这么觉得的吗？”

王青青：“那是之前，昨晚后谁还这么想。吾卿可不是吃饱了没事干的人，看他的样子好像真把你放心上的。佳人，我说，你们俩是不是早认识啊？吾卿不像是那种会对人一见钟情的男生啊！”

李佳人擦了擦头上的冷汗：“真没有，我要早认识他，我会不记得？贵人存在感那么强，谁见了忘得了啊。你们别乱想了，我们真在演戏，不过这真相我就告诉你们几个，你们可别说出去啊，不然卿贵人的努力就白费了。”

王青青她们同时“嘁”了一声，一副“谁信”的表情。

李佳人很是郁闷：“真的是演戏，你们别不信啊。”

另外三个：“……”

李佳人解释无用，蹲下来一起喝粥。

吃到一半，王青青突然想起什么事，去拿手机打电话给吾卿他们寝室的韩言鑫，问她们几个加入他那红帆船话剧社的事。

听说那个社团跟吾卿的证券投资会是学校唯一两个加入可以加两个学分的社，多加两分，她们就可以少修一门选修课。但吾卿那个社团招人标准实在是太高，所以她们想都没敢想，就弃掉了，先从韩言鑫那边着手。

韩言鑫跟王青青老家都是上海的，在王青青没有搬到南京之前，她跟韩言鑫是住一个小区一栋楼的青梅竹马，但初中时，王青青搬去了南京，两人就断了联系，后来发现大家上的是同一个大学，才又联系上。

平时王青青都不会主动给韩言鑫打电话，主要是她嫌韩言鑫这人太娘又太龟毛，烦人。

在吾卿跟李佳人还没开始“演戏”之前，大家都在传韩言鑫跟吾卿那么优秀的两人一直没女朋友，是因为他们俩才是一对，后来吾卿有了女朋友，这事才消停下来。

所以，李佳人有时候也会觉得，卿贵人找她演情侣戏可能也是为了给自己辟谣，毕竟那时候全校都在传他跟韩社长是一对的谣言。

不管原因如何，李佳人都还是很荣幸能被卿贵人看得上，为他排忧解难的。

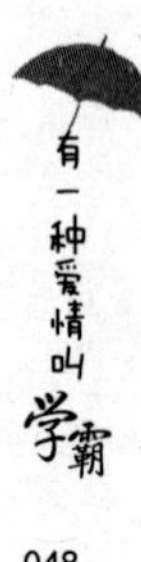

虽然，王青青看韩言鑫不顺眼，但现在正是“熟人好办事”的时候。

电话很快就被接通，王青青跟韩言鑫在用上海话聊天，李佳人她们有些听得懂，有些听不懂，也就懒得细听，几个吃货都在忙着喝粥吃橄榄菜。

几分钟后，王青青挂断电话过来对她们说：“名额有限，只能进两个，我就不去了，你们仨考虑谁去。”

“我不去了，我入的那爱心社社长明年大四退位了，她说可能推我当社长，听说社长也能加两分，让佳人跟小毛去吧。”童大宝咂了咂嘴说。

孙小毛当即朝童大宝泛着泪光说：“大宝，你真好。”

李佳人直点头，表情感激万分，她这学期的体育要挂了，急需要补学分啊！

还没等她抱着大宝痛哭流涕，耳边突然震了下，就听王青青在那儿号。

“你们这两个没良心的，我呢？我不好吗？名额是我拿的。”

“老大最好了。”李佳人赶紧讨好地去蹭某人。

王青青傲娇地扬了扬唇，摸着妹子的脑袋，哼哼说：“佳人，韩骚包说吾卿发烧了。”

李佳人：“啊？”

所有人都抬头看着她。

李佳人：“不会是昨天淋雨了吧？”

王青青点头：“应该是，昨天吾卿抱你上来的时候，身上全湿的。”

李佳人忧伤地咬手指：“哦多 Kei（韩语‘怎么办’）……”

Part6

李佳人很僵硬地站在吾卿他们班三四节课上的“Financial Management

（FM）”（财务管理）课的教室门前。

让老大问了下韩言鑫说吾卿没有请假，又去上课了，李佳人担心外加寝室几个怂恿，就跑了过来。

虽然他们的关系是“演”出来的，是“假”的，但是吾卿毕竟是因为来接自己感冒的，李佳人很是过意不去。

在寒风中吹了半个小时，下课铃声一响，李佳人还是胆怯地把自己藏在了门口的大树后面，目光偷偷地在人群中查找着吾卿的身影。

韩言鑫跟班上的同学有说有笑地抱着书走出来，就看到李佳人加厚卫衣背上的大熊猫头，想起寝室某人刚订购的大熊猫玩偶，韩言鑫一眼就猜出了那人是谁，跟同行人打了个招呼，就朝李佳人走了过去。

“嘿！小佳人！”

李佳人感觉肩膀被人拍了下，然后就听到某人骚包的声音，惊愕地回头，就看到个男生穿着粉红色毛衣咧着嘴朝她笑。

李佳人之前只是听寝室人聊起过韩言鑫，但一直没有机会细看过，外加她本来就心大，对什么事都不怎么上心，所以见到韩言鑫时，一时没认出这人就是老大的发小话剧社的韩社长。

从来没有被男生主动勾搭过的李佳人，突然看到一个男生满面笑容地跟她打招呼，她吓了一跳，本能地就躲，没走几步就给韩言鑫逮住了。

“小佳人，怎么一见哥哥就跑？”韩言鑫很是吃味地说。

李佳人小脸皱成一团，流氓，放手！

韩言鑫要知道李佳人把他当成了臭流氓，他一定气得要吐血。要知道他清白一世，只对王青青“耍过流氓”，下场还是惨不忍睹，他对其他女生真没什么兴趣，更别说是吾卿家的小佳人呢，他要动了李佳人，吾卿不弄死他才怪咧。

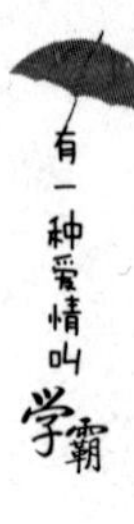

见李佳人张牙舞爪地挣扎，韩言鑫心里长叹一句，他就说让吾卿安排个饭局，让他在小佳人面前露个脸，可卿贵人每次都答应了，每次都忘了。虽说“贵人多忘事”，但韩言鑫觉得吾卿就是故意的。吾大神的心眼跟针眼一般小，他一定是怕他长得比吾卿好看，把小佳人勾走吧。某人很自以为是地想。

“小佳人，你来找吾卿啊？”

听到那人嘴里冒出吾卿的名字，李佳人才停止了挣扎，探寻地看向韩言鑫。

瞅了半晌，她才最终放弃，苦着脸问：“你是谁？”

头一次被无视得这么彻底，韩言鑫很伤心地说：“小佳人，我就是你本来想表白的对象，你说我是谁？”

李佳人摇头：“谁？”

韩言鑫：“……”

找了会儿都没看到吾卿的身影，李佳人没工夫继续跟韩言鑫扯，急着问：“那谁，你知道吾卿在哪儿吗？”

韩言鑫黑脸：“我不叫那谁，我叫韩言鑫啊亲！吾卿没来上课。”

“你就是韩言鑫？”李佳人惊诧道，突然明白老大为什么看某人不顺眼了。

果然……很骚包。

不过那不是重点。

“吾卿没来上课，是不是还在发烧？他现在在哪里？寝室吗？还是医院？”李佳人焦急地问。

韩言鑫伸着手指，磨了磨指甲，吹了口气，乜着眼懒散地说：“欧洲十二国审计长来我们学校参观，他被院长叫过去迎接了。”

“欧洲十二国审计长来我们这儿了？”李佳人惊叫。

她怎么不知道。

韩言鑫像看外星人似的看她，半晌，说：“这么大的事情你都不知道，小佳人，你脑子里都知道些什么？”

“吾卿发烧了。”李佳人对着手指支吾地说。

韩言鑫抽搐。

很快，某人的人人上就冒出了这么条状态：“秀恩爱的都去死好吗！”

下面……

国审院学生会：沙发。

红帆船话剧社：社长息怒，秀恩爱什么的最讨厌了。

赵红红：楼上加一。

王东明：加一。

刘娜：加一。

石奇海：加一。

……

……

王青青：骚包娘娘腔什么的去死一万遍好吗！

童大宝：老大，淡定！

孙小毛：老大小心被喷。社长威武，我是小毛，求勾搭，鲜花鲜花……

红帆船话剧社：前三哪儿冒出来的，队形呢？

孟菲菲：官方账号息怒，秀恩爱去死吧。楼下保持队形。

……

……

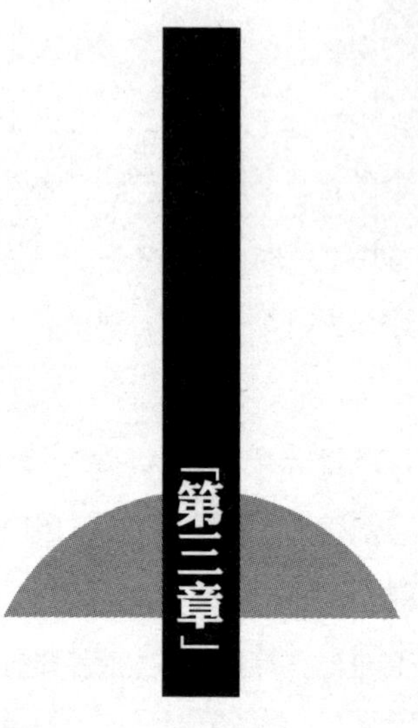

「第三章」

卿贵人待的地方，一块破石头都要三千万，
厕所里的马桶都是全自动的。

Part I

“韩学长，在这里真的能见到吾卿吗？”李佳人脚步凌乱地跟在韩言鑫身后，站在学校最宏伟的建筑钟和楼一层的大门口，朝某人问道。

大门口有面很古代的大镜子，韩言鑫在那儿照着，一会儿摸摸自己的头发，一会儿摸摸粉红色的大毛衣，摆着各种各样的 Pose。

“学长……”见自己被无视了，李佳人郁闷地又唤了声。

“小佳人，你觉得学长我看上去怎么样？”

李佳人满脑子都在担心吾卿，一副心不在焉的样子，敷衍地说了一声：“好。”

韩言鑫很受用地仰起下巴，眯着眼微笑：“学校最大的会客室就在这栋楼里，吾卿他们肯定在这儿接待审计长们。我们等在这里，等他忙完了自然能见到了。”

李佳人安心地点点头，手紧了紧装着药盒的塑料袋。

那边某人还在照镜子，咂咂嘴，表情有点儿不满地自语说：“这镜子怎么照起人来感觉怪怪的。”

李佳人好奇地望了他一眼，刚想说什么，就听到有人抢先说道：“那是风水镜，用来照鬼的。”

韩言鑫猛地打了个寒战，一副吃了苍蝇的样子，从镜子那儿跳了开来，躲在了李佳人身后，黑着脸瞪着突然出现的吾卿。

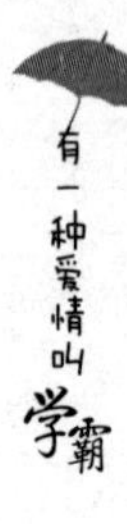

吾卿手插在裤兜里，身材挺拔清瘦地站在不远处的楼梯上，直接无视他，朝李佳人招了招手。

“佳人，过来。”

卿贵人又像唤小狗似的唤她了，李佳人囧囧地想，但脚步还是听话地迈开来。

“喂！人是我带来的，你就这么无视我了？”韩言鑫不满地控诉。

吾卿待李佳人上前拉住了她的手，然后随意地朝门口的韩言鑫瞥了眼，表情严肃地说：“嘘，看那镜子里，你背上趴着个人。”

韩言鑫尖叫着跳了起来，惊惧地回头看了眼那古镜，发现被骗了，眼泪飙出来，哭着跑了。

很快某人的人人又冒出条状态：“钟和楼什么鬼地方去死好不！”

下面……

国审院学生会：沙发。

红帆船话剧社：社长，仇富什么的是不好的，钟和楼修建花了三亿啊三亿！

韩言鑫草莓么么哒回复红帆船话剧社：去死，老子说的是那门口的鬼镜子。

赵红红：听说那是照妖镜。

王东明：听说是照鬼的。

刘娜：那是调风水的。

石奇海：听说那镜子要一千万。

小黄豆：哦，好多“米米”！

吴清宇：好贵！

……

……

王青青黑骚包回复石奇海：这么贵，那镜子黄金做的吗？

石奇海回复王青青黑骚包：没看过，你也知道钟和楼是学校高层领导办公室，一般人进不去的，进去要预约的。

王青青黑骚包回复石奇海：那韩骚包是怎么进去的？

石奇海回复王青青黑骚包：咳咳，韩社长不是一般人。

红帆船话剧社回复王青青黑骚包：又是你，你哪儿来的，为什么老黑我们社长？

孙小毛爱红帆船回复红帆船话剧社：息怒息怒，学姐、学长，我是小毛，我爱社长么么哒，爱红帆船一万年，加分加分，鲜花鲜花……

童大宝：路过，打酱油……

韩言鑫草莓么么哒回复王青青黑骚包：你那账号名，还想不想要名额了！

孙小毛爱红帆船回复韩言鑫草莓么么哒：社长，我要，我要，我是小毛，鲜花鲜花……

王青青黑骚包回复韩言鑫草莓么么哒：那谁，刚才人不在，电脑被人玩了。呃，上面谁给我乱回的！那个，账号好像被盗了。

韩言鑫草莓么么哒回复王青青黑骚包：……

校内网上乌烟瘴气，吾卿的办公室却温暖如春。

李佳人正襟危坐地坐在沙发上，憋着气看着在电脑面前忙着打字的吾卿，心里直打鼓。

钟和楼是他们学校今年刚修建的领导办公楼，听说花了巨资，里面的东西都是极好的，一般学生是不能进去的，如果要见领导还得预约。建完三

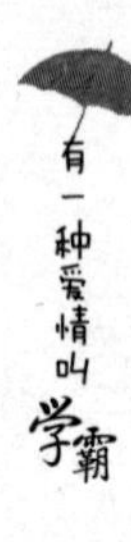

个多月了，李佳人这是头一次来。要不是韩言鑫在门口的招待处跟服务人员打了招呼，他们是根本进不了大门的。

但是，在这样的一个地方，吾卿竟然有独立办公室。

他，一个只比她高一届的学生，竟然有着跟学校高层领导一样的独立办公室！

李佳人突然觉得卿贵人或许比她所了解到的还要牛 × 些。

钟和楼的办公室不同于其他楼的办公室，大得让李佳人愕然，采光也很好，室内明亮通透，装饰简约却处处透着奢华。吾卿坐在电脑桌前，专注地看着电脑，时不时地咳嗽几声。

阳光透过北边的落地窗穿射进来，打落在吾卿的脸上，李佳人握着药袋的手抖了抖，吾卿的脸好红。

十一月初的天，这里就打起了空调，坐在空调下的李佳人脸都没他红。

李佳人瞬间意识到卿贵人的烧还没退。

吾卿眼睛依旧盯着电脑屏幕，咳嗽了声：“李佳人，帮我倒杯水。”

“哦，哦。”李佳人难得不迟钝地赶紧回道，急巴巴地站起身朝门边的饮水机走过去。

用一次性杯子端了杯热水放到吾卿的手边，李佳人又急急地回到沙发上将塑料袋解开来，拿了几盒药跑回办公桌边。

“这些都是治感冒发烧的，我从家里出来的时候，我妈都给我备了些，我不知道哪个药效好，所以都拿过来了。”李佳人低低地说，不太敢看吾卿的脸。

卿贵人发烧还要做事的样子，看得她好内疚。

吾卿停下手中的动作，抬头看了李佳人一眼，目光落在桌上品种齐全的感冒药上，笑了笑。

“我不爱吃药。”

李佳人张大着嘴，傻眼。

发烧了不吃药怎么行！难道卿贵人跟小孩子一样，怕药苦不敢吃？

李佳人想想这也可以理解，大神也有弱点的。她抿了抿嘴，咬牙从口袋里抽出三块大白兔奶糖放在了吾卿面前：“学长，吃糖就不苦了。”

吾卿看了看她一副忍痛割爱的样子，咳了一声：“其实我烧退了。”

“可是你的脸明明很红，而且还不停咳嗽。”

李佳人不信地说，心里有些不安起来。卿贵人不吃她的药，也不吃她的糖，难道是对她有意见？

她是不是哪里做错了？是不是突然跑来打扰到他了？

李佳人哀怨地偷偷瞅吾卿。

吾卿微笑地看着她：“刚陪审计长们逛完整个校园，身上还贴着好几张暖宝宝，所以嫌热了。咳嗽是因为这屋里有烟味，之前院长来了趟。”

“这样啊……”李佳人明白地点点头。

果然，她好像多事了。

“你担心我啊？”吾卿眯着眼说。

“是啊。”李佳人叹了口气，想都没想地回。

吾卿满意地扬了扬唇：“我可以把这理解为你又在跟我表白吗？”

李佳人惊愕地睁大眼睛，她能说她不是这个意思吗？

Part2

卿贵人好像很享受听她表白，果然，大神也有虚荣心啊。

想到卿贵人既怕身边女生烦，可冷清了一阵子可能又怀念以前被表白

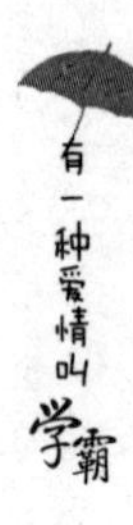

的日子，所以常误解她在表白。李佳人很是理解地没有解释，以免伤到卿贵人的自尊心。

看吾卿没事，李佳人就想走了，好不容易一天才两节课，她本来想玩游戏的。

可人刚从沙发上站起来，那边吾卿就朝她开口："等一会儿，我把最后一份数据报告填了，就跟你去吃饭。"

卿贵人以为她想去吃饭吗？

不不，她是想走了，她来之前已经把午饭吃过了。

李佳人想解释，吾卿已经关了电脑，揉了揉眉心，站起身走向了她。

"听说外面新开了家日式料理店，想去吗？"吾卿边穿西装外套边问她。

"学长，其实，我已经吃过了。"李佳人弱弱地拒绝。

吾卿盯着她看，叹了口气："佳人，你不用跟我客气的。"

"我没客气，我是真吃过了。"李佳人汗颜。

吾卿沉吟片刻后，笃定地说："我相信你没有吃饱。"

李佳人囧。

拒绝不了吾卿的盛情，李佳人郁闷地跟着吾卿走出了办公室，摸着自己鼓胀的肚子很是纠结。郁闷，以前她都来不及吃饱，就被老大她们拉着走了，今天难得课少，她有的是时间吃得很饱，真的吃不下第二顿了。

可是卿贵人的钱在叫嚣，非要让她花掉点儿似的。

坐电梯很快就到了一楼，李佳人感慨了下钟和楼那才六层楼还用电梯的奢侈后，又赶紧跟上了吾卿的脚步。

出门前，李佳人终于忍不住拉住了吾卿的衣角，难为情地说："我想上洗手间。"

嗯，为了待会儿不撑死，她打算先排掉些。

吾卿愣了愣，随后指了指左手边的长廊："一直往前走，尽头就是洗手间。"

李佳人点点头赶紧走。

走进洗手间，李佳人有种走错的感觉，退出去看了下门牌，没错，可是这洗手间未免也太大了吧。

李佳人恍惚地走了进去，随便找了个隔间。

然后，她又被吓到了。

她刚进去，马桶盖就自动打了开来。李佳人摸了摸心脏坐了上去，顿时觉得屁股上暖暖的，马桶圈竟然是温热的。手伸到一旁的卷子箱，上面竟然还有按钮，她按了个，纸就自动下来了。

李佳人瞬间震惊得拉不出来了。

这里的马桶竟然是全自动智能的！

李佳人顿时觉得自己跟吾卿之间的距离在噌噌噌地往上直涨。

卿贵人待的地方好奢侈。

头一次上厕所能有这么舒适的环境，虽然她在"嗯嗯"，但是这里有自动除臭的，李佳人只闻到香香闻不到臭臭，还惬意地拿手机出来玩。

上了下 QQ 没人聊天，她有些无聊，手指随意地点着，不小心点到了搜寻下附近的人，没等她收手，页面上很快就出现了几个 QQ 头像，竟然都是在这附近一千米的人。

能在这么短的距离搜到的肯定是他们学校的，李佳人还没怎么玩过这个 QQ 功能，趁着好玩，随手加了其中一个叫"卿本佳人"的。

"佳人爱仙剑"申请添加"卿本佳人"为好友。

几秒后……

竟然被拒绝了。

李佳人愣了愣，心想同学一场你为什么要拒绝我啊，不死心地又加了回，然后将手机塞回了口袋，赶紧站起来，去找等待已久的吾卿。

李佳人远远地就看到她家卿贵人靠在墙上随手把玩着手中的手机，眉头蹙着。以为他等得不耐烦了，她赶紧麻溜儿地蹬着腿跑了过去。

吾卿看到她过来，收回手机，问她：“李佳人，里面好玩吗？”

李佳人囧，卿贵人这是嫌她待得久呢。

“其实，我在很认真地嗯嗯。”李佳人低着头弱弱地说。才不告诉你我刚才还玩了手机，并用手机把马桶周身拍了个遍呢。

吾卿面无表情地瞥了她一眼，抬腿先走了出去。

完了，卿贵人一定是等久了生气了。他不会不想带她吃饭了吧，她刚拉完，现在肚子好空好饿。

李佳人想到这里，心里拔凉拔凉的，她饿了。

一饿，她走路都没力气，摇摇晃晃，一没注意，就撞到了前面的大石头。

“嗷！”李佳人痛叫一声，捂着脑袋抬腿就要踹那石头，却听到耳边传来卿贵人幽幽的声音。

“那石头三千万。”

李佳人的腿缩得比闪电还快。

一块破石头要三千万！果然是造价三亿的钟和楼啊，要不要这么奢侈啊！

“那块石头请大师开过光，用来辟邪的。”吾卿从前面折了回来，站在李佳人身旁解释。

又是风水镜又是开光石的，李佳人好像嗅到了什么不好的味道，将吾卿拉到了一边，偷偷地说：“学长，学校这三亿来路不正吧，不然为什么弄这么多辟邪的东西。啧啧，果然越是上面的人越是手脚不干净。”

吾卿目光幽深地看着李佳人，许久才僵硬地说：“你想多了。”

他恰好也是这“上面的人”中的一个。

Part3

李佳人用筷子夹了块生鱼片往芥末碗里蘸了蘸放吾卿碗里，卿贵人口味重，不喜欢吃清淡的东西，而佳人喜欢清淡的，所以两人一起吃饭，菜都是顺着佳人点，调料却是吾卿配的。

为了不被当成白吃白喝的，李佳人每次都很主动地帮吾卿蘸调料。

吾卿在一旁接电话，李佳人忙碌地把整盘生鱼片都蘸了芥末。

她是喜欢吃肉，但是不喜欢吃生肉，生鱼片这种高档的玩意儿，她向来吃不来，但浪费是可耻的，所以，全给卿贵人吃吧。

他好瘦。

“院长，我真的已经吃了，就不过去了。”吾卿委婉地拒绝。

李佳人真不想偷听的，可是他们院长嗓门儿大得实在是让人不听见也不行。

“小吾，你跟叔叔我客气什么呢，欧洲那几个审计长都很欣赏你，你就过来跟他们一起吃个饭嘛。又不是头一次参加饭局，你羞什么呢！”

吾卿微微蹙眉，朝李佳人的方向看了眼，说：“不是害羞，是有事，我已经跟人吃饭了。”

“跟谁啊？谁比欧洲审计长们还重要！”

“女朋友。”吾卿淡淡地回答。

李佳人握筷子的手微微地抖了下，偷瞄了吾卿一眼，觉得，他刚才那

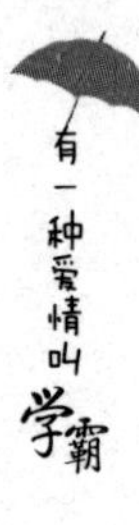

回答，特别的，让人心乱。

不是演戏吗？卿贵人演得也太敬业了吧，连院长都要瞒？李佳人自顾自地想。

“哦，这样。那你们吃着，改天把人带过来给我看看啊。”手机里院长笑呵呵地说。

李佳人直觉得手抖得更厉害了。

院长想见她？

不……她不要……她怕……

李佳人求救地望着吾卿，用力地摇头。吾卿随意地瞥了她一眼，对着电话里说：“好的，下次有时间再说。”

说罢，挂断了电话。

李佳人愣愣地看着被吾卿塞回口袋的手机，张着嘴，半晌说不出话来。

他竟然先挂了院长大人的电话！

刚才院长还跟吾卿自称叔叔，看来卿贵人跟院长关系不一般啊。果然是皇亲国戚啊！魄力就是跟别人不一样。

“李佳人，你不舒服吗？”吾卿坐了下来，瞥了眼餐桌问道。

李佳人困惑地眨了眨眼：“没有啊。”

他干吗这么说。

“那你怎么不吃肉？”

李佳人囧，她不是就只爱吃肉。

“那是生的。”李佳人苦着脸说。

吾卿“哦”了声，夹了块生鱼肉往嘴里一塞，满意地咬了几口，吞下。

李佳人眼睛直勾勾地盯着吾卿翕动的喉结，还有那黏着些许芥末的唇瓣，艰难地吞了吞口水，还是忍不住问：“好吃不？”

“不错。”吾卿放下筷子，抬眸看着她，眸光亮亮的，“你不爱吃这个，所以给我点的？”

李佳人想摇头，她点是因为来吃日本料理，岂能不点三文鱼。但是，看吾卿注视自己的样子，她昧着良心点了点头。

她不是故意欺骗卿贵人的感情，心中有股不好的预感。

“佳人，我很开心，你吃肉能想到我。”吾卿幽幽地说，眼睛亮闪闪的，好像他以前跟她吃饭，都吃不到肉似的。

被他感动的目光盯着，李佳人觉得自己以前真是太不厚道了，怎么能不给卿贵人吃肉呢，怎么能只给他吃肥肉呢，怎么可以……

“学长，我……”

“佳人，都说让你叫我吾卿了，你怎么还这么生疏呢？”

还没说完，吾卿就打断了她的话，李佳人听着那暧昧的语气，脸忍不住羞红起来。

卿贵人，不是我想跟你生疏，而是我们在演戏，真没必要演得这么真嘛。李佳人郁闷地想，目光对上吾卿有些受伤的眼，无奈地叹了口气。

吾卿就吾卿吧，还好不是让她喊小卿。

“如果你嫌吾卿这名字拗口的话，也可以跟我家人一样，喊我小卿。”吾卿尴尬地咳了声。

李佳人：“……”

“还是你想喊我卿卿？”

卿卿……还亲亲呢……

李佳人一口气呛在喉咙口，她又一次被卿贵人的话给呛到了。

吾卿见她咳得眼泪都出来了，起身绕到了她那侧，伸手轻轻地拍着她的背。没料到他会突然过来，还靠她这么近，李佳人一激动，嘴里的饭粒都

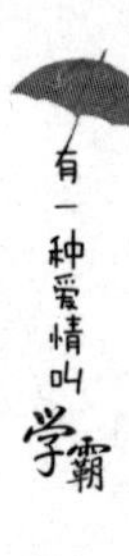

喷了出来。

气氛瞬间沉静了下来，李佳人憋着气再也不敢咳了。

许久，吾卿侧过头，看着脸色涨红的李佳人微笑道：“佳人，其实我好像吃饱了，你呢？”

怎么可能，卿贵人你才吃了一口，一口肉。

李佳人想说些什么，但是看了眼面前粘着些许白色饭粒的日料，她默默地点了点头，虽然还没吃饱，但她还是很配合地说：“我也饱了。”

于是，两人心照不宣地留着一桌没怎么动的菜走出了新开的寿司店。

Part4

走出餐厅，吾卿让李佳人在门口等他，他去买点儿东西。

刚在大神面前做出这么 low 的事的李佳人只顾着尴尬，也没敢问他要买什么。

吾卿走了一会儿，李佳人还在为刚才的事郁闷，突然看到两个眼熟的人影从她眼前走过，那两人似乎也认出了她，其中那女的停下了脚步。

“李佳人，这么巧，又碰到你了！”秦肖华松开顾潇的手，踩着高跟鞋朝李佳人走了过来。

李佳人内心哀号一声——今日大凶，不宜出门啊！

“真的好巧。”李佳人干笑地咧了咧嘴，小手不由自主地紧揪在一起。

怎么办啊？一会儿吾卿回来看到秦肖华他们她该怎么介绍？要是被卿贵人知道，她曾经那么丢脸过，她还有什么脸在他眼前晃啊！她刚吃饭的时候，已经丢了脸了，这会儿再丢，她真的要没脸再见吾卿了。

“这小镇是 S 大跟 G 大的交会地，你跑来这儿吃饭，那说明你在 S 大上学咯。”秦肖华自顾自地说。

李佳人点了点头，她的确在S大上学。

“我就说嘛，我在G大没见过你，果真是S大。S大审计很有名，本二类却没我们G大好，你在那儿读什么？我念的是动力工程，偏理，你是读文的吧。”丝毫不放过任何打击李佳人的机会，秦肖华喋喋不休。

虽然知道炫耀是可耻的，但是李佳人还是硬着头皮回了句：“我念审计，属理。”

气氛一下子冷凝下来，秦肖华脸上的笑容有些挂不住，但还在垂死挣扎：“听说你们学校三本也有审计。”

李佳人知道她是什么意思，“嗯”了一声，淡淡地说：“是有，不过跟我们不是一起上的，我是大院的。”

潜意就是她不是三本而是一本的。

S大的审计专业在省内排名是第一的，审计专业的录取分数比得上排名很前的重点大学。李佳人并不是学习的料，但是拜秦肖华所赐，她一转学再也不敢交朋友，光顾着死啃书，俗话说勤能补拙，外加她高考超常发挥，竟然被她考上了S大的审计专业。这绝对是秦肖华意料不到的。

“这样啊，没想到你考得不错。”秦肖华悻悻地说。一旁等待的顾潇不知何时也走了过来，听说李佳人是审计的，脸上的表情也有些讶异。

“呵呵，还好。”李佳人谦虚地说，偷瞄了眼脸色暗沉的秦肖华，不知道为什么，心里莫名地爽了。

“你在这里等人吗？”为了不让自己继续尴尬下去，秦肖华聪明地扯开话题问道。只要话题一绕开，她相信李佳人不出几句，就又会露出可以让她打压的点来。

你说秦肖华为什么老跟李佳人过不去，还真不好解释，你总得允许世

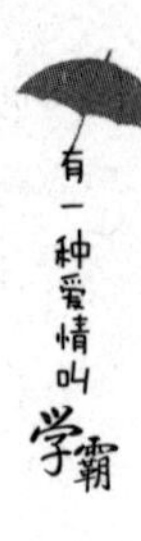

界上有那么几个奇葩的存在吧。

“嗯。”李佳人诚实地点头。

“男朋友吗？”秦肖华眯着眼继续追问，心里叫嚣着，等男朋友最好，她就不信李佳人的男朋友会比她家顾潇好。

李佳人张着嘴，不知道该怎么解释卿贵人的存在，却突然听到有人喊她，声音分外温柔。

“佳人……”

李佳人循声抬头望去，就看到吾卿拎着个必胜客袋子走了过来，袋子里隐隐地透着比萨盒的影子。

难道吾卿知道她没吃饱，特意去买了这个？还是说，卿贵人是买给他自己吃的……

“佳人，他是？”

秦肖华不是没见过帅哥，她身旁站着的男友顾潇也是大帅哥一枚，在G大都入十大帅哥榜的，可是跟眼前这个人比起来，秦肖华顿时觉得顾潇逊了好多。

很少有男生穿墨绿色的毛衣，因为这颜色很需要气质衬托，可是吾卿穿这色一点儿都不突兀，反而将他的气质衬托得更为出众。他五官本就精致，外加这出尘的气质，让已经有了顾潇的秦肖华都忍不住心动起来。

那男生显然就是李佳人等的人，但她实在是不愿承认这是李佳人的男朋友。

这样绝代风华的男生岂是李佳人配得上的！秦肖华愤愤地想。

顾潇哪知道秦肖华的心思，只觉得吾卿这人气质非凡，也忍不住看上几眼，觉得有些眼熟，却没吭声。

李佳人听秦肖华问话，不知如何作答，这本是她跟秦肖华他们的事，跟吾卿一点儿关系都没有，她不太想把卿贵人扯进来。

可是，吾卿好像不这么想。

见李佳人表情纠结，他微微地笑了起来，对着秦肖华礼貌地自我介绍：“我是吾卿，佳人的男友。”

话音刚落，李佳人震住了。

秦肖华也震住了，连带着顾潇也有些惊愣，目光在李佳人跟吾卿身上探寻了一番，最终落在了吾卿身上。

“你是S大的吾卿？”这次开口的竟然是一直沉默的顾潇。

“正是。”吾卿讶异地抬眸看他一眼，保持微笑。

吾卿以往不爱搭理人，但这次对方貌似认识李佳人，他也不好不理不睬。

听到吾卿的回答，顾潇的脸上浮现出恍然的表情，旁边的秦肖华貌似也听说过吾卿的名字，更是惊羡地望着李佳人，心里却不甘至极。

吾卿竟然是李佳人的男朋友？S大的吾卿？S大帅哥综合榜第一名！大二第二学期，就把常人通不过的ACCA十六门包括选修的两门全过掉了，四年的学分花两年修完，自己还开了证券公司在赚钱，听说还是外面十多家知名公司的投资顾问……爷爷是退休老医师，奶奶是老文艺演员，老爹是国家审计局的高层，老妈是某化妆品公司的老总……

试问，这样一个人，为什么还会待在S大，为什么还成了李佳人的男朋友？

秦肖华表示很不理解，同样很嫉妒。

李佳人哪知道卿贵人在外人眼里是这么牛×，她对吾卿的所有认知都是王青青她们普及的，听了一大堆记得的还没有一半。此刻的她，被吾卿那声“男友”震得回不过神来，哪顾得上猜秦肖华的心思。

“能冒昧地问下，吾同学你是怎么和佳人走到一起的吗？”秦肖华不死心地追问。一旁的顾潇脸色沉了沉，伸手拉她，都被她甩开了。

吾卿眉头微蹙，眸子眯起，打量了秦肖华一番，注意到那女生脸上掩盖不住的愤愤时，眉头锁得更紧了。

他们似乎并不像他以为的是李佳人的朋友。

他回头看了站在他身后的李佳人一眼，发现她咬着嘴唇，可怜巴巴地看着他。

“在一起需要理由吗？”吾卿拉了拉李佳人的小手，嘴角微扬地对秦肖华说。

没想到他会反问自己的秦肖华愣住了，不知道该怎么回答。

李佳人呆呆地望着被吾卿握在手心的手，耳边回荡着他刚刚说的话，心跳得好快好快。

卿贵人对她可真好，她一个眼神，他就知道她需要帮忙，二话不说就帮她演戏了，竟然还说出这么感人的台词。

呜呜，她好感动。

“不好意思，我们还有点儿事，先走了。”

周围一片沉寂，秦肖华一时没了话，看出来李佳人不喜欢他们，吾卿淡淡地说道，语气不失礼貌，但明显多了几分冷硬。

“嗯，我们也要去吃饭了，你们走好。”顾潇尴尬地回，上前自然地揽住了秦肖华的肩膀。

回答他的只是吾卿带着李佳人离去的背影。

顾潇觉得，世界上真的有一种男人，让男人见了都自惭形秽。

看着他们越走越远，刚才沉默的秦肖华咬着嘴唇，最终还是嫉妒发狂地喊出声来：“吾卿，李佳人配不上你，她高中时写情书给顾潇闹得全校人都知道。是帅哥她都喜欢，她就是这么肤浅的人。”

吾卿蓦地停下脚步，李佳人也跟着停了下来，眼睛小心翼翼地瞅着卿贵人的脸色。

虽然有料到秦肖华不会让她好过，可是她还没有做好准备去应对这些。

吾卿要知道她过去的事，估计再也不要她演戏了吧，毕竟她太丢人了。

“谁是顾潇？”吾卿回过头去，语气清淡地朝秦肖华问道。

吾卿这句话，深刻地伤害了顾潇同学，他本人就站在那儿，吾卿竟然不知道他是谁？他真的这么没名气吗？

顾潇有些怨恨地瞥了秦肖华一眼，真不知道她到底想做什么，刚才为什么要喊住吾卿？难道她看上吾卿了？

“就他。”秦肖华一心只想拆开李佳人跟吾卿，魂都被吾卿给勾没了，以前欢喜的顾潇这会儿根本入不了她的眼。

李佳人小心翼翼地拉了拉吾卿的衣袖，表情抱歉地看着他。

真是不好意思，把卿贵人拉下水了。

李佳人很是内疚地看着他。

生怕药下得不足，秦肖华还不嫌恶心地继续道：“李佳人可是顾潇看不上的，吾卿你什么女朋友找不到，找她！”

这意思就跟吾卿捡了顾潇的破鞋一样，如果他还有自尊的话，还是丢了吧。

被秦肖华这么一说，李佳人也生气了。秦肖华也太不要脸了吧，明明全是她惹的事，现在竟然反咬她一口，诋毁她很开心吗？

忍无可忍的李佳人，小手紧紧地抓着吾卿的衣角，鼓着腮帮子想回秦肖华几句，就听到吾卿先开口了。

“小孩子不懂事，识人不清，有人拿鱼目当珍珠，有人弃璞玉如敝屣，正常。”

意思就是说，顾潇是不值钱的鱼目，而佳人是卿贵人的璞玉。

迟钝的李佳人都听懂了，何况秦肖华跟顾潇。

吾卿没再多言，拉着李佳人的手走了。李佳人忍不住回头望了一眼，看到那两人脸黑得跟木炭似的。

李佳人弱弱地觉得吾卿把话说得太狠了。那两个人都是自尊心很强的人啊！

回去的路上十分平静。

平静到回学校打的要十分钟的车程，卿贵人带着她硬生生地走回去了。

卿贵人手里拿着的比萨直到最后走到她寝室楼下，也没被拿出来说：佳人，你饿了吧，来，吃吧。

李佳人隐隐觉得，事态好像很严峻，吾卿生气了。

但是，他为什么生气呢？这是个很严肃的问题。

李佳人想了想，估摸着卿贵人是因为突然被搅和进她的陈年旧事里，所以不爽了。对的，一定是这样的，吾卿是个很怕麻烦的人。

就算已经在卿贵人面前丢脸了，就算他很可能要跟她说，“从明天开始，我不要你跟我搭戏了”，但是，她还是鼓足勇气在吾卿拎着比萨转身而去的时候，突然拉住了他的手。

吾卿淡淡地回头看她。

“其实……我……”李佳人艰涩地开口，最后在吾卿越来越冷的表情下，大吸一口气，把高中那情书的事从头到尾解释了一遍。

即使可能要分道扬镳了，但她还是不想吾卿误会她真的是秦肖华说的那样。

吾卿一脸平静地听她说完，目光清淡地看着李佳人。

李佳人艰难地吞了吞口水。

当她以为卿贵人会冷漠傲娇地朝她说“放手”时，吾卿开口了。

“李佳人，你很会写情书嘛，这样吧，下次见面之前，交份五千字的情书给我。”

李佳人“哦哦”地张大了嘴。

“当初那情书是我代秦肖华写的，她口述我写而已，我刚才都说了嘛。”李佳人急切地说。

吾卿：“我知道。”

“那你为什么还让我写？”李佳人郁闷道，随后，突然想到了什么。

“难道你很想收情书，但没人写，所以让我写？”李佳人惊讶地问。

吾卿抬眼瞥了她一眼，忽而轻轻地笑了起来，嗓音却微冷地说：“不是，我是想让你以后再也不敢给人写情书。”

李佳人嘴巴张得更大了。

Part5

下午的毛概课上。

“佳人，你在纸上写什么？”手机没电的孙小毛，凑过头来。

“情书。”李佳人无力地回。

中午跟卿贵人那餐她没吃饱，现在饿得慌，小气的卿贵人，最终都没把那比萨分她一块。

“情书，情书！”孙小毛夸张地惊呼几声，引来周围很多同学的侧目，

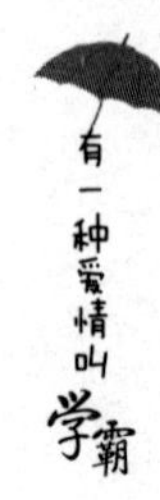

还好毛概老师忙着讲他的毛泽东婚史，并没有注意这边。

“李佳人，你都有了吾卿，还想出墙给人写情书啊！”孙小毛压低音量数落。

李佳人抬头哀怨地看了她一眼，嘤嘤地说：“这就是卿贵人让我写给他的，而且还要写五千字以上，还不准抄袭。”

孙小毛“哦哦”两声张大了嘴巴。

李佳人撇着嘴可怜巴巴地瞅着她：“小毛，情书怎么写？你教教我。”

孙小毛：“……”

李佳人伸手扯孙小毛的衣袖，开始吸鼻子。孙小毛惊悚，指了指另一边玩游戏的童大宝，小声地说：“找大宝，她小学三年级就会写情书了，找她教你。”

李佳人去找童大宝。

“大宝，教我写情书。”

童大宝随意地答道：“好啊。”

几秒后……

“什么？你要写……情书！”有孙小毛的前例在，童大宝一回头张嘴，李佳人就赶紧捂住了她的嘴，忙着解释：“是吾卿让我写的，写给他的。”

“靠！吾卿原来这么闷骚，竟然还让你给他写情书！”坐在最后桌一个人独占一排的王青青突然从睡梦中惊醒，咋呼道。

她醒得太突然，以至于李佳人来不及阻拦，她的大嗓门就盖过了毛概老师的麦克风。

于是……

课上的所有人全看向了她们。

毛概课是大课，整个教室少说有一百人，而且还是不同专业的混课，所以，很快，“吾卿让李佳人写情书给他”的事经过人人网这个八卦平台，以迅雷之速扩散开来。

毛概老师板着脸清咳了几声，继续讲他的毛泽东婚史，其他人纷纷在台下刷人人，李佳人继续写她的情书。

中午被忽视的韩言鑫在吾卿回来的时候，心情顿觉好了起来，因为某人的脸色比他还难看。

吾卿冷着脸把比萨往韩言鑫怀里一丢，回头坐在了自己床上，把大熊猫仔从礼品袋里拿了出来，扔在床上。

“太阳从西边出来了，你竟然想得到给我带吃的，不会是吃剩下的吧？”光顾着拆那比萨盒，韩言鑫都没顾得上看吾卿的脸色。

吾卿抬眸乜了他一眼，没吭声。

那边某人嘀咕几声，打开盒子吃起来。

竟然是没有吃过的，韩社长受宠若惊，边吃边偷偷瞅着坐在电脑面前面无表情的吾卿，心里直打鼓。

吾卿突然对他这么好，绝对有企图。

韩社长在等着吾卿开口，说句噎死他的话。

一盒比萨吃完，吾卿都没提什么要求，韩言鑫觉得很不对劲。

是不是约会出了什么岔子？

韩社长不敢问，吃干抹净睡了个午觉起来上人人网，不经意地朝吾卿床上乜了一眼，发现大神正抱着床上那只长得很笨的熊猫叹气，样子难得的颓废。

聪明如韩社长想想就知道定是小佳人伤卿贵人心了。

吾卿正常的时候不能惹，忧郁的时候更是惹不得，韩言鑫深知这一点，

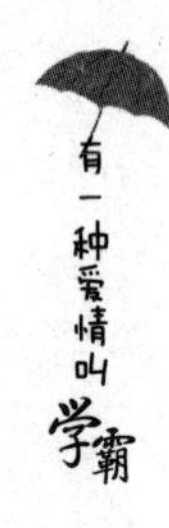

所以很识相地没吭声，一个人默默地玩人人。

当他刷了下人人，看到被刷屏的“吾卿让李佳人写情书”这个消息后，什么大风大浪没见过的韩社长这次也不淡定了。

“吾卿，你真的让李佳人给你写五千字的情书？”韩社长差点儿摔下床，问吾卿。

吾卿把脸从熊猫仔的脖子里抬了出来，目光淡淡地盯着他，许久“哦”了一声。当韩言鑫以为他要开始解释这一乖张做法的时候，他就听到了这么一句。

“李佳人要给我写情书吗？”

疑问的语气，茫然的表情，让韩社长瞬间怔住了。

难道吾卿不知道？情书不是他让李佳人写的，是李佳人自己要写给他的？

肯定是人人上消息传错了，吾卿怎么会做这么闷骚的事，绝对是小佳人自己要给大神写情书，真是的，这年头，还有人情书表白的，太 Out 了。

吾卿那茫然至极的表情，让韩社长头一次对人人网消息的真实度产生了严重的质疑。

后来，很久很久以后，当韩言鑫从李佳人的嘴里听到整件事的详细经过时，韩社长怅惋地发现，大神吾卿不仅很闷骚而且绝对腹黑！

绝对的！这厮太能装了。

“佳人，过来，这里有肉。”

Part 1

花了整整两节毛概课外加晚上选修的西方美术学的时间，李佳人总算挤牙膏地把吾卿要求的情书给挤完了，在寝室用圆珠笔一个个字地点过去，五千字，不多不少，这才松了口气，刷牙洗脸完，爬床上玩电脑。

一天没玩“仙剑”，李佳人就觉得已经好久没玩了，晚上不摸几把，心里不舒坦。

“佳人，明天是周六，社长大人说要开例会，所有人都要去，咱们一起啊！”小毛擦着头发，从浴室里出来朝李佳人嚷嚷。

“哪个社长？”李佳人惶惑。

孙小毛：“……”

王青青抓了把花生米往嘴里一塞，咬牙切齿：“韩闷骚。”

“哦哦，是红帆船啊！”李佳人恍然大悟，“唔唔”地点了下头，继续玩游戏。

玩了一会儿，桌上的手机振动了下，李佳人拿起手机一看，是吾卿发来的短信，让她情书不用写了。

生怕自己看错了，李佳人还特意看了好几遍，确定真的没有看错后，她整颗心都沉了下去。

为什么不早点儿告诉我情书可以不用写啦？为什么？

李佳人愤懑地拿出压在电脑下写得满满的两张 A4 纸，上面还有小毛给她画的大红色爱心，气得眼泪差点儿就掉了下来。

晚上，寝室熄灯后，李佳人躲在被窝里玩手机。

在QQ上跟从小玩到大的死党大黄聊天。

大黄的QQ名，李佳人一向觉得很有喜感，大黄是男的，他有个女朋友叫田旺旺，所以他的QQ名叫“大黄爱旺旺”，等于“大黄爱汪汪”。

囧。

大黄爱旺旺：你元旦回家吗？

小李子：应该回吧，元旦不是还早嘛……

大黄爱旺旺：就因为还早，所以得先存车票钱啊。

小李子：回家车票才二十九，你有必要提前一个多月存吗？

大黄爱旺旺：白富美说话果然财大气粗，二十九还不多啊，都可以买十四包泡面了。

小李子：==，大黄你别这样，真缺钱跟我说嘛，别说“白富美”什么的寒碜我了。

大黄爱旺旺：我缺钱，真心缺。佳人，看在我们从小穿一条裤子长大的分上，你……

小李子：大黄我没跟你穿过一条裤子。

大黄爱旺旺：这不是重点，我知道你跟吴亲亲穿过一条裙子，跑题了，你那儿还有钱不，借我两百块，谈恋爱什么的真伤钱。

小李子：有的，我这个月生活费没怎么花，明天转给你。

大黄爱旺旺：三克油。

小李子：……

大黄借到钱欢脱地去找旺旺玩了，于是李佳人被冷落了。

无聊地看了会儿好友空间，李佳人就下了QQ，躺在床上算着自己还有多少钱。

不算还好，算了李佳人才发现，自从跟吾卿谈恋爱后，她的生活费明显省了很多。因为跟某人出去吃饭，从来不要她付钱。而且他们顿顿都是吃好的，有肉。

想到这里，李佳人对吾卿有些不好意思，怎么说，他们也只是演戏的关系，他为她破费了那么多，所以他让她白写情书的事，她就不放在心上了。

寝室里其他几个人也还没睡，童大宝开着电脑在弄她爱心社的活儿，老大在看恐怖电影，孙小毛在跟人聊QQ。

各有各的玩，难得失眠的李佳人顿时觉得有些无聊，拿着手机又上了QQ。刚登上去，Q上就传来系统提醒，说“卿本佳人”已同意添加您为好友。

李佳人想了会儿才想起这是她坐在钟和楼的自动马桶上加的同学。

看到那人在线，李佳人无聊地给那人发了个笑脸，傻呵呵地来了句:“美女，你好啊，你也是S大的吗？”

那边久久没有动静，李佳人心想估计是睡着了吧，都已经十二点多了。

撇了撇嘴，李佳人下了Q，也睡了。

Part2

第二天。

一觉睡到大中午，李佳人起床打“仙剑”，孙小毛拿着牙刷杯喊她。

“佳人，快起来准备一下，我们一会儿要去红帆船话剧社。”

李佳人迟钝地记起好像是有这么一回事，于是关了电脑下床。

换好衣服吃完早饭已经九点多了，李佳人跟着孙小毛去学校教育超市各自买了杯酸奶，就往山上跑。

红帆船话剧社在山上的大学生活动中心，李佳人爬山累得气喘吁吁，实在想不通不就是开个会，韩言鑫为什么不随便找个空教室，非要让她们跑这么远。

去了才知道，这地方果真是空教室没法比的，装修什么的也太好了吧。

不知道这里的马桶是不是全自动的，李佳人幽幽地想。

找人问了，才知道话剧社在哪里，李佳人一路跟着孙小毛上楼。

找到地方敲了敲门，许久，里面才有人开门。

来人是个披头散发穿着旗袍的女人。

李佳人跟孙小毛倒吸口冷气，瞬间有种见了女鬼的“赶脚”。

“你们有什么事？”那女的堵在门口，语调阴沉地问佳人她们。

“我们是新来的社员，社长说今天开例会，所有成员要全部到，所以我们来了。老师，您好，我叫孙茅茅，她是李佳人。”先反应过来的孙小毛拉着李佳人的手，毕恭毕敬地朝门口那女的说道。

李佳人发现那女的脸色更阴沉了，目光冷冷地盯着孙小毛。

“老师，我们能进去吗？”孙小毛吞了口口水，艰难地说。

旗袍女咬牙切齿：“我是大三的，没本事做你们的老师。”

孙小毛张大嘴巴，恍然大悟：“原来是学姐啊！学姐你成熟的气质让我深深膜拜。”

李佳人捏孙小毛的手：小毛快闭嘴，越说越错啊亲。

“哼！”旗袍女气愤地冷哼了声，扭头走了。

门没关上，孙小毛拉着李佳人侧身钻了进去。

“那女的长得可真心急。”路上，孙小毛同学不怕死地凑在李佳人耳朵边嘀咕。

也不知道那女的耳朵怎么长的，隔了老远还是听到了，回头狠狠地瞪了她们一眼。孙小毛立刻闭嘴，朝上翻白眼，一副我没说话的样子。

一旁的李佳人小脸红红的。

话剧社其实就是个椭圆形的小剧院，李佳人她们进去的时候，里面已经有好几个人了，男生女生都有，看到她们俩，脸上的表情都是惊愕的。

孙小毛自来熟，扯着笑脸拉着李佳人自我介绍："你们好，我们是新来的，我是孙茅茅，她是……"

孙小毛还没有说完，就被那旗袍女打断了话。

"就是那俩走后门的。"

话落，所有人都朝她们俩投来了鄙视的目光。

李佳人拉住了怒发冲冠的孙小毛，对她摇了摇头。

人家是前辈，她们是新来的，吵架对她们没好处。

韩言鑫还没有出现，李佳人跟孙小毛新来，打扫的活儿自然被扔给了她们，其他人在附近坐着嗑瓜子聊天，时不时地有人瞥她们几眼。

"佳人，回头你拨个电话给吾卿，问问他们证券投资会收不收扫地的，去他那儿扫也总比在这儿强啊。"孙小毛愤愤地说。

李佳人缓缓地抬头："小毛，你觉得卿贵人会让他女朋友扫地吗？"

虽然是假女朋友，但是李佳人觉得像吾卿这样的人，一定很好面子，就算是演戏也不会让她去扫地的。

孙小毛："就是不会才让你问的啊！"

李佳人："可是我俩去他那儿，好像只配扫地了。"

孙小毛认同地点点头："那倒是。"

两人握着扫把嘀咕了会儿，发现话剧社的其他人突然停止了闲扯，毕恭毕敬地坐着，看着前方在发表演说的旗袍女。

孙小毛赶紧放下扫把，拉着李佳人凑了过去。

旗袍女阴沉地白了她俩一眼，任由她们坐在最后。

“韩社长有事来不成了，我就把会议的内容转达一下，主要是关于下个月迎圣诞的事。我们院各大社团一起组织了‘双蛋晚会’，每个社都要出个节目。我们到时候排个话剧《白毛女》。这是剧本，大家回去先看一遍，分析下个中角色，到时候我们Q群里商讨下角色分配。”

旗袍女说完，就有个梳着马尾辫的女生抱着一堆文档，一个个往后发。发到李佳人她们那边时，她手头明明还有，硬是当没看见她们俩，扭头坐回了座位。

孙小毛黑着脸，抽了抽嘴角。

李佳人用力地抓着她的手，小毛要淡定啊！

发完东西，旗袍女说了几句官方话，会就开完了，其他人都收拾东西离开。

一直被忽视的李佳人跟孙小毛无精打采地出了话剧社。

一路走出活动中心，孙小毛一直在叹气。

李佳人捏着小手，安抚她道：“小毛，要不我问问卿贵人那儿收不收扫地的好了。”

孙小毛立刻两眼放光。

Part3

吾卿站在图书馆前面那座通往穆和楼的“S”形大木桥上，手随意地搁在栏杆上，任由校新闻社的几个小干事给他拍照。

校学生院报上有个明星学长板块，新闻部部长黄露惠是他一个高中的，

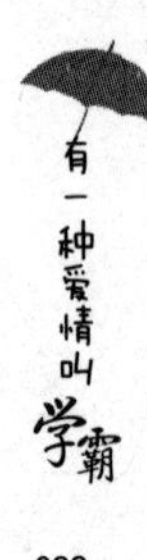

又是老乡又是同一个母校毕业的，让他帮忙照个相上刊。

碍于情面，他勉为其难地答应了。

吾卿站在桥上眺望远处，就看到穆和楼门口蹲着个眼熟的人，眼睛不觉地眯了起来，嘴角勾起了笑。

“小毛，我们为什么不直接去楼上的证券投资部找吾卿而非要蹲在这儿呢？”李佳人站起身来问蹲在她身后的孙小毛。

孙小毛乜了她一眼：“还是单独说比较好，这样被拒绝了也只在吾卿面前丢脸。”

李佳人想想也对。

明明看到她们俩蹲在那儿，吾卿拍完照还是绕道从另一个门上了穆和楼。

这种装模作样的事，一般也只有闷骚的人才会做。

显然，卿贵人是个极度闷骚的人。

李佳人蹲得小腿发麻时，接到了吾卿的电话。

“佳人，你在做什么？”

明明知道李佳人在等人，吾卿还故意问。

李佳人哪知道大神般的卿贵人原来这么闷骚。

已经习惯了他直呼她佳人，李佳人也没惊奇，朝凑上来的孙小毛看了眼，说：“在……在跟小毛散步。”

总不能一开口就问吾卿收不收扫地的吧。

“哦——”吾卿意味深长地来了句。

孙小毛使了个眼神给李佳人，李佳人怕吾卿就这么挂电话，赶紧说：“吾卿，你的证券投资部还开着吧？”

吾卿眯着眼，摸了摸下巴：“开的。”

该怎么把话题引出来呢，李佳人头疼地想着。

“那地方肯定很干净吧？”半晌，李佳人小心翼翼地问了声。

吾卿扬眉：“嗯，有专门的清洁人员会来打扫。”

专门的清洁人员啊……已经有了啊……

李佳人尴尬地朝孙小毛看了一眼，几乎贴在她脸上的孙小毛自然也听到了手机里吾卿在说什么，表情有些悻悻。

就算是为了小毛，李佳人又鼓足勇气问了句：“那要钱的吧？”

要钱的话就辞了吧，她跟小毛来做，只要给她们加学分就好了，李佳人默念道。

“佳人，其实我们部门收益不错，所以，你不用担心我付不起工资。”

以为她是担心他没钱，吾卿叹了口气说。

李佳人囧，卿贵人，我不是这个意思啊。

“不是！”没等她开口，旁边的孙小毛不淡定地喊道。

吾卿又意味深长地“哦”了声，继续：“那佳人你是缺钱了吗？所以……想问我要点儿？”

李佳人摇摇头，心里嘀咕，自己怎么会缺钱，跟吾卿“交往”后，她最不缺的就是钱了，连家里给的生活费都花不完。

“也不是。”李佳人有些纠结。

那头吾卿低低地笑了起来，说：“好了，佳人你有什么需要就直说吧，不用跟我客气的。”

李佳人内心叫嚣，怎么能不跟你客气，你可是卿贵人啊！

被吾卿这么一说，李佳人反而更不好意思开口了。本来她就是来配合吾卿演戏的，怎么可以老麻烦人家呢。想到这里，她不管身旁孙小毛怎么掐她，直接跟吾卿胡乱扯了一会儿，就说要挂了。

吾卿突然喊住了她，说："佳人，一会儿你回去的时候，去你们站的宿管阿姨那拿个快递吧。"

"快递？你给我买东西了吗？"李佳人惊奇地问。

吾卿"嗯"了声，就听到李佳人有些语无伦次地对他说："你不要给我买东西啊！我不要啊！你都老请我吃饭了，我不好再拿你东西了，老让你花钱我都不知道怎么办了，我……"

李佳人很是过意不去，还想继续说下去，突然手机被一旁的小毛抢了过去，然后"吧嗒"一声，被按断了。

李佳人看着，眼睛睁得老大，紧张地抢过电话，对小毛惊叫："你怎么能把电话给挂了？这可是卿贵人的电话，你怎么能先挂他电话？完了，完了！"

李佳人急着要回电话过去，但又不知道该跟吾卿说些什么，此刻就像热锅上的蚂蚁，急得团团转，不打也不是，重拨过去也不是，最后还是孙小毛看不过去，出言点醒了她。

"你打过去说什么呢？把快递退给卿贵人吗？你都不知道他给你买了啥。像卿贵人这样的人，都是很高冷的好吗，他肯定难得给别人买东西的，你不要还要退回去，多伤他自尊心啊！"

李佳人被说得无言以对，内心觉得孙小毛说得没错，吾卿确实是这样心高气傲的人啊！

"可是我不能老占他便宜啊，我又不是他真的女朋友。"李佳人纠结地说。

孙小毛拍拍她的肩膀，表示理解："所以啊，咱们还是先回去看看吾卿都买了啥，再做决定，要是太贵重，咱们就还了，不贵的话，咱们就收了，你要心里过意不去，就也给他买点儿东西吧。"

李佳人听了小毛的话，然后被她拖着一路往寝室跑去。

吾卿就站在穆和楼上，将底下的情景看得一清二楚，他远远地就看到李佳人被孙小毛拖着，两个人沿着“S”桥，歪歪斜斜地跑没了影。

Part4

事实上，李佳人根本没有吾卿的快递退回去的机会。

她们刚到二站，宿管阿姨就告诉她们，刚她看到她们寝室的老大跟大宝，就把快递给她们带上楼了，好大一箱子，她们俩还是搬着上去的。

李佳人急了，那么大一箱子，吾卿都给她买的啥啊？万一太贵重怎么办？快递不会已经被拆了吧？

她一路焦急地跑上楼，都顾不上脚上没好透的“甲沟炎”，一路飞奔到寝室，刚推开门，就闻到了一股扑鼻的肉香。她们整个寝室堆满了吃的，王青青跟童大宝两个人各坐在床上，抱着一盒周黑鸭在啃。

见她进来，王青青吐了块鸭脖子，朝床下被掏空的快递盒，对李佳人道：“佳人，你遇到什么好事了，在网上买了那么多吃的。”

李佳人弱弱地松了口气，还好都是零食，不是什么太贵重的东西，她还承受得起。零食已经被老大她们拆分开吃了，肯定不能还给吾卿了，她只能自己买个礼物回送他下了。

李佳人正停留在自己的遐想中，没有听到王青青在说什么，没有回她，倒是一旁的孙小毛多嘴帮她回了一句：“这不是佳人买的，这都是卿贵人给买的。”

“啧啧，卿贵人到底是卿贵人，出手就是阔绰，零食都是整箱整箱地买，还都是荤的，看来他知道咱们佳人爱吃肉啊！”孙小毛笑眼弯弯，边说边走

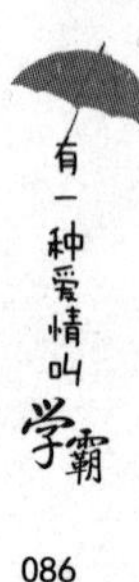

进了寝室，从零食堆里捡了包猪肉脯开始吃了起来，看佳人还杵着发呆，她也丢了包给佳人。

要换之前，李佳人看到这么多好吃的，肯定乐得开花，但是现在她根本没有心情吃东西啊！

她跟吾卿只是演戏，他没必要对她这么好吧，不仅让她蹭吃蹭喝，还买这么多零食给她，还贴心地全买的肉类，就因为她喜欢吃肉。

他对她也太好了吧。

“佳人，你现在还觉得吾卿跟你演戏？谁演戏还在你身上花这么多钱！吾卿跟你是来真的好吧。我们全信了，怎么就你一个还不明白。”看李佳人一脸纠结的模样，王青青忍不住再度提醒她。

李佳人慌了，忙着反驳：“你们不要乱说，卿贵人才不会真喜欢我呢。”

童大宝翻白眼：“那你说，吾卿到底是什么理由要给你买这么多吃的？”

“对的，对的，这么多吃的，显然也买了我们的份，你说谁演戏还给女方朋友买吃的。”孙小毛插嘴。

“就是！”王青青哼哼。

李佳人被说得更加纠结了。

她虽然迟钝，可也不是感受不到吾卿对她的好，之前心里也不是没想过吾卿可能真喜欢她，可是理由呢？为什么呢？堂堂卿贵人，为什么会喜欢她呢？

就是因为找不到理由，所以李佳人一直不敢往那处想。可是今天，卿贵人这个举动真的有吓到她，难道真如大家所说的那样？

李佳人脑子里像倒了糨糊，浑浑噩噩地坐在床上一直想着这个问题。

晚上，李佳人还坐着发呆，童大宝她们叫了校园外送又吃喝起来。

“佳人，快别想了，过来吃点儿东西。”王青青拿着块鸡排，嘴上油腻腻地喊李佳人。

沉静了半天的李佳人终于下定了决心，目光灼灼地看着她家老大。

王青青被她看得心底直发麻，颤颤问：“佳人，你怎么了？你是不是太饿了，两眼都发光了。”

李佳人没理她，她在酝酿勇气。

“我决定了，我要找吾卿问个明白！”李佳人举着拳头重重地点头。

王青青无奈地叹了口气，回头继续跟童大宝、孙小毛啃鸡排。

这种事还需要问吗？外人都看得出来，也就李佳人这呆子反应不过来。

下好决心后，李佳人觉得心里舒坦了，但是就是勇气还不够。

“老大，我要喝酒。”李佳人突然大声说道。

“喝酒做什么？”王青青傻眼。

李佳人：“壮胆！”

王青青：“……”

孙小毛：“……”

童大宝：“……”

Part5

硬拉着寝室的姐妹下楼，到学校教育超市买了一捆啤酒，李佳人雄赳赳气昂昂地就朝国审院的男生寝室楼走。

王青青她们无奈地翻了个白眼，跟了上去。

把六罐啤酒一个个排开，李佳人蹲在男生寝室楼下的长椅旁，抿了抿嘴，小手伸向了其中一罐。

“我要喝了。”打开易拉罐的盖子，李佳人表情凝重地说。

那边，老大她们还惦记着寝室里的吃食，随意催促道："喝吧，喝吧。"

李佳人点了点头，抿了一口，眉头皱起。

"怎么是苦的啊？"

靠得最近的孙小毛擦了擦黑线："佳人，啤酒本来就是苦的。你作势喝几口就好了，其他的我帮你喝吧，我正好口渴了，刚才鸡排吃多了。"

说罢，孙小毛就把手伸向了椅子上的啤酒，还没碰到，就被李佳人一把拍掉了爪子。

"这些我要全部喝光的，小毛你渴就去买饮料嘛。"李佳人蹲下身子将罐子全护在胸口，睁大眼睛。

孙小毛："佳人你又不会喝酒，这么多你想喝醉啊！壮胆抿几口就好了嘛……"

李佳人垂下头，嘤嘤地说："不喝醉，我没胆的。"

其他人全闭嘴了。

没多久，在李佳人的强烈坚持下，她果真如愿以偿地喝醉了，可是……

喝醉的李佳人没有一鼓作气地去找吾卿问个明白，而是在宿管老师不在的良好先机下，按原计划冲进了男生寝室楼，可就在第一层的时候，强行进错某 ACCA 班的男生寝室，霸占了他们的一个厕所。

孙小毛永远也忘不了那寝室里的男人脸上清一色的惊悚表情。

童大宝再次确定男生寝室果然是臭气熏天。

而某男生上身套着毛衣下身只穿着花裤衩在跳 Nobody 的风骚样又一次被王青青贴上了娘娘腔的标签。

"你们怎么进来的？"难得串寝室的韩言鑫尖叫一声，极快地跑进一间寝室，关上门，只露出条很小的细缝，惊问道。

王青青没回他，意味深长地盯着他光着的长腿从下往上瞄，脸上的表情很是高深莫测。

某人见状，“砰”一声，用力地关上了门。

那边孙小毛跟童大宝已经冲进厕所找李佳人去了。

“李佳人呢？她没跟你们一起？”韩言鑫穿好裤子打开门出来，问王青青。

王青青指了指厕所的方向：“在那儿。”

然后韩言鑫就听到了某人打着酒嗝在声嘶力竭地号：“我不要走，我要找吾卿！吾卿……你在哪儿啊？你躲哪儿去了啊……吾卿……”

孙小毛：“这是厕所，吾卿才不会在这里，你出来就看到了。”

李佳人：“你骗人，卿贵人他那儿的马桶是全自动的，这里没有。这是哪里，你们不要绑架我，我要喊人了！”

外边，一群人全部黑线……

童大宝：“佳人，我们没有想绑架你。这里太臭，我们先出去吧。”

李佳人：“不……爸爸……妈妈……救命……呜呜……我不要走……”

韩言鑫跟王青青还有其他人走到厕所的时候，就看到李佳人死命地扒着某个蹲坑的门板哭着不走，还时不时地吐几下，孙小毛跟童大宝早就被恶心得跑了出来，放弃抓她了。

“谁不知道你们绑了我想威胁卿贵人，才不让你们得逞呢。哼……”

李佳人还在发酒疯，韩言鑫在一旁笑得快岔气，歪着头对王青青说：“她一定是警匪片看多了，想象力真丰富。”

王青青白了他一眼，大喝道：“笑屁，比你刚才穿花裤衩扭屁股跳Nobody好笑吗？还不快打电话让吾卿过来，总不能让佳人一直待厕所吧。”

韩言鑫理亏，红着脸垂下头，一副小媳妇样地默默掏出手机拨给了吾卿。

吾卿接到韩言鑫的电话的时候，正在证券部的值班室给干事们开月底大会，一点开接听键就听到某人鬼哭狼嚎着：“吾卿，你家李佳人跑我们男生寝室发酒疯了，在（1）班的寝室……”

吧啦吧啦一大堆，周围的干事们都能听到韩社长的尖叫声，所有人都用探寻的目光打量着他们老大。

吾卿的眉头微微蹙了下，手摸了摸下巴，眯起眼：“韩言鑫，你知道的，我不喜欢开玩笑。”

那边，韩社长听到卿贵人这么说，就知道吾卿是不相信他了，当即冲进厕所，把手机凑到李佳人嘴边，说：“小佳人，快跟你家吾卿说两句。”

一听到吾卿的名字，醉得都认不出大宝小毛的李佳人眼睛立刻眨得亮亮的，盯着韩言鑫看了会儿，忽而像想到了什么，把门板扒得更紧了，嘴里生怕电话里的人听不见似的，大叫起来。

“卿贵人，你别来，他们是想用我抓你呢！”

韩言鑫额头上的青筋一跳一跳的。

继孙小毛、童大宝后，韩社长也阵亡了。

Part6

吾卿丢下会赶过来的时候，李佳人已经号得嗓子都哑了。

（1）班男生寝室的厕所门被她给生生拽了下来，丢在洗手间外的走廊里，洗手间的大门被她给关了，她就一个人躲在里面，谁也不知道她在做什么。

见到吾卿过来，韩言鑫他们就像见到了救星，擦了把冷汗朝卿贵人凑上去。

“吾卿啊，你家小佳人实在是太能折腾了，怎么哄都骗不出来。她难道都不嫌厕所臭吗？”韩言鑫朝吾卿抱怨。

吾卿没看他，迈开长腿走到了洗手间门外，伸手敲了几下，语调轻柔地喊了两声“佳人”。

李佳人已经睡着了，迷迷糊糊地听到有人喊她的名字，咕哝了几声，也听不清他在说什么。

听不到回应，吾卿的脸色沉了下来，朝身后戳着的几个男生招了招手。

“把门撞开。”

“吾卿，门撞坏了，是要赔的。”有人弱弱地说。

“去证券部翻十倍报销。”吾卿冷淡地说。

话音刚落，几个人已经迫不及待地冲了上去，撞门。

（1）班的寝室长拎着被李佳人拆下来的厕所门走到吾卿身旁，干笑着说：“吾卿，这门能报十倍吗？”

吾卿“嗯”了声，寝室长撒欢地跑了，几秒后又拿了张他们之前就弄坏的椅子跑过来。

“吾卿……”

“十倍。”卿贵人看都没看他一眼，目光紧紧盯着李佳人锁住的门，兀自说道。

寝室长又一次欢快地跑了……

事实上，后来某寝室长无良地把寝室里能拆的东西都拆了，拿去卿贵人的“国库”乘以十报销了，看得其他寝室的人眼红得不得了。

为什么，为什么，李佳人跑的不是他们寝室，为什么啊！

门被撞开的时候，李佳人正蜷缩在地上哭。

她早就被撞门声给吓醒了，可酒还没醒，这是坏人要冲进来抓人呢。

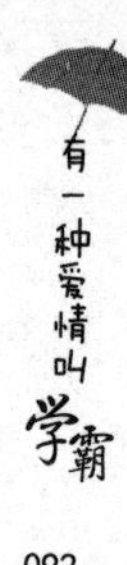

“你们要做什么？不要过来！”见人靠近，李佳人赶紧警觉地跳起来，敏捷地跳到洗手池边，抓起一旁的拖把作为武器大喊道。

众人早就一副见怪不怪的样子，纷纷退了出去，同情地看着站在门外僵愣着不动的吾卿。

“本来想强行把她带出来的，可是只要人一靠近，她就咬人。喝酒误人啊，好好一个萝莉，发起酒疯来就跟金刚芭比似的。”韩言鑫叹息地拍着吾卿的肩膀说。

卿贵人难得地回头看了他一眼，嘴角挂着浅笑，说：“这儿有碗筷吗？”

韩言鑫愣了下，随后望向了（1）班的寝室长。

寝室长蹦蹦跳跳地冲进自己寝室将自己的泡面盒拿了出来，殷勤地递给吾卿，嘴里还不忘提醒道：“十倍报销不？”

吾卿似笑非笑地瞥了他一眼，寝室长小心脏一颤，赶紧缩手，识相地退到一旁。

在吾卿面前，一定要“见好就收”啊。

吾卿拿着碗筷朝李佳人跨了两步，李佳人满脸戒备地看着他，显然已经醉得连吾卿也认不出了，仿佛只要他再靠近一步，她就把手里的拖把抡向他的脸。

可就在她要抡拖把的时候，吾卿停住了脚步。

大家都惊奇地看着他俩，谁也不知道，吾卿要碗筷做什么。

气氛瞬间沉寂了下，只能听到吾卿用筷子敲碗的声音。

几秒后，卿贵人开口了，这一开口，雷死了全场人。

“佳人，过来，这里有肉。”

所有人瞬间在吾卿微笑的语声中凌乱了，更让他们凌乱的是，李佳人就像被下了咒似的，竟然放下了她手中的拖把，眼睛睁得大大的，眸光亮亮的，朝吾卿扑了过去，嘴里兴奋地喊着：“肉肉……”

李佳人扑得太猛，吾卿张着双臂来不及躲，就被她给扑倒在地。

众人看着平日光鲜亮丽、此刻却躺在男生寝室肮脏的洗手间地板上的吾卿，心肝都颤了下。

谁不知道，吾卿是很爱干净的。

“佳人这次不会要被卿贵人给弄死吧？”孙小毛担心地拉着王青青的裤带问，眼睛悄悄地瞅着趴在吾卿身上睡死的李佳人。

王青青看着面色阴沉冷凝的吾卿，没敢出声。

周围一片死寂，只能听到有人倒抽冷气的声音。

当所有人都以为，吾卿会把身上脏得不得了的李佳人给丢出去的时候，大跌眼镜的一幕发生了。

卿贵人竟然小心翼翼地将李佳人护着从地上爬了起来，半嗔怒半痴笑地捏了把李佳人肉肉的腮帮子，哂笑道：“你怎么还跟小时候一样，老爱往人胸口撞。”

吾卿那暧昧的举动实在是表现得太旁若无人了，搞得他们这寝室的，连带着其他寝室来看热闹的人都不存在似的。

最不能容忍自己被忽视的韩社长，用力地咳了几声，想让某人注意他们一下。

可是，卿贵人压根儿看都不看他一眼，径直抱着睡死的李佳人走了。

韩社长伸出去的手被华丽丽地无视了。

Part7

“你怎么还跟小时候一样，老爱往人胸口撞。”

“刚才吾卿是不是说这句话来着？难道他跟李佳人从小就认识？”

吾卿抱着李佳人走了好一会儿，王青青跟孙小毛、童大宝才回过神来偷溜出了男生寝室。

路上，向来多颗心眼儿的童大宝嘴里嘀咕着吾卿的话。

孙小毛点点头：“好像是这么说的，我也好奇吾卿这种大神级的人物怎么会看上我们佳人。不过好像他早就认识佳人了，不过怎么没听佳人说起过呢？”

“都说是小时候了，说不定他俩小时候认识，后来因为某些原因分开了，佳人长大了，以她的个性，忘记小时候的玩伴很正常。”王青青打了个喷嚏说。

孙小毛跟童大宝赞同地点点头。

反正吾卿对佳人有意思，这是瞎子都看得出来的事了，刚才那么一闹，她们更确定了。一确定，她们也就心里踏实了，总算能心安理得地享用卿贵人送的零食了。

吾卿抱着李佳人，没有回男生寝室，而是去了教职工住宅区，他在那儿有套房子，是院长给他留的。

说为什么给他留，最大的原因，一是因为国审院的院长真是他亲叔叔，二是这房子是他大一大二的时候，想安静地准备考 ACCA 用的。

他本来是高考特招生，可以直接保送清华的，因为现在审计会计行业吃香，S 大又是全省排名第一的审计大学，外加父辈也是做这行的，叔叔又是 S 大院长，所以就入了 S 大，本意是考完 ACCA 出国留学的。

大三前，他差不多只顾着修学分备考 ACCA，两年学了四年的课程，还把人家学四年未必全过的 ACCA 十六门全部过掉了。本来这个学期，大三他已经跟院长说好，把手头的事做完，就要出国的，可是，一个异数出现了。

那就是，他再一次遇到了李佳人。

他长这么大，就哭过一次，还是被李佳人给弄哭的，因为这小骗子吃光了他的东西，还跟人跑了。

那年，他六岁，李佳人五岁。

吾先生吾太太忙着工作，没空带他，他被送去了老家爷爷奶奶那边上的幼儿园，在那里，就遇到了贪吃鬼李佳人。

他的姓氏生僻，名字“卿”又难写，所以幼儿园的小孩子们都不知道他具体叫什么。

听到老师喊他“卿卿”，又知道他大致的姓后，都喊他“吴亲亲”。

第一个这么喊的，当然是老爱黏着他的李佳人，因为她前后鼻音不分。

小佳人为什么爱黏小卿卿呢，这也是有原因的。

吾卿小时候肠胃不好，不太能吃油腻的东西。每次中午在学校吃午餐时，碗里的大排或者鸡腿，他总是咬几口就不吃了。

那时候李佳人偏偏就特别爱吃肉，看到小卿卿将肉肉放一旁，好浪费，就自告奋勇地缠着他要帮他吃掉。

吾卿从小就早熟，不爱跟其他孩子犯二，老是一本正经的，因此在学校没什么朋友。

那阵子，小佳人天天来缠他，外表孤僻，内心其实很渴望有人搭理的小卿卿心里很是高兴，因为搭理他的妹子还是个眼睛大大的萌妹子。

他从小就喜欢大眼睛的女孩子，笑起来好看。

那时候的小佳人，只要给她吃肉肉，她准朝你笑得跟二百五似的。

小卿卿每次看到小佳人两眼弯弯地看着自己，就春心荡漾，小脸蛋红扑扑的，肉一口都舍不得咬了，全给李佳人了。

看着小佳人欢喜地咬着他碗里的肉，小卿卿心里就特别满足，特别是

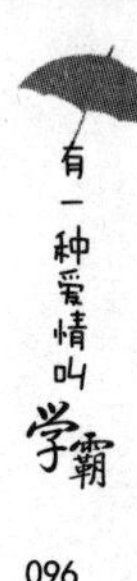

当某人吃完，总会张着油腻腻的嘴亲他一下，说“吴亲亲，我最爱你了”时，他觉得好有成就感。

在幼儿园待了一年，他就跟养猪似的，把小佳人好好的一个萌妹子给养膘了，可是她越胖，小吾卿看得越欢喜。特别是其他男孩子说小佳人胖得好丑时，他心里别提有多乐。恨不得所有男生都嫌李佳人丑，然后她就是他的啦。

吾卿同学打小就腹黑好不。

人家十七八岁的男生才会想到的圈养计划，他幼儿园就用上了。

果然，小佳人因为太胖，站哪儿都被人嫌，所以她也不找别人玩了，专心黏着“吴亲亲”，最起码，他会给她肉肉吃。

事实证明，一年的饭不是白吃的，多长一岁的吾卿，喂养策略更有目的性了，接下来，他每次给小佳人喂肉都会问：“佳佳，你愿不愿意一直跟着我，愿意的话，我就天天给你吃肉好不好？”

肉肉是王道，肉肉是亲妈啊！有肉在眼前，李佳人当然想都没想就说“好”。

她是无心说说的，可是小卿卿当真了有没有。

小吾卿从来没想到，自己好不容易养膘的小佳人还会跟人跑了啊！

某年某月某一天，李佳人突然转去别的幼儿园了，吾卿再也见不到了，小闷骚哭得跟小傻似的。

某幼儿园的孩子说，小佳人是看上她邻居哥哥大黄，所以转去大黄的幼儿园了。

听到这话，小卿卿觉得天塌了下来，李佳人这小骗子，说好一直跟着他的。

他都把一年的零花钱省了，准备给她买肉肉的。

呜呜……

小佳人不在了，吾卿幼儿园也没念下去，直接跳级去上小学了，但小佳人吃光她抹嘴跑路的事，一直是他幼小心灵上的大伤疤。

吾卿没有想到，自己会把李佳人记这么久，久到听到她错乱的表白，在他们教室门前看到她的第一眼，他竟然就认出了，这个放大版的李佳人就是小时候的胖佳人。

这次他不急于求成，准备循循善诱。哪知道某人根本就没认出他，一直以为他吃饱了撑着，在跟她演戏。

谁这么闲跟她演戏啊！

想到这里，卿贵人内心又抑郁了。

李佳人要有心问问他的事，不难问出他跟她其实是老乡，祖籍一个地方，她要聪明一丁点儿，就知道他就是“吴亲亲”了，可是，她恰恰就是少了那么丁点儿聪明。

看来，某人是忘了“吴亲亲”了，亏他当年还因为她跑了哭了呢。

吾卿收拢手臂，将怀里的李佳人抱紧了些，无奈地叹了口气，继续往前走。

“佳人啊，这次可别乱跑了。”

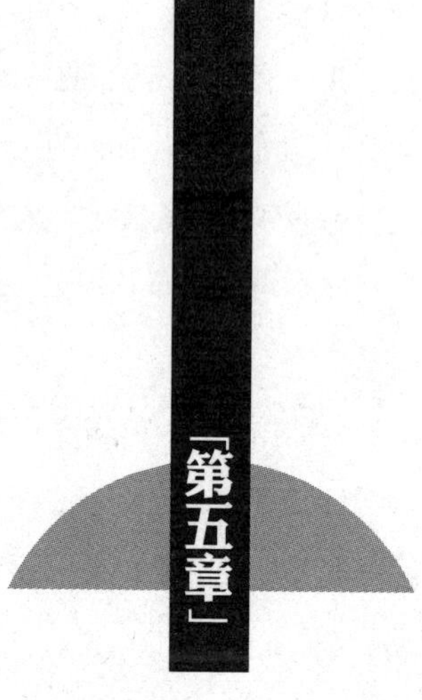

「第五章」

"我不会把卿贵人给……"

Part 1

李佳人睁开眼的第一反应，就是自己还没有睡醒，她在做梦，而且做的还是春梦。

她梦到她家卿贵人跟她睡在一张床上，整个人窝在蓝白色的棉被里，好看的眉眼闭紧，长长的睫毛随着清浅的呼吸微微地颤动了几下。

为了确定这到底是不是在做梦，李佳人伸手，小心翼翼地戳了下吾卿那弹指可破的脸蛋，感觉手上滑滑的，带着温暖的体温。

等等!

有温度！天，不是做梦!

李佳人猛地打了个激灵，用手捂住张大的嘴，以免自己叫出声来，眼睛下意识地朝自己身上望去。

不看还好，一看李佳人整颗心都颤抖了。

她身上竟然穿着件男式衬衫，衣服下摆很长，不细的大腿光溜溜地裸露着，而她自己的衣服却被胡乱地丢在地上。

李佳人双手僵硬地扯了扯自己的脸蛋，有点儿疼，再扯扯，很疼，不仅脸疼，李佳人瞬间觉得自己就跟做了什么剧烈运动似的，浑身都酸疼起来。

“我不会把卿贵人给睡了吧？”李佳人忐忑不安地想。

视线落在身旁睡熟的吾卿白皙脖颈处那夸张的红印上，她艰难地吞了

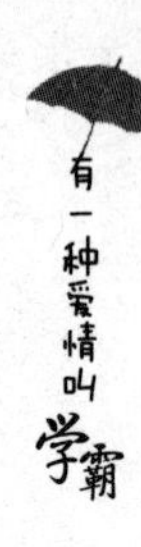

口口水，自行脑补了一系列很不好的画面。

越往下想，李佳人就越感到惊悚。

完了完了，她竟然把卿贵人给睡了，全校女生不会放过她的。

不行，我不能待在这里，趁没人看见，我得赶紧溜掉才行。

李佳人脑袋里像捣糨糊似的乱糟糟的，手忙脚乱地从床上掉了下来，脑袋磕在地板上疼得她眼泪汪汪，但又不敢叫出声来，就怕把吾卿给吵醒，那样的话，她就跑不掉了。

等她抱着脑袋爬起来的时候，吾卿还睡着，一副累得醒不过来的模样，看得李佳人内心的罪恶感急速地往上飙。

她昨晚一定很过分。

羞愧得再也待不下去，李佳人随手从地上扯起自己那条脏兮兮的运动裤，几下穿好，气都没敢喘一口，一股脑儿地跑出了吾卿家。

从楼道口跑出来，焦躁的李佳人总算找到了件值得安慰的事，那就是，还好这里是他们学校的教职工楼，而不是她不认识的地方，这样她可以直接溜回寝室了。

估计是上课时间，一路往寝室跑，李佳人路上没碰上多少人，以至于她不用丢脸丢到太平洋去。

红着脸跑回寝室，王青青她们都不在，李佳人莫名地松了口气，在柜子里拿了套衣服出来，然后就去浴室洗澡。

不洗还好，脱了衣服一看到自己白花花的嫩肉，她就哭了。

她身上白得一块红印子都没有，卿贵人应该是被自己强上的，因为他嫌弃得都没在她身上种小草莓。

头脑简单的李佳人，对昨晚发生的事什么都不记得了，根据醒来后所看到的一切，自认为自己昨晚喝醉后从纯洁小白兔化身成金刚芭比把看似柔软的卿贵人给强上了。

她怎么也想不到吾卿脖子上那些她以为是小草莓的红印子，根本不是什么吻痕，而是被她咬出来的红印子。

事情是这样的。

昨晚，吾卿把醉死的李佳人带回他教职工处的房子，两人因为在男生厕所地面上躺过，身上都脏兮兮的，总得把脏衣服换下来。

可问题就是小佳人的衣服岂是你卿贵人想剥就能剥的，小佳人的身体岂是你卿贵人想擦就能擦的。

吾卿帮李佳人脱衣服，被她的拳头揍了十几下，帮她脱那条在男生寝室厕所里躺过的裤子，被她用牙在脖子上咬了好几口。

好不容易把李佳人剥得只剩内衣裤了，卿贵人还不能多看，因为小佳人吵着喊热，他又得急巴巴地去浴室放水拿着湿毛巾出来给她擦小脸，擦胳膊，擦腿。

整个擦身过程中，吾卿也没少挨打。

等帮李佳人擦完身体穿上他的衬衣，给她盖好被子时，向来雍容华贵的卿贵人已经累得像条狗了。

但即使被某人弄得满身是伤，吾卿还是舍不得打骂李佳人，只是惩罚性地偷亲了下李佳人红艳艳的小嘴，后身心俱疲地去浴室冲澡，回头在李佳人旁边睡了下来。

然后就有了李佳人早上看到的那一幕。

本以为醒来第一眼会看到李佳人睡觉流口水的模样，可是等吾卿醒过来的时候，李佳人早溜了，整间屋子，就只有他一个人，哪里有李佳人的影子。

他家大门被人拉得大敞开来，不知道的，还以为遭贼了。

察觉到他家小佳人又一次不打招呼地丢下自己跑路后，卿贵人的表情

再次黯然下来。

李佳人洗完澡出来，王青青她们还没有上课回来。

一个人在寝室的李佳人有些无聊，习惯地去摸自己的手机，却发现自己的手机不见了。在寝室里找了下，也没找到，李佳人颓然地坐在了自己的床上。

是落在吾卿家了，还是昨晚自己喝醉不知道丢哪儿了？

算啦，丢就丢了。

她把卿贵人给睡了，要是吾卿醒来发现她不见了，打电话找她负责，她该怎么办啊？

她要钱没钱，要能力没能力，连自己都负责不了，怎么对吾卿负责嘛。

李佳人头疼地揪着自己乱糟糟的头发，小脸皱得跟苦瓜似的。

都说喝醉误事啊！她昨晚发什么神经喝那么多，现在好了，闯大祸了吧！

李佳人又想哭了。

Part2

王青青她们上完一二节的政治经济学回来，远远地就看到了站在她们寝室楼下的吾卿。

孙小毛最自来熟，一看到吾卿，就挥起爪子，意图打招呼，然嘴巴刚张开，就被一旁的童大宝手疾眼快地给堵住了。

“注意点儿形象，咱们可不能给佳人丢脸。”老大王青青严肃地对小毛同学说。

被堵着嘴的孙小毛僵硬地点了点头。

三人互相望了下，然后鬼祟地躲进灌木丛，偷偷地看着吾卿。

“怎么不见佳人？”童大宝松开孙小毛的手，困惑地说。

“应该进寝室楼了，吾卿这架势是在等佳人下来吗？他们两个是要去约会吗？”孙小毛抬头问道。

“你见过穿运动裤去约会的卿贵人吗？”童大宝敲了记孙小毛的头。

“运动裤怎么了，穿运动裤约会的多了去了，我今天还穿运动裤上课去呢。”孙小毛说。

童大宝白了她一眼：“卿贵人是谁，岂是和我们这种屌丝一个级别的，你们看他和佳人出去，哪次不是穿得帅气非凡，要么休闲，要么正式，哪里穿过运动装了。”

“人长得好看，穿花裤衩也照样帅得起来！”向来猥琐的孙小毛幽幽地飘了句，然后被王青青和童大宝一齐瞪了。

没什么特殊情况，吾卿就算再得宿管阿姨欢喜，也不好大白天又是大晴天地直接闯进女生寝室去。

他手里握着李佳人遗留在他家的手机，只能耐心地等着有熟人经过，好让人帮忙把手机带给李佳人。

等了好一会儿，吾卿也没把手机送出去。

虽然路上经过的女生不少，但都是认识他，他不认识人家的。不想惹上不必要的麻烦，所以吾卿没有主动上前拦住任何一个不熟的女生。

这时候……

恰恰就是这时候，一股妖风从附近的灌木丛中飘过，吾卿习惯性地眯起眼，看着攒聚在一起的三个脑袋。

确定没认错人后，吾卿脚步从容地朝灌木丛走去。

躲着的王青青她们没有注意到卿贵人的靠近，她们正忙着讨论李佳人跟吾卿昨晚的各种画面，清水的、血红的都有，说到兴奋处，三人眼睛都发出了光。

“我赌一块钱，清水。”

“我赌两块，半清水半血红。”

“……”

吾卿走过去，就听到王青青她们不知道在赌什么。

“那个……”

手刚伸出去，还没碰到王青青的肩膀，某女突然跳了出来，大吼一声：“我赌一车的黄瓜，昨晚肯定血红了，你们不相信佳人，也得相信卿贵人啊！十几年没见，从小就暗恋，卿贵人这种闷骚男，昨晚不出动什么时候出……”

王青青还没咆哮完，嘴巴就被孙小毛和童大宝合力给堵住了，一秒后，本来想发飙的王老大看到了不知道什么时候站在她们身后的卿贵人。

吾卿的手僵在了半空中。

王青青天真地瞪大眼睛，对着孙小毛她们别过头去，呵呵地傻笑：“今天天气真好啊！”

孙小毛黑线，童大宝黑线。

隐隐地猜到了她们刚才在议论什么，吾卿白皙的脸颊微微泛红，尴尬地咳了声：“不是你们想的那样，昨晚我……”

刚开口，还没等他解释完，某些人就激动地咋呼起来。

“难道昨晚你不举？”

“不举！”

“举不起来！”

李佳人的小伙伴们都震惊了！

向来微风拂面的吾卿，俊脸难得地黑了下来。

“哎，这是什么？”眼尖的王青青突然伸手指向了吾卿裸露的白皙脖子上那几块红印子。

“草莓！”

“佳人种的草莓！”

孙小毛和童大宝配合地发出声音。

吾卿的脸微微地抽搐了下，他想解释。

可是……

“学长，你不用说了，我们都懂的，这种害羞的事我们不会外扬的！”

“为了你的名誉，我们会守口如瓶的！”

“……”

吾卿弱瞬间明白了，为什么李佳人每次都能那么容易地曲解他的话了，这应该是一种病，被传染的吧。

当着卿贵人的面，揭穿了他和佳人“初夜”的事，连王青青这么不拘小节的人都觉得不好意思起来。通情达理的她，觉得此刻吾卿比她们更羞赧，为了不让卿贵人感到不舒服，她对室友们使了个眼色，准备开溜。

刚转身，书包就被吾卿给拉住了。

“佳人的手机……”

还没说完，一道疾风从吾卿眼前掠过，王青青手里抓着李佳人的手机，左右两边拉着孙小毛和童大宝的手，对吾卿保证：“放心吧，学长，我们一定会保密的，一定会的！”

然后……

“嗖”一声，那三个人跑没影了。

吾卿的嘴角忍不住又一次抽搐了一下。

他好像都没说过一句完整的话……

Part3

李佳人一直窝在寝室等着王青青她们下课，对吾卿来她们寝室楼下，她一点儿都不知情。

她的心还在为自己睡了吾卿的事而烦乱着，这种时候，她需要个靠谱的人帮她出出主意。

等王青青她们回来商量下？不行，老大她们嘴巴那么大，要是不小心传出去，那不是全校人都知道她睡了吾卿？

找初高中同学？很多都不联系了，就算常联系的几个，要是听说了这件事，肯定又要追根究底地问了。

找发小大黄？绝对不可以，要是大黄说漏嘴被她爸妈知道了，她就死定了。

可是没人聊，这事窝在心里挺不好受的。

李佳人很是别扭地坐在床上，心神不宁地玩着孙小毛的平板电脑。

上了QQ，想发个状态纾解下心情，但是QQ上都认识，一个都不能聊。

突然，她眼前飘过一个陌生的头像，那头像很特别，是个手绘的碗，碗里全是肉。

那是“卿本佳人”的头像，李佳人当初选择加这个人，也是因为她喜欢这个人的头像。

她正犹豫着要不要找这个陌生人纾解下内心的郁闷时，就看到“卿本佳人”的头像亮了起来，啊，上线了。

没几秒，“卿本佳人”的头像跳了起来，而且主动跟李佳人聊天了。

李佳人心里一紧张，然后打开了聊天页面，结果就看到“卿本佳人”

发了一连串的省略号过来。

李佳人困惑地皱起眉头。

想了会儿，李佳人才想起之前她跟“卿本佳人”打过招呼，说“美女”来着，就是人家没回。

这会儿对方回了，说明有的聊。正愁憋着话无处可说的李佳人，忍不住敲了敲“卿本佳人”的窗口。

佳人爱仙剑：嘿！

“卿本佳人”一点儿反应都没有，李佳人有些泄气，但很快又释然起来，想着人家可能这会儿在忙，没看手机。

“卿本佳人”是李佳人加的第一个陌生网友，李佳人很珍惜这份马桶上结出来的友谊，人家回了她一句，她就理所当然地把人当朋友了。

正好，像她睡了卿贵人这种事，太熟悉的朋友不能说，不认识的又不好说，可是她憋着很难受啊，出这种事，总得找个人给她出出主意不是吗？

然后李佳人又敲了“卿本佳人”。

佳人爱仙剑：告诉你个秘密，我昨晚喝醉好像把我男朋友给睡了。

佳人爱仙剑：我男朋友还不是真的男朋友，我们的情侣关系是演出来的，所以我都不知道怎么办才好。

佳人爱仙剑：他要不喜欢我，我对他又做了那样的事，他会不会恨我一辈子啊？

李佳人正忙着自言自语对着“卿本佳人”的对话窗口输入中，突然寝室的门被人一脚踹了开来，李佳人本能地将手中的电脑一关往被子里一塞，表情惊恐地看着兴冲冲闯进来的三人。

“佳人！”王青青长号一声，整个人朝李佳人的床扑了过来。

李佳人被她逼到了床角，颤声地问：“老大，你怎么了？”

王青青没回答她，只是紧紧地握住李佳人的小手，严肃道："佳人，你吃药了吗？"

李佳人蒙。

老大，该吃药的是你吧。

王青青见李佳人不回答，摆出一副"我就知道"的表情来，朝孙小毛和童大宝挤了挤眼，然后另外两个人，一个忙着去饮水机那边倒水，一个手伸进背包里掏东西。

"就知道你事后会忘了吃药，我们还特意跑到镇上给你买了。"

王青青边说边将药片和水递给李佳人。

李佳人继续囧："这是什么？"

"二十四小时紧急避孕药啊！佳人，你别害羞了，我们回来前在楼下碰到卿贵人，他都跟我们说了，所以快点儿吃吧。"

李佳人囧不起来了，她被吓到了。

"吾卿跟你们说的？"李佳人激动地问王青青。

童大宝应了声："卿贵人虽没直说，但是也就那么个意思，他脖子上的小草莓都被看到了，我们追问，他也没解释。"

(吾卿：我想解释的。)

李佳人习惯性地咬手指："吾卿真这么说了，难道我昨晚真的强上了他？"

李佳人自言自语的话对王青青她们来说，就跟个炸弹似的，瞬间炸了开来。

"什么？你强了吾卿？"王青青瞪眼。

"卿贵人被你强的？不是他强你的吗？"童大宝迷惑。

"不是互相强的吗？"孙小毛迷茫。

李佳人根本没回她们，此刻，她一心沉浸在自己真强上了吾卿的思维中。

怎么办？她该怎么办呢？

“你们昨晚为什么让我喝酒！看我喝醉了又为什么不拦着我欺负卿贵人！”李佳人苦逼地控诉其他三人。

王青青摆手：“佳人是你自己要喝酒的。”

孙小毛做证：“是啊，我想给你喝掉几罐你都不让。而且，你和吾卿是情侣，不管是演戏还是真的，全校都知道啊，他抱你走，我们怎么好拦嘛。”

童大宝点头：“算了，佳人，事已至此，你还是赶紧吃药吧。”

李佳人哭了，因为她真的睡了吾卿。

Part4

吾卿打电话过来的时候，李佳人正被王青青她们逼着吞嘴里的药片。

她从小就不爱吃药，觉得药很苦，特别难吃。

再小的药片，她都咽不下去。

李佳人觉得活了二十年，人生从来没有这么悲剧过，她竟然因为强上了男神，所以得吞这样的药。

吾卿让孙小毛她们带上来的佳人的手机一直在响，那时候李佳人已经吃了五次药了，都是刚放到嘴里，没咽进去就给吐出来了。

王青青让孙小毛和童大宝抓着李佳人喂药，自己去帮李佳人接电话。李佳人觉得这会儿自己苦逼得就跟《还珠格格》里的紫薇似的，小毛和大宝是容嬷嬷手下的凶狠丫鬟，老大王青青就是那凶残的容嬷嬷，只是容嬷嬷用针刺紫薇，老大是用药逼着她吞。

她是真的被逼疯了。

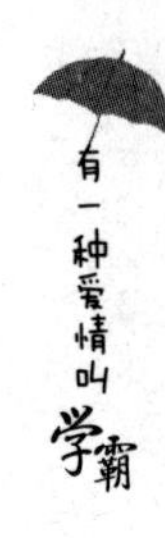

电话一被接起，吾卿就听到了李佳人的哭声，心里猛地“咯噔”了下，小心翼翼地唤了声：“佳人？”

回他的可不是李佳人，而是王青青那破锣嗓子。

“佳人，是吾卿打来的，你来接？”

王青青边喊边拿着李佳人的手机噔噔地跑向李佳人。

而李佳人嘴里本来含着药片又准备吐出来，听到吾卿的名字，一个惊慌过去，直接把药咽进肚子里了。

李佳人双手朝王青青做“×”，她不要接吾卿的电话。

她没脸跟卿贵人讲话。

王青青以为她害羞，自顾自拿着电话跟吾卿报告：“学长，我们佳人害羞了。”

吾卿头疼地捏了捏太阳穴，他有种不好的预感。

想起刚在QQ上看到的某人惨兮兮的独白，又被刚才李佳人的哭声震了下，吾卿头一次觉得误会不解除真心会死人的。

“能让佳人接下电话吗？”吾卿淡淡地说。

王青青得令，不管李佳人愿不愿意，直接把手机按在了李佳人耳边。

李佳人觉得她家老大已经从容嬷嬷直接升级成皇后了，越来越霸道了。

“佳人，你哭什么？”吾卿清润的嗓音从电话里传来，明明很好听，可是李佳人不敢听下去。

卿贵人怎么能这么心平气和地跟她讲话！

她都把他睡了，他怎么还可以这么温柔地问候她。她真是太无地自容了。

李佳人哪敢告诉卿贵人，她刚才哭是因为吞那难吃的药，而为什么要吞那药，是因为她酒后闹事把他给睡了。

这让她怎么说得出口！

吾卿见她久久不开口，知道她误会了，这会儿不知道该怎么跟他说，索性耐着性子，跟李佳人解释。

“佳人，其实昨天晚上，我们……”

果然，卿贵人果然还是来问罪了！李佳人神经顿时紧绷起来，为了不让吾卿更加“怨恨”自己，为了表现出一个罪人应有的自知之明，她必须在卿贵人问罪之前，先认错，这样或许吾卿心里会好受些。

“我会负责的！”李佳人鼓足一口气，用力地说道。

电话另一头的吾卿被震了下。

“佳人……”

卿贵人仍想解释。

李佳人：“虽然我现在没钱没能力，还好吃懒做贪睡贪玩，养不起你，可是，我真的会对你负责的。我以后会少吃肉，少玩游戏，会全心全意地对你好的。只要你不嫌弃，你让我做什么就做什么，只要你不因为昨晚的事讨厌我。”

李佳人带着哭腔，声音越说越小，但吾卿还是全部听清楚了。

本来还想解释下的吾卿，听到李佳人说的这话，瞬间不想解释了。

现在是什么状况，他家爱跑路的小佳人，因为这误会，自告奋勇要对他负责，这提议听起来还不错。

“嗯，佳人，你能这么想，我很开心。”某人又开始发挥他的腹黑本性，微笑地说道。

李佳人被电话里卿贵人那轻柔的笑声给感动到了，她家卿贵人说开心，开心就好啊，她的罪恶感终于减轻了些。

“佳人，以后像这种情况，你心里有什么想法都可以直接跟我说的。”

虽说李佳人误会也好，但是吾卿希望他家小佳人以后有什么烦恼可以

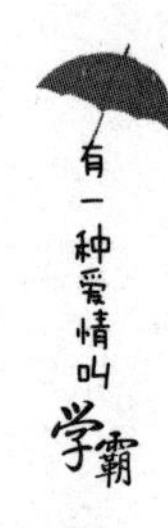

直接和他说，不需要上QQ跟人唠嗑，问题是她还不知道那“卿本佳人”就是他，即使他觉得自己写得够清楚了。

很快，吾卿就发现自己又一次高估了李佳人的理解能力。

果然，他刚说完，李佳人就带着哭腔保证：“卿贵人，我保证以后都不强上你的，所以你不用担心，我再也不会喝酒了，因为我不想再吃药啊！”

吾卿下意识地皱起眉头：“药？”

“二十四小时避孕药，老大她们给我买的。”李佳人抽泣。

吾卿的脸忍不住抽搐了。

为了他和李佳人的感情能有个健康的发展，吾卿突然觉得很有必要让佳人搬出寝室和他同住。

Part5

和吾卿讲完电话，李佳人把手机随手一丢，正准备躺床上，一旁的手机又响了。

是大黄打来的。

李佳人刚把电话放到耳边，就听到大黄兴奋的叫声：“佳人，我元旦不打算回家了，决定和旺旺去你们学校玩，看看省内第一漂亮的大学到底是怎样的。”

李佳人囧了囧：“大黄，你什么时候来？我去接你们。”

大黄客气地说：“不用，不用，让你大老远跑车站多不好意思。”

李佳人摆手，真诚地说：“没事，没事，我也没想去车站，我到校门口接你们啊！”

大黄：“……”

李佳人："大黄，你还在听吗？"

大黄："……"

李佳人急了，大黄怎么好好的突然不说话了："大黄，大黄，大黄……"

大黄："佳人，都说了几遍了，别拿你唤我家大黄的声音喊我好吗！人家明明有正正经经的名字，叫黄大大。"

李佳人大囧："大黄……"

大黄黑线，不耐烦地说："算了，不跟你贫了，旺旺的表哥也在你们学校，到时候她表哥会来接我们，所以，你不用来了。对了，旺旺的表哥你应该认识，小时候你俩玩得很好的，你老喊的'吴亲亲'还记得吧，原来人家的真名是吾卿啊！听说是你们S大第一男神！"

李佳人："……"

大黄："佳人，你还在吗？"

李佳人："……"

大黄："佳人，佳人，佳人……"

"啪"的一声，李佳人不小心挂断了电话，呆呆地握着手机。

天！

她刚才听到了什么？

卿贵人竟然是"吴亲亲"？不会是开玩笑的吧！

幼儿园一起玩的孩子，李佳人还记得的没几个，"吴亲亲"是少有的几个之一。主要是他常常给她肉吃，对小时候的她来说，"吴亲亲"就是衣食父母般的存在，她怎么也不可能忘记的。

可是，就是这样的"吴亲亲"，突然和高高在上的吾卿画上了等号，这让李佳人怎么也不敢相信。

卿贵人怎么可以是"吴亲亲"啊！

李佳人回想起幼儿园的时候，她每次吃了吾卿的肉，还不要脸地抱着人家白净的小脸强吻的模样，她就忍不住身体颤抖。

如果吾卿真是“吴亲亲”的话，那她不是小时候就对卿贵人耍流氓了？

不会吧……

吾卿要是“吴亲亲”的话，怎么可能和她见面这么久，也没有提起过小时候的事，难道他忘记了？吾卿看上去不像是那种记性不好的人啊！所以他根本就不是“吴亲亲”吧！可是大黄明明这么说了。

李佳人正矛盾着，突然听到王青青捶着床上的小桌子对她喊：“忘了问你了，佳人，你跟卿贵人是不是从小就认识啊？昨晚你发酒疯，吾卿来找你，说的话好像你俩早认识。”

“是啊！好像说你和小时候一样，老爱往人胸口撞来着。”孙小毛也兴致勃勃地附和。

老大们的话，让垂死挣扎的李佳人脑海中自动回想起小时候在幼儿园认识的傲娇男娃“吴亲亲”，小男孩儿那双迷人的丹凤眼奇异地和卿贵人重合起来。

大黄说吾卿就是“吴亲亲”，老大们又说吾卿小时候就认识她。那么吾卿肯定就是“吴亲亲”了，可是，他为什么从来不跟她说这件事呢？

难道卿贵人觉得小时候认识她是很丢人的事？可是，你见过觉得你丢人，再遇后还常常带着你高调地在校园里晃荡的吗？

李佳人都快被自己绕晕了，她觉得以她的智商猜卿贵人的心思，简直就是浪费时间。

反正想不明白，她也索性不想了。

反正不管是不是“吴亲亲”，吾卿都被她睡了，而她刚刚才保证自己会对他好的，接下来就是履行承诺的时候了。

Part6

中午和室友们在食堂逛了一圈，李佳人什么也没点，丢下王青青她们一个人跑到校外去了。

李佳人中午都没吃饭，吾卿倒在食堂胃口大好。

都说人逢喜事才精神爽，坐对面的韩言鑫很是不理解地拿眼瞅吾卿，心想着吾卿心情这么好，难道就是因为他被小佳人给睡了？

要问韩社长是怎么知道这件事的，难道你们以为李佳人她们寝室的几个真的会守口如瓶吗？自然是不可能的。

为了追王青青，韩社长买通了她们寝室的孙小毛，所以关于她们寝室的消息，他都能很快就知道。

孙小毛说吾卿是被李佳人给强上的，既然是强上的，吾卿为什么还这么高兴？难道高大上的卿贵人其实是传说中的抖 M 体制，闷骚男？

向来觉得卿贵人太高贵，老欺压在他头上的韩社长，发现了这个事后，非但不觉得难以接受，反而内心觉得跟吾卿的关系更亲近了几分。

因为他也是这种体质，抖 M，且闷骚。倘若王青青听到这话的话，准又要骂他不要脸了。

韩言鑫你岂止闷骚啊，你很多时候都明骚的好吧！

鉴于这个发现，韩社长顿时胃口也好了很多，心情也格外舒畅。为了能让卿贵人在闷骚的路上越走越远，韩同学极为殷勤地把从孙小毛那边听来的关于小佳人的喜好，悉数告诉了卿贵人。

但是从头到尾，都是他在说，吾卿一声不吭。

韩言鑫不开心了，噘着嘴问吾卿：“你怎么都不说话的？”

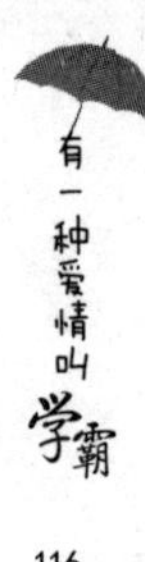

难不成卿贵人只是表面上的快乐，内心在淌血，因为被夺走了清白的身子？

这些疑问，韩言鑫自然是问不出口的。要知道得罪了吾卿，他整起人来，就跟变态似的。

吃饱喝足的吾卿一脸满足地放下筷子，抬起凤眼看向对面的韩社长，乜着眼随意道："你觉得你刚说的我会不知道吗？"

韩社长默默地缩回脑袋，伸出大拇指给卿贵人点赞。

明晃晃地钓了人家小女孩儿这么久，暗地里把该摸清的都摸清了，竟然丝毫不让人察觉，果然是卿贵人，就连闷骚，都闷骚得常人无法比及。

那时候的韩社长哪里知道，吾卿同学不止闷骚过头，他还腹黑至极。先前那种儒雅男神的形象，都是引小佳人上钩而装出来的假象好吧！

李佳人回来的时候，她手里拎着只脖子滴血，毛被拔得干干净净的老母鸡。

"佳人，你这是要给自己补身？"

站在寝室门口吃石榴的童大宝惊讶地问李佳人。

李佳人没回她，径直走到看恐怖片的王青青身边，摸摸人家的大腿哀求道："老大，你帮我炖只鸡啊！"

王青青抬眼瞅她："给我吃吗？"

李佳人："不给。"

王青青别过头去，继续看电影："去找小毛。"

孙小毛正忙着聊QQ，那个红帆船话剧社关于"双蛋晚会"的话剧角色刚刚在群里公布出来了，她跟李佳人演《白毛女》里黄世仁家两个没台词的丫鬟。

孙小毛这会儿正忙着跟群里的负责人争吵，要换角色。

李佳人可怜兮兮地拎着塑料袋踱到孙小毛的床边，还没开口，就听到孙小毛拍着键盘爆粗："我×！我一身土豪的气质，怎么能演丫鬟，怎么着也该演黄世仁他妈啊！"

李佳人囧，小声地说："小毛，帮我炖只鸡！"

孙小毛激动地抽风中，各种火星字眼，自行想象。

李佳人瘪嘴。

"你们为什么不给我炖鸡，我是炖给卿贵人喝的，你们一个个平日里说得那么崇拜吾卿，可是都不愿意给他炖鸡。吃着他买的零食的时候幸福吗？拿着他的八卦在同学面前吹牛皮的时候得意吗？以见他的名义，跑去钟和楼参观的时候忘记了吗……"

李佳人还没有说完，手上塑料袋里的鸡就被人拿走了。

王青青带头，孙小毛她们操刀，李佳人观看，一只鸡被砍得四分五裂进了电饭煲。

忙完王青青又去看电影了，孙小毛继续跟话剧负责人吵架，就童大宝陪着李佳人坐等鸡熟。

其间，李佳人缠着童大宝问了好几遍炖鸡的步骤，小心翼翼地记在小本子上，打算以后再给吾卿炖鸡的时候用。

炖了整整三个小时，李佳人才揣着炖烂的鸡汤离开寝室。

她走了有一会儿，王青青她们才后知后觉地想起，昨天"见血"的是佳人，为什么鸡汤给吾卿喝？

佳人是不是搞错了？

早就把吾卿的课表抄在了本上子，李佳人数了数周五下午五六节课，吾卿在敏达楼上课。

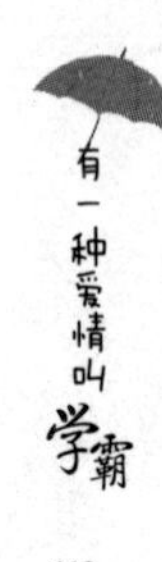

敏达楼楼下大门口有长椅，李佳人抱着保温桶安静地坐在那儿，等着吾卿上完课出来，然后把鸡汤给他。

虽然卿贵人打电话来并没有因为她昨晚睡了他的事发怒，可是为了证明她是真心想为自己所犯的错误负责，她特意去网上查了下，听说那种事做多了伤身，虽然他们做得不多，不不，就她酒醉不小心做了一次，但是喝儿点鸡汤补补总归是好的。

等到三点已经到下课的时间了，一群人从楼里走出来，李佳人张望了会儿，都没找到吾卿的身影。又等了会儿，一直到三点二十，第三节开始，门口都没人了，她也没等到吾卿。

难道卿贵人没来上课？

李佳人幽幽地想，在门口犹豫了会儿，最终还是决定打电话给吾卿。

吾卿的电话关机了。

李佳人悻悻地挂断电话，抱着保温桶无声地坐在长椅上。

一种从来没有过的悲伤莫名地席卷了她，李佳人突然发现，吾卿只要电话不通，她就不知道去哪儿找他。她对他所有的了解，都是些表面的东西，比如他的课程表、他喜欢吃什么、平常穿什么等，诸如此类学校其他女生早就烂熟于心的东西。

吾卿真实的世界她并不了解，在某种程度上来说，吾卿永远站在李佳人仰望的高度，就算近距离触摸，也让她感觉不真实。

这也是为什么她从来不敢觉得吾卿会喜欢她，哪怕她醉酒闹事，他没有责怪，她也不敢想是因为他喜欢她。

卿贵人是脾气太好，所以没骂她，心里说不定怨她了。

李佳人内心是这么觉得的。

相比之下，小时候的“吴亲亲”，则让李佳人觉得亲切多了。

最起码那时的“吴亲亲”，不喜欢听她讲大黄的事，每次她讲，都会很明显地生气。问李佳人是怎么看出来的，因为她一讲大黄，“吴亲亲”就不给她吃肉了。

话说直到现在，李佳人也没想明白那时候的卿贵人为什么老爱跟黄大大家那条叫大黄的狗置气。

反正就是，现在的吾卿太优秀了，优秀得简直不是人，是神，所以李佳人很难想象这样的男神真的会是自己的男朋友。

可不是男朋友，她又把人给睡了，而吾卿对她又好得不像话。

所以就当是吧，反正老大说是，小毛、大宝也说是，全校人都以为他们是情侣，吾卿也没否认，那她也就这么认为吧。

其实她心里也希望是的，只是又觉得自己配不上那么好的人。

Part7

吾卿他们班在考试，所以下课迟了些。等他们班下课，其他教室都已经开始上七八节课了。

班上的人三五成群地走向门口，吾卿手里拿着书本和韩言鑫挤在人群中央，出门的那刻，卿贵人余光瞥到旁边长椅上坐着个身影，下意识地转过头看去，就看见李佳人抱着个保温桶，低着头坐在门口的长椅上，似乎在等人。

周围其他同学顺着他的目光望去，目光触及到李佳人时，每个人的脸上都露出了不同的表情，有恍然大悟的，有鄙夷的，有嫉妒的，也有默然的……

李佳人自然也是看到了吾卿，他太显眼了，他们一群人刚从走廊里出来她就在人群中看到那个气质高贵的他。

今天的吾卿穿着件酒红色的套头卫衣，脖子上围着她之前送他的围巾，鼻梁上同样挂着副眼镜。

李佳人也是不久前才知道卿贵人有点儿远视。

这估计是吾卿身上唯一的缺点了，刚发现那会儿，她心里还很是激动，有种大神也是凡人的感觉，但后来她发现自己白激动了，吾卿就算是远视戴眼镜，可是他戴眼镜的样子也是一副只可远观不可亵玩的清冷模样，一点儿都不接地气。

这话后来被佳人的室友们得知，众人看她一副纠结配不上吾卿的样子，都忙着安慰她，说，佳人啊，你别这么想啊，卿贵人再贵气也还是人啊，谁说他不接地气啊，他要不接地气会找你做女朋友吗？

好吧，佳人知道大家这么说都是出于好意。

李佳人正在出神间，就见吾卿从人群中走了出来，径直朝她走来。她紧张地从长椅上站了起来，紧紧地抱着怀中的保温桶，脸色通红地睁着大眼睛看着他。

她这娇羞怯懦的样子，在吾卿眼里显得十分可爱。

他心情愉悦地走到她的跟前，停下脚步，用手拨开她挡在面前的保温桶，望着那红得像苹果似的小圆脸，凑过身去，微笑地问了句：“佳人，你是在等我吗？”

没想到他的脸会突然凑过来，李佳人吓了一跳，双脚往后踉跄了几步，碰到长椅，差点儿摔倒，还好吾卿及时伸手揽住她的腰，她才幸免于难。

吾卿抱着小佳人，佳人依偎在他怀里，小脸羞红，卿贵人面露微笑，眼神宠溺。

这一幕，在旁人眼里看起来却十分的虐狗。

刚还杵在门口看戏的单身狗们，纷纷一脚踢开了这碗狗粮，拎着书走了。

有对象了不起啊！

见人都走光了，李佳人默默地松了口气，从吾卿的怀里挣脱出来，举了举手中的保温桶，别过脸去，不敢正视吾卿的目光，小声地说：“那个，我给你炖了点儿鸡汤。”

吾卿垂下眼，看了看她手中一直拎着的保温桶，又抬眸看了下一脸羞红的李佳人，心情莫名很好。

难得她想得到给他炖汤，比之前进步不少。

吾卿高兴地伸手摸了摸李佳人的头，说了声：“谢谢。”

李佳人抬头，愣愣地望着眼睛含笑的卿贵人，又一次失了魂，内心在竭力地哀嚎着：卿贵人，麻烦你不要再笑了，请别再勾引我了！我怕我会控制不住，再度“犯罪”！

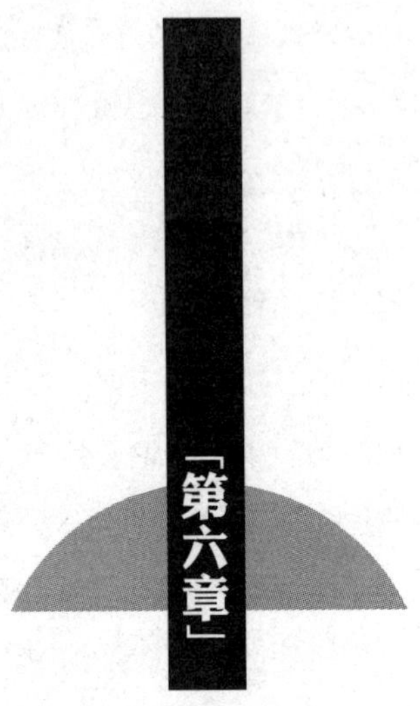

所以……他们是真的在谈恋爱吗?

Part 1

李佳人还在神游太虚，吾卿已经从她手里接过保温桶，自然地牵着她的手走出了敏达楼，朝泽园食堂的方向走去。

周围遇到不少同学，见到吾卿，都一脸惊喜的表情，待目光触及他身旁牵着小手的李佳人时，那惊喜又变成了深深的嫌弃。

昨晚某女醉酒，大闹国审院男生寝室的事一早就在校内网上传开了，大家都在感慨此女有病的同时，都在为吾卿惋惜。这大神到底是哪根神经搭错了，怎么单身那么久，千挑万选竟然挑了这么个女朋友，是品位太差，还是口味太特别了？

虽然李佳人也没大家说的那么差，也算是个善良可爱、天真烂漫的小少女，但是跟吾卿放在一起，还是有些违和的。

不不，应该说吾卿这样的人，哪个女生跟他站在一起都违和。

似乎感觉到周围人对自己的敌意，李佳人有些怯懦地低着头，将身子躲在吾卿的身后，试图将自己藏起来。

意识到她这一举动，吾卿抓着她的手又微微捏紧了些，不容她反抗似的，他稍一用力，就将她又提到了自己身旁，拽着她从旁边几个学生跟前走过。

李佳人脸色涨得通红地低着头，很是理亏。

要说以前她跟吾卿只是“演戏”，她还能秉着职业操守，心平气和地站在他的身旁，但现在时代不同了啊，她把人家给强睡了，这丧心病狂的事

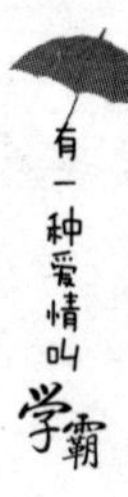

她都干了，要被别人知道她玷污了人家的男神，肯定更讨厌她了吧。

看到吾卿走过来，其中一个男生先打了招呼，毕恭毕敬地喊了声：“学长好。”

吾卿认得他，这是他们部门一个小干事的朋友，是个大一新生，也是国审院的。

要换之前，听到这种招呼，吾卿顶多也就点个头示意下，但这次他竟难得停下脚步，对那男生笑了笑，目光一一扫过跟他同行的几个男生女生，装作随意地闲聊道：“你们也去食堂？”

“是啊，没课了，去食堂买点吃的，这样晚上就不用再出寝室了。”

“学长，也是去吃东西吗？学长有什么爱吃的吗？”

“吾学长，你要不要跟我们一起吃，我们都很崇拜你，你是我们学校的传奇，我们好多人进咱们院都是因为你来着。”

“是啊，是啊，学长我们请你吃饭吧。”

“……”

“……”

学弟学妹们热情地邀请吾卿一起吃饭，李佳人在旁觉得很是尴尬，感觉自己不该来找吾卿的，她应该直接把鸡汤放在吾卿他们寝室的宿管阿姨那儿，让阿姨转交的。

她正后悔着，突然听到吾卿笑着回那些新生：“今天就算了吧，我女朋友给我炖了鸡汤。”

说罢，他伸手揽住李佳人的胳膊，对众人介绍道：“这就是我女朋友，她叫李佳人。”

闻言，所有人脸上的表情变得很是悻悻，皆尴尬地望着李佳人，碍于吾卿的面子，叫了声：“学姐好。”

李佳人呵呵地傻笑，不知道该作何回应。

她都大二了，平时走在路上，都很少遇到大一新生跟她打招呼，她这是难得头一次被人喊学姐，一时有点儿蒙。

但吾卿完全不管她蒙不蒙，他的目的已经达到，就是想让大家都知道，他身边这姑娘，不管旁人觉得配不配得上他，这都是他认定的人。所以，如果他们尊重他的话，那也该尊重佳人，因为这是他的选择。

李佳人并不知道吾卿的心意，她满心思都沉浸在吾卿跟人介绍她是他女朋友的话上，心里很是不安。

虽说她喝酒误事，把人家给强上了，也承诺要对吾卿负责了，可是他俩之间的关系，是继续演戏呢，还是假戏真做，吾卿还没给她个准数，她心里也没谱儿。

此刻，她的内心被巨大的罪恶感给包裹着，吾卿对她越好，她就觉得越对不起他。一想到他这么风华绝代的人被她给占了便宜，她就恨不得抽自己耳刮子。

为了减轻自己的罪恶感，同时也为了弥补卿贵人内心的创伤，所以一到食堂，李佳人就主动地给吾卿挪椅子，然后跑去拿筷子，给他摆好碗筷，倒好汤，连餐巾纸都铺好，才停下来，毕恭毕敬地站在一旁等着他喝鸡汤。

吾卿眯着眼看着一脸不安的她，用筷子指了指身旁的空位，柔声道："佳人，坐。"

李佳人摇头，痛苦地望着吾卿。

不可以，她不可以坐下来，她是一个罪人！不配坐在卿贵人的身旁！嘤嘤嘤……

吾卿有些头疼，这么多年没见，没见她比小时候机灵多少，怎么内心戏就这么多呢！

见她不愿坐，吾卿只好伸手拉她的小手。

李佳人吓得脑袋一旁空白，想都没想就一把拍掉了吾卿的手。清脆的声音响起，意识到自己都干了什么的李佳人，望着吾卿被她打红的手背，吓得眼眶都红了。

“我……我……那个……我不是……故意的……”李佳人有些语无伦次地朝吾卿说，越往后声音越小，到最后三个字，都成蚊子叫了。

本来突然被打，吾卿有点儿生气的，但是看李佳人一副自责得都要哭出来的样子，他有些无奈地叹了口气，手指敲了敲餐桌，说：“佳人，你站着挡我阳光了，快坐下吧。”

如果她的脑回路是这样的，他也是有办法治她的。

果然一听到自己挡卿贵人阳光的李佳人，立刻又有了负罪感，赶紧拉开椅子坐下来，顺便回头看了眼背后的窗户，看看自己有没有再挡阳光。

卿贵人昨晚伤了身，的确要多晒晒阳光，她怎么就这么笨，没想到呢！

可是，这哪里来的阳光啊！窗户上贴的遮光膜。

李佳人有些发愁，抿了抿嘴，想了想，然后对吾卿说：“那个……一会儿吃完，我们去外面晒太阳吧，外面阳光好。”

吾卿正拿着勺子在舀了口李佳人炖的鸡汤，准备往嘴里送，闻言，胸腔一股气息翻涌，咳了一下，嘴里的汤烫得他眼眶都红了。

他只是随口一说，她却当了真。

吾卿有些哭笑不得地望着李佳人。李佳人见他呛到，赶紧从位置上站了起来，紧张地过来给他拍背。

吾卿一把抓住她躁动的手，又将她拉回了座位，将碗里的鸡肉推给她：“吃肉吧，佳人。”

李佳人望着满碗都没怎么动过的鸡汤，嘴巴难过地噘了起来。

卿贵人是嫌弃她炖的汤不好喝吗？

吾卿已经摸清了李佳人的脑回路，看她这副表情，立刻拿保温桶往空碗里又倒了碗纯汤，安抚道："我不爱吃肉，我只爱喝汤，肉没人吃太浪费了。"

原来是这样，李佳人了然，赶紧动手把整个桶里的鸡块都舀到了自己碗里，把汤推给了吾卿，眨着星星眼，盯着卿贵人喝汤。

结果，大名鼎鼎的卿贵人，为了不惹小佳人哭，一中午只喝了一桶鸡汤，而他家小佳人不想卿贵人看她浪费粮食，兢兢业业地把全部的肉都吃完了。

竟然真的连一块肉都不给他！

吾卿有点儿心累。

Part2

吃饱了，李佳人打了个饱嗝，眯着眼嘴角扬起满足的笑容，再度睁开眼，就看到吾卿手托着下巴在看她，眼神很是温柔。

李佳人脸又一次发烫起来，低着头，扭捏地问吾卿："那个，我们要不要出去晒太阳？"

她还心心念念着要带吾卿出去享受阳光，然而这在吾卿听来则是小佳人在邀请他去约会。

仔细回想下，他跟李佳人在一起后，除了去镇上吃过几顿饭，也没怎么出去玩过，其他情侣还会去万达看看电影，或者去新街口那带逛逛，可他最近实在忙得没有时间出去。

有一支新的股票刚上市，他带着部门里的人最近一直在盯着那支股的走势，都熬了好几个晚上没好好睡了，昨天又被李佳人折腾了一晚，精神上实在有些乏，上午上课几乎都在打瞌睡。

可是李佳人主动邀请了自己，吾卿就算再疲惫还是忍不住嘴角上扬，由着她拽着自己的手走出了食堂。

李佳人一路拉着吾卿的手，小跑去了澄园那儿的小山坡。

澄园那边住的是男生，一般很少有女生过去。前不久，新学期刚开学，那边开了条新的美食街，很多同学都跑去那尝鲜，作为首席吃货的李佳人，自然也拉着室友们一起去了。吃完回来的路上，正好经过澄园的篮球场，李佳人看到那也有块坡地，跟泽园的小山坡很是相像，坡顶也有小木椅，阳光越过空旷的篮球场，照射到那山坡山，坡顶的草坪折射出黄绿色的光，看上去暖洋洋，舒服极了。

李佳人一直想去那个山坡，躺在那片绿色的草地上沐浴阳光，但一直没有机会去，现在正好有机会，她便兴奋地拉着吾卿一同前去，蹦蹦跳跳的样子，好像个急于跟小伙伴炫耀自己发现的秘密基地的孩子。

吾卿走在后头，望着拎着保温桶一路狂奔的少女，嘴角的笑容一直未曾散去。

“到了，到了，就是这儿。”蹦到最后一级楼梯，李佳人终于抵达坡顶，回头朝吾卿挥着手道，小脸红扑扑的。

吾卿徐步朝她走去，估计嫌他走得慢，她又急躁地下了几步台阶伸手来抓他的手，他任由她拽着，上了坡顶。

“哇，这里的风景好美呀！比我们泽园那的山坡还要美，站在这能正好望到对面山上的桃花哎，卿贵人，你看，这儿能看到我们寝室，还能看到你们寝室，你跟韩社长是住澄园哪一栋的呀？”

李佳人兴奋地站山坡上跳着，阳光倒在她圆润的小脸上，照得她脸色红润润的。

坡上有弧度，坡延又没什么树木阻挡，吾卿看她一路朝外蹦去，怕她摔下坡去，紧张地伸手抓住了她的手。

手臂突然被人抓住，李佳人下意识地转过身去，没一点儿心理准备就朝吾卿倾倒过去。

吾卿要拥她入怀，她却一脚踩在人家的脚背上，伸手推了吾卿一把，于是两人双双倒在了草坪上。

李佳人压在吾卿的身上，意识到自己都干了什么蠢事之后，赶紧慌张地要起身，嘴里不停地说着："对不起，对不起，我……我……"

没等她说完，吾卿无奈地叹了口气，伸手搂住李佳人的后脑勺儿，将那乱动的小脑壳又按回了自己的胸口。

"别动，佳人，就这样挺好。"吾卿闭上眼睛，声音沙哑地说。

李佳人的脸就贴着吾卿的胸口，能听到他清晰有力的心跳声。她紧张地绷直了身体，再也不敢乱动，一张小脸红得像煮熟的虾子。

阳光暖暖地落在他们的身上，跟想象的一般温暖，李佳人隐隐有些倦意，再看身下的吾卿，已经睡着了。

李佳人小心翼翼地挪动着她的小脑壳，双手趴在吾卿的胸膛，偷偷地打量着他。

这还是她第一次这么近距离看吾卿，一边看，她一边回想着小时候"吴亲亲"的样子。那时候她太小了，已经不记得"吴亲亲"长什么样子了，只记得他有一双很好看的凤眼，睫毛很长，很美，跟现在的吾卿一模一样。

李佳人伸出手指，轻轻地戳了戳吾卿高挺的鼻梁，极为小声地自言自语般问了声："你是吴亲亲吗？"

本就没期待任何回答的李佳人，问完就又埋下了头，突然，耳边传来一道酥麻的嗓音。

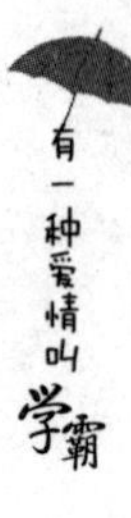

“嗯。”简短的一声，像有电流般流遍李佳人的全身，迟钝如她，此刻一颗心也狂跳了起来。

下一秒，吾卿睁开眼，翻身而上，将李佳人压在了下面。

李佳人震惊地睁大眼睛，呆呆地望着吾卿，心中隐约有了预感，脸上越来越烫。

他定定地看着她，嗓音微哑地唤了声：“佳人。”

李佳人羞涩地应了声，然后就听到吾卿对她说：“闭上眼睛。”

她听话地闭上，心扑通扑通地跳着，放在胸前的小手紧张地攥紧。

吾卿莞尔一笑，俯下身来，温柔地吻上了那片粉色的唇，如他想象的一样，很甜。

很多年后，李佳人被问及初吻的感觉，她想了想，羞红着脸，回答了两个字：“很晕。”

李佳人被吻得快窒息了，吾卿才放开她，将她搂在臂弯里。

李佳人的小脸贴着吾卿的胸口，小手不安地摸着吾卿的衬衫衣襟不知道该放哪里，脸红得像煮熟的虾子。

犹豫再三，她终于还是忍不住小声地开口问了一声：“卿贵人，那个……那个……我们是在演戏吗？”

吾卿“扑哧”一声笑了起来，将她紧紧地抱在怀里，声音宠溺：“傻瓜，爱演戏的是韩言鑫不是我。”

意思就是，我对你是真的。

这话说得如此赤裸裸，就连蠢笨的李佳人都听懂了，小心脏又开始狂跳起来。

所以……所以……

他们是真的在谈恋爱吗？

李佳人整个人像飘在了云端，感觉好不真实。

另一头，待在寝室里打游戏的韩社长突然觉得耳朵好烫，是谁在骂他？

Part3

李佳人回寝室的时候，寝室里就只有孙小毛跟童大宝，老大王青青去上大学英语三了，整个寝室就她英语四级没过，所以还得修大英三。

她站在门口，拎着空掉的电饭煲，幽幽地喊了声："我回来了。"

小毛跟大宝正蹲在阳台上拿电饭煲煮粥，听到李佳人的声音，忙着帮倒忙的孙小毛回头随意地看了她一眼，不对，再看一眼，然后忍不住惊叫起来，一脚踢翻了整锅粥。

童大宝气得恨不得伸手打她，她却忙不迭地站起身，朝李佳人跑了过去，像狗一样，围在她身边转了一大圈，最后咧着嘴，小心翼翼地问了声："佳人，你这是被卿贵人给打了？"

衣服有些凌乱，头发上还黏着草屑，脸红肿得像西红柿，嘴唇还有些开裂，眼神是呆滞的，声音虚弱得像阿飘。

"难道是卿贵人没原谅你强上他的事，所以把你给打了？还是说别人知道了你强上了卿贵人，所以把你打了？"孙小毛不停地揣测，就连在阳台的大宝也好奇地走了过来。

李佳人摇摇头，什么话也不说，只是把保温桶塞给了大宝，然后拉开床帘，钻到自己的床上睡觉了。

孙小毛她们觉得佳人肯定是外面受了委屈，这会儿躺床上哭呢。平时嫌弃妹子太蠢笨，但到底是自家的妹子，喝酒误事强了不该强的人，虽然她们都觉得她这事误得挺好，但不管怎样，这种事，肯定是女方比较吃亏，吃

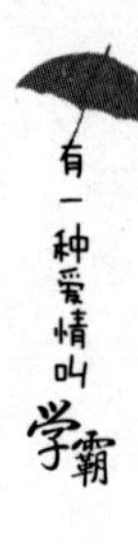

亏也就算了，怎么好好地去送个鸡汤还能挨打呢！

孙小毛掀开佳人的床帘，探进头去，拍着李佳人的肩膀，柔声地安抚着：“佳人，你别哭哈，你告诉我是谁打的你，我跟大宝这就去找他们算账去，我让大宝一屁股坐死他们，但如果是卿贵人的话，你还是别回了。”

李佳人刚还在沉醉在吾卿绵长的细吻中，都没在意听孙小毛说的话，这会儿回过神来，一听孙小毛要大宝坐死别人，愣了下，赶紧回头看一脸愤愤的孙小毛，解释：“没有啊，没有人打我啊！小毛，你别冲动啊！”

“没人打你，那你样子为什么会这么狼狈？”童大宝也将头凑了进来，目光紧盯着佳人红得渗血的嘴唇，心疼道：“佳人，你没必要为谁开脱，你放心，我们会为你做主的，瞧你那小嘴都被打出血来了吧，那么红。”

李佳人顿时红了脸，将脑袋埋进了被子里，瓮声瓮气：“那个……其实……不是被打的。”

“不是被打的，那是什么？”

“那个……卿贵人亲的。”

“What？”

“什么？！”

李佳人的回答对单身狗来说无疑是一大暴击，孙小毛跟童大宝一致决定，一会喝粥不喊佳人了，真是太讨厌。

李佳人也没关系，有卿贵人的滋润，喝不喝粥都无所谓了。

咦，这话怎么莫名有点儿色情。

吾卿的吻就像定心丸，李佳人吃得再也不敢胡思乱想起来，确定他就是小时候的“吴亲亲”时，她觉得跟卿贵人变得亲近许多，虽然两人之间差距还是很大，但是幼儿园这个时间段，他们是平等的，亲密无间的好伙伴。

既然已经承诺吾卿，她会对他负责的，也知道学校里的人都不好看他们这一对，觉得她配不上吾卿，所以那天回寝室后，她躺在床上想了一下午，最后决定制作一张“完美改造作战表”。制作的时候，她还特意找室友们一起讨论了下她的优缺点，不讨论还好，一讨论，她觉得自己活得好失败，她的缺点竟然远远大于她的优点。

孙小毛安慰李佳人，让她别给自己太大压力，她想变好，配得上吾卿这点，精神上很值得赞扬，但也没必要急着一口气吃个胖子，慢慢来，一点点改造，比如她可以先去隆个胸啊！她们寝室除了老大王青青是贫乳外，就数李佳人的最小了。

万恶的A罩杯又来了！

为了表示对李佳人的支持，孙小毛发表完自己的意见，就在淘宝上给佳人买了箱木瓜应援她。

比起肤浅的孙小毛，童大宝的看法则更实际些，她觉得外表这种东西是一生下来就注定的，美丑看运气，李佳人这样的萌妹子，也算是及格线以上了，胸这玩意儿，她长了二十年都没长好，现在吃几个木瓜也没用，反正日后让卿贵人多揉揉就行了。与其补胸，李佳人不如在学习上用功些，争取拿个奖学金什么的，也算长脸。

相比之下，李佳人觉得童大宝的话更有道理，所以当晚，她连游戏都不玩了，背着书包就去了图书馆自习，做了一整晚的线性代数，错误率没那么高之后，才收拾东西回寝室，第二天又继续奋战。

本以为李佳人只是随口说说的，没想到她一连坚持了五天，小毛她们不禁对她肃然起敬起来，果然爱情的力量是伟大的。

都说女生变美是为了谈恋爱，原来谈恋爱还可以变美啊！

真是长知识了！

一周下来，李佳人不仅做题做得脸都瘦了，连眼眶都深陷下去了，尖

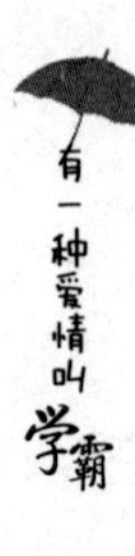

下巴都出来了，皮肤也白了，样子柔弱得像林黛玉，乍眼一看，楚楚可怜得很。

吾卿那几天正好也忙，每天不是上课，就在证券部研究新股，有时候忙得都没时间吃饭，偶尔闲下来，打电话找小佳人，那姑娘不知道是不是因为被亲了害羞，要么推推拖拖地说自己走不开身，有事忙，要么就说自己已经吃了。

本来一次两次，吾卿也没什么在意的，可是几次下来，他发现他竟然有一周没见李佳人了，这也忒不正常了。就算以前李佳人以为跟他在演戏，他俩见面的次数也比现在多啊。

怎么点破之后，反而越来越生疏了。

思忖了一番，卿贵人怕小佳人再度跑路，最终决定抛下手中的事务，去女生寝室找李佳人。

Part4

李佳人接到吾卿电话的时候，正好在寝室，没有去图书馆。

寝室里的老大王青青她爸爸生病了，要在市区医院动手术，急需一大笔钱。佳人她们几个听说后，都在寝室给王青青凑钱。

佳人自从跟吾卿谈恋爱后，她妈给她的生活费几乎都花不掉，她算了下自己身上的钱，一共有两千，她把这两千全都给了王青青，但是离老大需要的手续费还差一大截。

看王青青一副愁眉苦脸的样子，李佳人想到了吾卿。卿贵人开的证券投资部是他们学校最赚钱的社团，曾经有谣言说那社团的干事每个月光吾卿给的分红都有大几千，所以作为社长的卿贵人绝对更有钱。

听说佳人要去问吾卿借钱，王青青觉得有些过意不去，虽说这两人已经是这么“亲密”的关系了，但是谈恋爱时涉及钱财总归不是很好，况且她要借的不是小数目，是两万啊！

但李佳人拍着胸脯说没关系，她也不好多说，毕竟爸爸的病拖不得，没钱医院不给动手术的。

安抚完老大，李佳人拿着手机去了洗手间给吾卿打电话。

刚要拨他的号码，手机就震动了起来，屏幕上跳动着“卿贵人”三个字，李佳人惊喜地露齿微笑，麻溜儿接了起来，高兴道：“卿贵人，我们真是心有灵犀，我刚要给你打电话，你就给我打了。”

已经习惯李佳人喊他“卿贵人”的吾卿，听到佳人这么欢快的声音，心情也跟着好了起来，嘴角不禁上扬，柔声问道：“吃午饭了吗？”

吾卿想，小佳人要再说她吃过了，他这就冲进女生寝室逮她出来。

但李佳人这次是真的没吃，她本来打算吃完午饭就去图书馆自习的，但因为老大的事给耽搁了。

就算吾卿不邀请她一起吃饭，她今天也是要找吾卿的，毕竟借钱总归是要见到本人才好开口啊！

为了过会好借钱，李佳人很是殷勤地回道：“还没有呢！卿贵人，今天我请你出去吃饭吧。”

除了喝过她的鸡汤外，吾卿还是头一次听到李佳人说请他吃饭，他看了看天，太阳从西边出来了吗？还是有什么事情要发生。

吾卿有些好奇李佳人想做什么，果断地应了。

听说吾卿就在楼下等她，李佳人心里甜得跟吃了蜂蜜似的，她家卿贵人真好，她就心里想想他，他就飞奔到她身边了，简直比阿拉丁的神灯还要灵。

挂断电话，佳人一脸喜洋洋地回到寝室，让王青青放宽心，说吾卿答应借钱啦。

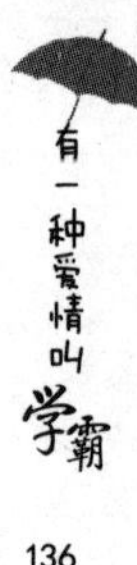

虽然还没跟吾卿提借钱的事，但李佳人决定今天无论如何都要帮老大借到钱，为了让王青青放心，她才这么说的。

卿贵人愿意借钱，王青青果真松了一大口气，感激地握着佳人的手不知道该说些什么好。

佳人抱了抱她，然后换了套衣服，背着包下楼去找吾卿。

李佳人从泽园二站出来，一眼就望到了站在马路对面，靠在树旁打电话的吾卿。

卿贵人果然是大忙人，刚跟她打完电话就跟别人打。李佳人暗自赞叹道，如今吾卿的一切，在她的眼里都更加优秀了，俗话说情人眼里出西施，真的一点儿都不假。

为了不浪费吾卿的时间，李佳人快步朝他走去。

似乎听到了脚步声，吾卿回过头来，目光触及到李佳人，便匆匆挂了电话。

李佳人刚急着下楼，都没注意到自己帆布鞋上的鞋带松掉了，直到她脚被鞋带绊了一跤，她才意识过来，但整个人已经朝吾卿扑了过去，若不是吾卿即使伸手抱住她，她估计要摔惨了。

“佳人，你不用这么急着过来见我。”吾卿一把抱住佳人，将她稳稳地放在地上，随即偷笑地说道。

李佳人脸红，害羞地低头，她才不是急着想见他呢。

没等李佳人回答，吾卿突然弯下腰来，帮她系鞋带。

李佳人的小脸涨得更红了，一颗少女心都快要飞出胸膛。

系完，吾卿站起身，自然地牵起李佳人垂在身侧的小手，说了一声：“走吧。”

Part5

吾卿带李佳人去了镇上，之前看到佳人QQ状态上说想吃火锅，所以这次他都没问李佳人，就牵着她的手进了“彤德莱”。

卿贵人想吃火锅吗？

李佳人望着桌上的菜单，暗自盘算着口袋里的钱。她几乎全部的积蓄都给老大了，这会儿口袋里的钱加上钢镚都不超过一百，可这的火锅好像又有点儿贵。

怕到时候付不起钱让吾卿丢脸，李佳人点菜的时候，就给自己点了份金针菇，其他让吾卿点。吾卿本来就没打算让李佳人付钱，所以点起菜来毫不客气，全点的荤菜，什么虾滑、肉丸、鱼豆腐、蟹肉棒、肥牛……都是李佳人爱吃的。

李佳人望着嘴里不断吐出菜名的吾卿，一边拼命地忍住口水，一边在心里默默地算着价格。

几样一算，就超过她所能承受的范围了，李佳人偷偷地在桌底下轻轻踢了吾卿一下，抿着嘴暗示他别再点了，她钱不够。

突然被人踢了一脚，吾卿以为佳人是不小心的，便没放在心上，跟服务员点完单后，他才仔细打量起李佳人来。

几日不见，这小佳人好像瘦了，脸色也憔悴许多，回想起刚才佳人都没点儿肉，吾卿不由得蹙起眉头，问：“佳人，你最近都没好好吃饭吗？”

李佳人“啊”了一声，茫然道：“没有啊，我有好好吃饭的呀。”

吾卿目光暗沉了下来，看惯佳人那小圆脸的他，看到佳人瘦得尖下巴都出来了，心情很是不好。看来，他还是得陪她一起吃饭，不然再过阵子，他那小白菜都成黄豆芽了。

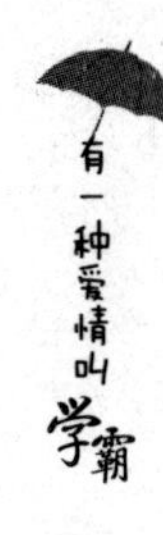

很快，菜被端了上来。

吾卿先涮锅，李佳人看着满盆的肉，偷偷地朝吾卿探过头去，小声商量道："卿贵人，我们还是把肉退了吧。"

吾卿再度蹙眉，惊疑地打量着李佳人，问："为什么？"

"那个，我钱没带够。"李佳人终于还是不好意思地说出口，说完，她低着头，望着身前的碗勺，都没脸去看吾卿。

原来她是在担心这个！

吾卿有些哭笑不得地看着她："佳人，哪有跟男友吃饭，让女友付钱的道理。最起码，在我这儿，可没这道理。"

吾卿这话说得也忒帅气，李佳人望着吾卿，两只眼睛都成了星星眼。

她家卿贵人怎么能这么帅！

"可是，说好今天我请你吃饭的，你不让我请，我怎么跟你借钱啊？"李佳人有些纠结。

吾卿挑眉看她，讶然道："你要跟我借钱？"

可能是吾卿对她太过迁就，让李佳人突然有了胆子，她将王青青需要钱给她爸交手术费的事都跟吾卿说了遍。

吾卿一边听，一边涮菜，然后夹了块熟的牛肉片放进李佳人的碗里："所以她还缺两万，你帮她问我借？"

李佳人重重地点头。

吾卿"嗯"了下，嘴角不禁上扬，心情莫名转好。

"佳人，我很高兴你能在遇到困难时，想到找我帮忙。"吾卿微笑地说。

李佳人有点儿囧，卿贵人不是最怕麻烦嘛，怎么她麻烦他，他还很高兴来着。

"那你会帮我吗？"不是很懂吾卿的心思，李佳人还是多嘴问了声。

吾卿点头："先吃饭吧，等你回去你老大就有钱了。"

听到吾卿肯帮忙，李佳人心里顿时松了口气，突然感觉饿了，大口吃了起来。可是她明明吃得很努力了，但碗里的菜一直没减少。

最后，李佳人从碗里抬起头来，望着不停给她夹菜的吾卿，有些幽怨地说："卿贵人，你能不能给自己夹点儿？"

吾卿用筷子敲了敲她的碗，严肃道："多吃点儿，你看你都瘦了。"

李佳人囧，她想说她瘦不是因为吃得少了，是因为最近看书累的。

李佳人继续埋头吃东西，吾卿出去拿手机给韩言鑫打了个电话，说了王菁的事。

他不是没钱借给王菁，只是作为好室友，他理应把这么好的表现机会给韩言鑫，毕竟韩社长单恋王菁好久了，可惜一直是在"对牛弹琴"。

吃了会儿，李佳人还是有些于心不安，对打完电话回来的吾卿道："卿贵人，你帮我这么大的忙了，你提个要求吧，我能满足你的话一定会满足你的，这样我心里也安心点儿。"

吾卿正继续给李佳人夹菜，听到佳人这么一说，颇有兴趣地抬了抬眉。

虽然最后帮王菁的人并不是他，但是腹黑的卿贵人还是很期待小佳人能为他做点儿什么，单纯地满足下他的恶趣味。

"那就肉偿吧。"吾卿说。

李佳人一口饭噎在了喉咙口，咳得眼泪都要下来了，最后她红着眼又红着脸地望着吾卿，吾卿则一直无害地朝她微笑着。

其实吾卿嘴里的"肉偿"是要喂李佳人吃肉的意思，可李佳人听成了最简单的那意思。

很多年后，李佳人发现，她走过最长的路，就是吾卿给她下的套路了。他明知道她头脑简单，还故意说这种话戏弄她。

看到李佳人回来，听她说吾卿要她“肉偿”还他帮王菁的恩情时，整个寝室的人都炸了，觉得这卿贵人也太污了，纷纷在指责卿贵人精虫上脑的同时，赶紧把李佳人的行李给收拾了，然后不管她愿不愿意，把她连人带行李箱一起送到了吾卿的那间教职工公寓。

等吾卿闻讯赶回公寓时，就看到他家小佳人可怜兮兮地抱着条被子站在公寓门口，小脸涨得通红，低着头嗫嚅着：“卿贵人，我来肉偿。”

吾卿花了很大力气才逼着自己不笑出声来。

有时候他真的觉得，李佳人笨点儿也没什么不好，笨有笨的可爱，不是吗？

「第七章」

"人家闺女有花戴，爹爹钱少不能买，扯上了二尺红头绳，给我喜儿扎起来，哎！扎起来！"

Part 1

李佳人和学校第一男神吾卿同居的消息，很快经过王青青、孙小毛、童大宝、韩社长以及证券部负责搬行李的一群八卦人士传遍了整个校园。

众女生在人人网上哭号。

此消息一出，还在对吾卿抱有幻想的S大女生们，心灵又一次受到重大创伤，不得不死心了，吾大神果然在瞎眼的路上一去不复返了。

李佳人这阵子也不好过，每次去上课，只要遇到雌性生物，就少不了被人用目光凌迟，其实她很想告诉她们，除了上次醉酒，她再也没有睡过吾卿。

真的，她发誓。

为了怕自己一头热又犯案，她主动请缨打地铺的，虽然她也不知道为什么每天醒来，自己会在床上，而且还缩在吾卿怀里。

可是，每当她想开口的时候，总会被王青青她们用这样的话堵回去。

“佳人，你这是在抱怨吾卿这几天没要你吗？”

“佳人，不带你这样的，说好去肉偿的，可你这肉偿得也太不尽责了！”

“佳人，你要害羞就直说，就不信你们不做晚间运动，瞧你一副纵欲过度的样子。”

李佳人大囧。

这样的对话，几次下来，李佳人就再也不想解释了。

她们误会就误会去吧，反正睡一次是睡，两次也是睡，天天也是睡，总归吾卿被她睡了的事是真的，哪怕就一次。

李佳人一直坚信着，她喝醉那天真的睡了吾卿。

周五上完最后一堂课，李佳人准备回公寓给吾卿炖鸡时，孙小毛偷偷摸摸地把她拉到一旁，咬耳朵。

“佳人，回去别忘了跟吾卿吹枕头风啊，让他跟韩社长说说，就《白毛女》那话剧，能不能让我们换个角色，黄世仁的丫鬟，你和我各一句台词。好歹也是院里的大型表演，这也太寒碜了。”

前两天，韩言鑫那红帆船话剧社喊她们去排练了，韩言鑫有事不在，她和孙小毛又一次被无视了，气得孙小毛差点儿当场爆粗。

其实演什么，李佳人觉得无所谓，但是既然孙小毛说了，她还是会去争取下的。

晚上，吾卿吃完饭，坐在沙发上看报纸，李佳人拿着份文档朝他走过来。

“卿贵人……”

小佳人幽幽地喊了声，吾卿听得耳朵都酥了。

将脸从报纸后抬起来，吾卿眯着好看的丹凤眼，温柔地看着李佳人，等着她继续往下说。

“你有空给我对戏吗？我有演韩学长话剧社的话剧，说是为‘双蛋晚会’准备的。”李佳人小心翼翼地说，总不能一开口就让吾卿去和韩言鑫说，让他给她和小毛换角色吧。

吾卿“嗯”了声，伸手接过李佳人手中的剧本，随意地翻看起来。

“你演什么？”

来了，来了，他问了。

李佳人内心一阵激动，弱弱地回说：“丫鬟乙。”

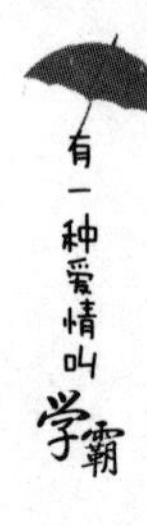

吾卿将剧本仔细翻了一遍，才在某个不起眼的角落看到丫鬟乙有这么一句台词。

“少爷，您的茶。”

吾卿随即皱起眉头。

就一句台词，真需要他帮忙对戏吗？

“佳人，你是不是还有话要对我说？”合上剧本，吾卿抬眸望着李佳人，循循善诱地问。

李佳人囧了囧，双手不自然地绞在一起，最终无奈地吸了口气，把孙小毛教她说的话，全复述了一遍，然后难为情地等着吾卿发话。

“就这个？”吾卿确认道。

李佳人急忙点头，听吾卿的口气，这事能成。

吾卿去拿茶几上的手机，翻找韩言鑫的号码拨了过去。

“佳人，想演什么？”

等待接通的过程中，吾卿问李佳人。

“随便什么，小毛说只要不是丫鬟就行了。”

这《白毛女》的剧本是被改编的，跟原著不大一样，多了很多人物，只是丫鬟是台词最少的角色。

吾卿又“嗯”了声，等韩言鑫慢腾腾地接起电话，他便简短地把李佳人的要求说了下，很快就挂断了电话。

李佳人在一旁看得目瞪口呆。

她家卿贵人办事效率真是太高了，李佳人内心喜悦地想。

“佳人，那我们还要对台词吗？”吾卿问道。

李佳人头摇得跟拨浪鼓似的：“不用了，不用了，等角色换好了再对。”

吾卿微笑地勾起嘴角，朝李佳人招招手。

李佳人困惑地走过去，突然手被一拉，整个人就摔坐在吾卿的大腿上。

李佳人那叫一个脸红心跳。

卿贵人这是又要调戏她了吗？

看在他今天这么干脆帮忙的分上，她就让他调戏下好了。

李佳人郑重地闭起眼睛，本以为吾卿会像上次一样亲她，结果她只听到吾卿清脆的笑声。

李佳人尴尬地睁开眼不敢看笑得正欢的吾卿。

“佳人，我今天去交电费了。”在诡异的气氛中沉寂半晌，吾卿突然幽幽地说道。

李佳人惊愕地抬头，茫然地看着他。

交电费怎么了？

吾卿盯着她圆嫩的小脸，认真地说：“这个月好像交得太多了，为了节省电费，我们晚上就不要开空调了。”

李佳人惊住。

本来十二月也不是最冷的时候，不开空调也没事，可是，她睡地板啊，不开会冻死的。

李佳人可怜巴巴地看着吾卿。

卿贵人，你证券部这么有钱，平时出手都这么慷慨，电费就不要节省了嘛。

吾卿装没看到她小鹿般祈求的目光，轻咳下，继续道：“佳人，不开空调睡地板的话是冷了些，但是床上很暖的。”

李佳人这下算听懂了。

她低着头，红着脸，羞涩地说：“卿贵人，你想让我睡你不早点儿说！害我以为你不想要我肉偿了，还睡了好几天地板。”

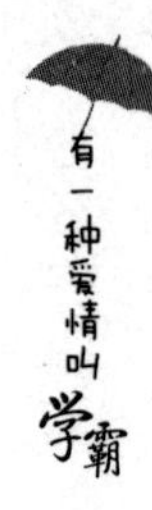

吾卿硬生生地憋了口气在喉咙里。

其实，他是想睡她。

但是这么露骨的话，闷骚如他，怎么说得出口。

所以在李佳人的控诉下，吾卿摸了摸小佳人的头鼓励道：“佳人，我不介意你睡我的。”

李佳人囧。

Part2

自打和吾卿同居后，李佳人脸色红润很多。

王青青她们把这称之为“爱情的滋润”。

事实上，李佳人是因为吃得太好了。

吾卿的公寓厨房应有尽有，自搬进去之后，她就迷上了给吾卿炖鸡汤，可真吃的时候，吾卿跟第一次一样，只吃一点儿，大部分进了她的肚子。

补成那样，她脸色不红润都难。

吾卿给韩言鑫打完电话的第二天，李佳人和孙小毛被喊去红帆船话剧社排练。

社里的女生都阴着脸瞪着她们，就平时不来社团的韩言鑫穿着粉红色的羽绒服，一脸骚气地招呼她们。

没多久，李佳人她们知道，韩社长遵卿贵人吩咐，果真帮她们重新安排了角色。

孙小毛如愿以偿地演了黄世仁他妈，李佳人却很囧地成了女主角喜儿。

她终于明白社里的人看她们的眼神为什么这么怨恨了。

她这是明目张胆地动用后台关系啊！

李佳人窘迫地站在一旁不知如何是好，女主角这种富有挑战性的角色，怎么可以找她演。

她还是演她的丫鬟好了。

反正要不是小毛要求，她根本不会和吾卿说话剧的事的。李佳人下定决心准备和韩言鑫说自己想继续演丫鬟，就听到韩社长喊她。

“小佳人，吾卿把你养得不错啊！看你这脸，太红润了，一点儿都不像受苦受难的劳动底层人民啊！”

李佳人大囧的同时，内心大喜。

是啊，是啊，她脸色太红润了，不适合喜儿，所以还是演丫鬟吧。

不过……

脸色这么红润的丫鬟不会被怀疑自己开小灶偷吃吗？

李佳人再囧。

她正纠结着，就听到韩言鑫安慰她：“佳人，别不自信啊！我们要的就是你这种面色红润、一副天然呆样的喜儿。我们这部戏主要讲的是穷苦少女喜儿被狂霸酷拽的有钱公子黄世仁看上，强取豪夺，虐恋情深的故事。所以就你了，没什么好说的。”

李佳人又一次大囧。

她之前只看了自己丫鬟的部分，没想到这戏竟然被篡改得如此狗血。

李佳人有种不敢翻开剧本的感觉，应该会很坑爹。

事实上，确实很坑爹。

红帆船话剧社流传着这么一句话：“社长出品，必属坑品。”

直白地讲，韩言鑫这人是极不靠谱的，连他手下的人都如此觉得。

但是李佳人没料到，韩言鑫竟然会坑爹到这种地步，他竟然还给穷苦的劳动底层姑娘喜儿加了吻戏，还是被强吻的。

李佳人坚决地反对："我不要吻戏。"

韩社长苦口婆心地劝："佳人，这是为艺术献身。"

李佳人囧，弱弱地问："学长，你不怕卿贵人知道后会拆了你的话剧社吗？"

韩言鑫一副死猪不怕开水烫的样子，不以为意地仰起头。

李佳人本以为他会说出"为了艺术，就算被拆话剧社他也无所谓"这种大无畏的话来，结果听到的却是……

"等他知道演都演完了。我已经下令在正式表演之前谁也不准把这事宣扬出去，等晚上表演的时候，吾卿就算看到，也不会当着整个大院的面直接冲上台闹事的！"

李佳人弱弱地觉得韩社长这如意算盘打得真好。

他确定和吾卿是好朋友好同学好哥们儿？

有这么坑人的吗？

李佳人在舞台上乱跑着，宁死不从。

她不要拍吻戏啊！

不知道为什么，李佳人隐隐有着预感，她要真和别人吻了，吾卿不会放过她的。万一不给她吃肉了，她会哭死的。

她不要！

扮演黄世仁的同学在后面猛追不舍，台下充当导演的韩社长愤声急呼："佳人，一切都是为了艺术啊，佳人！"

李佳人泪奔地跑下舞台，在门口撞上了前来探班的吾卿。

"出什么事了，佳人？"吾卿揽住怀里的李佳人，随意地扫了眼四周，不解地问道。

听到吾卿的声音，李佳人惊愕地抬头，本来想把韩言鑫逼着她演吻戏的事告诉吾卿的，但是她还没开口，那边韩社长就开始训人了。

“不是跟你说了吗？杨白劳唱这句的时候，应该像我一样，表情慈祥且温柔，眼里带着微微心酸感，然后喉咙嘶哑地唱：人家闺女有花戴，爹爹钱少不能买，扯上了二尺红头绳，给我喜儿扎起来，哎！扎起来！是扎小辫子，你揪人家的头发做什么……”

韩社长一副恨铁不成钢的样子骂着刚追李佳人的男同学，周围一群人集体别过头去，装没看见。

李佳人黑线，所以，现在是“黄世仁”直接被替换成“杨白劳”的节奏吗？

韩社长，你要不要这么没骨气！

你那为艺术牺牲的精神呢？

“哟，这不是吾卿吗？什么风把你吹我们话剧社来了？”韩言鑫装模作样地朝站在门口的吾卿和李佳人走来，笑嘻嘻道。

李佳人囧，学长，卿贵人都站着有一会儿了，从你开骂站到骂完了，都听你把杨白劳的经典台词唱了五遍了。

吾卿漠然地乜了韩社长一眼，随意地找了个位子坐下来，修长的指尖敲着桌面，妖冶的桃花眼盯着韩言鑫。

“佳人是演喜儿？”吾卿淡淡地问，声音带着莫名的清冷。

韩社长以为卿贵人是确认他有没有给李佳人她们换角色，为了他们话剧社日后的赞助费，当即正色道：“那当然，佳人不演喜儿谁来演。”

吾卿指尖不紧不快地又敲了几下桌面，沉默会儿，才幽幽地来了句：“昨晚佳人给我看剧本，我没记错的话，你那剧本里的喜儿有被黄世仁强吻的？”

轰隆隆……像响起一道惊雷，把韩社长震得脸都黑了。

韩社长幽怨地瞪了一旁的李佳人一眼，那眼神好像在说，谁让你给吾卿看剧本的，你不知道那家伙过目不忘啊！

李佳人囧，她又不知道剧本里喜儿有吻戏，更不知道她自己会演喜儿。

“是吗？有吻戏吗？我怎么不知道！”

比韩言鑫还会装傻的，这里估计没其他人了。

韩社长手托香腮做沉思状，似乎在冥想剧本情节，最后表情严肃地对脸色阴沉的卿贵人道：“吾卿，我觉得喜儿这种脸色苍白、身形瘦弱的劳苦底层妹子形象和我们小佳人富润的形象有点儿不搭，所以我得重新安排下角色，你不介意吧！”

眨眼眨眼，吾大神给个台阶下吧！

卿贵人抬眼，冷冷道：“嗯。”

于是，李佳人又一次降回了只有一句台词的丫鬟乙。

事情发展到这会儿，实在是太戏剧了，但李佳人很是满意。

她喜欢台词少的。

可是……

排练没多久，轮到李佳人上场给“黄世仁”递茶时，卿贵人又一次怒了。

原因是“黄世仁”接茶时，碰到了丫鬟乙的小手，应该说是手指，不不，指甲更精准些。

很快，在吾卿强大的低压笼罩下，韩社长再次出手，让李佳人从丫鬟乙，直接成了无名人士。

就是在某个场景里，直接站在某处不动，没有台词，也不会跟任何人接触。

美其名曰龙套，其实也叫作不会动的——背景。

这背景还是之前剧本没有的角色，临时加上去的。

囧。

李佳人默默地有些伤感，45°仰望天空，眼神明媚而忧伤。

吾卿很是满意，坐在台下看他们将戏来回排了两遍，才鼓掌站起来，喊李佳人回去吃午饭了。

临走前，卿贵人朝韩社长招了招手，在韩言鑫耳边嘀咕了几声。韩社长灰白的脸，犹如死灰复燃般明媚起来。

他们话剧社明年的赞助费有着落了。

社里的小伙伴们再也不用辛苦地拉外联了！

小佳人，都是你的功劳啊！你这背景演得太动人了！

Part3

中午是在学校食堂吃的，下午一点半，李佳人还得回话剧社继续排练。

虽然她弱弱地觉得她那个角色排不排练，其实没什么影响。

吾卿带李佳人去了泽园三楼新开的教职工餐厅，主要是一楼二楼人实在是太多了。他们去的时候，正赶上大一的熊孩子下课来吃午饭。

三楼食堂装修得很漂亮，李佳人像小媳妇般跟在吾卿身后排队打饭，眼睛不安地瞅着四周。

附近都是老师哎，她要不要一个个叫过去？李佳人幽幽地想。

轮到他们了，吾卿喊了李佳人一下，问她想吃什么。

李佳人立刻回过神来，小手已经习惯地钩住吾卿的一只胳膊，人从后面钻出来，站在橱窗口朝里张望，手指戳这个戳那个，神情像只不会满足的小馋猫。

吾卿的视线落在自己被李佳人抱着的胳膊上，嘴角微微上扬，眼神越发温柔起来。

在众多老师的侧目下，吾卿抱着满满一餐盘菜边礼貌地和认识的老师打招呼，边找位子，身后跟着不好意思的小佳人。

菜依旧以李佳人爱吃的肉为主，一坐到位子上，早就饿了的李佳人便急巴巴地拿手抓上面的大排，不料中途被吾卿用筷子打了下。

“别用手抓，不卫生，拿筷子吧。”

卿贵人像教训小孩子似的训着李佳人，说是训，声音却听不到一丝怒气，好听得不行。

李佳人悻悻地缩回手，听话地拿筷子夹肉到碗里，小口小口地咬着，眼睛偷偷地瞅着吾卿。

刚才刷饭卡的时候，她看到了，吾卿一顿刷了七十多呢，这在学校食堂里算高价了。

李佳人隐隐地觉得自己好像点得太多了，看到好吃的就没了魂，只知道点，忘了算钱了。要换作以前，她和小毛她们来食堂吃饭，她一顿顶多也就吃个十块钱，二楼点菜的话，十块钱能吃到大排和瓦罐汤了。

学校食堂很物美价廉的。

应该是和吾卿待久了，她已经慢慢习惯吾卿掏钱买吃的了。两人处到现在，在吃上，吾卿对她不要太慷慨，搞得她现在越来越不知道节制了。

李佳人觉得这个习惯不好，要慢慢改，不然以后和吾卿分了，她可养不起自己了。

吾卿见李佳人低着头沉闷地不说话，吃肉都小口小口的，不大像她一贯的作风，以为她因为他训她，所以生气了，赶紧去哄：“佳人，你喜欢用手抓着吃就抓吧。”

李佳人正想着怎么戒掉那坏习惯，听到吾卿喊他，抬头听着，听完就囧了。

她刚刚是因为太饿了，急着吃才忘了拿筷子直接用手的。

想了想，李佳人还是觉得把自己的担忧说出来比较好。

“我们以后吃饭 AA 制吧。”

李佳人冷不丁地冒出这么一句，吾卿握筷子的手抖了抖，丹凤眼探寻地盯着李佳人，看她脸上的表情很是认真，他皱起了眉头。

哄也不行，看来是真生气了。

卿贵人有些发愁了。

不是没见过男生哄女朋友，可是对吾卿来说，这是头一次哄女朋友，他不知道怎么哄李佳人才对。

所以……

“佳人，你要是觉得肉不够吃，我们再点一些？”吾卿小心翼翼地问，李佳人最喜欢吃肉，这么哄应该行的。

李佳人囧，卿贵人，你是要把我当猪养吗？

李佳人摇头，吾卿的心悬了起来。

“你不要对我这么好，买这么多吃的给我，害我都吃习惯了，以后要和你分手了，没你喂，我都喂不饱我自己了。”李佳人郑重其事地说。

知道李佳人在担心什么，吾卿终于放下了心，将盘子里的另一块大排也夹进李佳人碗里，云淡风轻地说：“那就一直不要分手就可以了。”

李佳人心跳快了好几拍，脸上浮出粉嫩的红晕来，羞涩地低下头，难为情地说：“你这是想让我娶你吗？”

吾卿愣了下，尴尬地咳嗽起来，幽幽道：“佳人，你这样理解也是可以的。”

李佳人抬头，两只眼睛亮闪闪的，激动道：“我现在还不能保证，等我下次回家问问我妈，家里存折上有多少钱，结婚都要送嫁妆的，我们家要是钱不够，娶不起你怎么办啊？”

想到这里，李佳人急了。

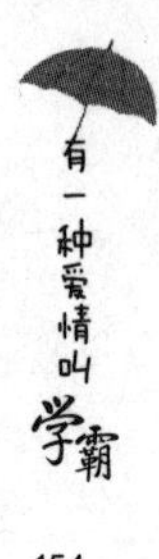

吾卿终于忍不住笑出声来，朝李佳人眨着眼微笑。

“佳人，你可以事后找我报销的。”

李佳人安心地点点头，全心思放在回家怎么和爸妈说吾卿的事上，都没心思吃饭了。

吾卿则胃口大好，难得地吃了块肉。

Part4

近来几次，李佳人去活动中心排练话剧，总能碰上吾卿，搞得孙小毛和社里的其他女生，都用一种“羡慕嫉妒恨”的眼神瞅她。

虽然她现在已经和吾卿确定恋爱关系了，并且共住一室，晚上还躺一张床上，偶尔会有亲亲抱抱，摸摸该摸的地方，但是卿贵人用不着她排练都黏着吧，不定时抽查什么的很吓人的。

她都已经演“背景”了，他还不放心什么？

终于有一天，一起吃饭的时候，李佳人跟吾卿说了这事。

吾卿意味深长地“哦”了声，然后埋头继续喝汤，慢悠悠地道：“我只是路过而已。”

路过……

李佳人囧。

好吧，这借口还不错。

离元旦的时间越来越近，为了演出效果更好，开演前三天，韩言鑫天天都喊他们去排练。

可是他自己，除了前几次在，后面都不见人影了，负责全场排练的还是第一次那个学姐。

那几天，吾卿好像也忙，不再出现在话剧社了，这让话剧社其他人都感到意外不已，李佳人却隐隐有些失落。

习惯真是个可怕的东西，她已经习惯吾卿时不时来看她一下了。

排得差不多了，几乎都挑不到刺了，社里的人才停下来休息，几个人围在一边打牌玩。

经过这段时间相处，李佳人和孙小毛也逐渐被大家接受了，孙小毛活络，打牌的人中有她，李佳人在一旁看着，目光时不时地朝话剧社门口望去，心想着吾卿不知道来不来。

李佳人那哀怨的样子，连孙小毛都看不下去，喊李佳人去外面走廊给她倒杯水。

李佳人游魂般飘了出去。

走廊里的饮水机没水了，李佳人还得跑楼上。S大的大学生活动中心也算标志性建筑了，又大又宽敞，且装修很精致。

楼下是话剧社，楼上是各种社团活动点。

李佳人倒完水准备下楼，楼道口表演室的门突然被人推开，韩言鑫从里面走了出来。

李佳人眨眨眼，原来韩学长躲这儿玩呢。

这里有什么好玩的？

悠扬的音乐从里面传来，李佳人好奇地凑在门口朝里看了眼。

不看还好，一看她就愣住了。

她看到了吾卿……

应该是吾卿抱着个女生在跳舞……

除了吾卿，里面还有好几对男女抱在一起跳，可李佳人眼里只看到卿贵人一个。

原来吾卿这几天忙，是躲在这里和女生跳华尔兹呢！

虽然知道，以吾卿的脾气，不会平白无故和女生跳舞，但她心里还是像倒了瓶醋，泛酸了。

在被发现之前，李佳人没骨气地跑下楼，她都没勇气上前质问吾卿。

她能说，她就算生气，却还觉得吾卿刚才跳舞的样子很绅士很帅气吗！

李佳人觉得自己没得救了。

一口气跑回话剧社，孙小毛他们已经打完一局淮安掼蛋（江苏那带大学很流行玩的一种纸牌游戏，叫淮安掼蛋）了。

看到李佳人握着水杯冲进来，孙小毛急嚷嚷："佳人，快把水给我，我快渴死了！"

李佳人风风火火地冲到孙小毛面前，抬起拿水杯的手，头低垂着。

孙小毛只觉得周围气压有些不对，但也没多想，自顾自伸手去接水，突然……

李佳人抬头把那杯水给喝掉了，然后将空杯子往孙小毛手里一塞，自己拎着背包走了。

孙小毛一口气憋在喉咙口差点儿噎死，愣了会儿才回过神来，朝李佳人离开的方向大喊："佳人，你抽什么风啦！"

李佳人早就跑得没影了。

Part5

从活动中心跑出来，李佳人发现自己不知道该去哪里。

回寝室，要是王青青她们问起她为什么回来，她怎么说？说自己吃醋了，肯定会被笑的。

但回吾卿那儿……

怎么可以，她还在吃醋呢，在卿贵人没有自己意识到错误，前来哄她之前，她是绝不回去的。

可是，不回去，她就没地方可去了。

在校园内瞎逛了一圈，最后无处可去的李佳人钻进了图书馆。

这会儿正是期末备考期，图书馆里坐满了人，座位早就被抢光了，李佳人只能在二楼大厅的沙发上躺着。

反正她也不是来看书的，跟吾卿住一起，有个特别好的就是，吾卿天天晚上没事做会拉着她补课，所以她连图书馆都不用去了，今年期末对她来说，没什么好害怕的。

以前她线性代数卷子最多也就考个八十多，她现在能做到满分了，到底还是吾卿教得好！李佳人心里乐滋滋地想，但很快笑容就凝住了。

她这是在做什么，她还在生卿贵人的气呢，怎么能想他的好呢！

李佳人晃了晃头，试图想点儿吾卿坏的地方吐槽下，可是回想了半天，她发现，她家卿贵人身上除了优点还是优点，她根本找不到可以吐槽的点。

在长沙发上躺了会儿，李佳人脑子里灵光一闪，会不会是她太小题大做了？

那表演室里那么多人在跳舞，看样子像是在排练什么节目。

或许还真的是排节目。

为了庆祝“双蛋晚会”，他们院团学科三大部门和各个社团都需要出节目，吾卿的证券部是由干事出演的商业小品，本来她看吾卿没参演，以为他没有节目，看来她想错了。

她忘了吾卿除了是证券协会会长还是她们院学生会的名誉主席。

上次听孙小毛她们八卦说今年“双蛋晚会”，有个节目很特别，是由学生会、团学科、科协三大部门的主席、副主席、分团委等高级别的人物，男女配对跳华尔兹。

所以，吾卿抱着女生跳舞应该就是这原因了。

李佳人感到理解地点了点头，旁边经过去二楼机房的学生都惊讶地看着她。

这吾大神的女朋友自从跟男神同住后，不仅脸色圆润好看多了，连学习积极性都提高了，瞧瞧，都一副疲倦样了，也不回去休息，只在沙发上躺会儿。

果然学霸的女友不好当啊！

李佳人根本没有注意到周围人对自己的看法，她这会满脑子都是吾卿，手里的书从馆里拿了都没看上几眼，只要一想到在表演室吾卿温柔地搂着其他女生的腰，深情起舞的情景，她就觉得心口堵得慌。

她认识跟吾卿搭档的女生，偷看的时候，吾卿背对着她没有发现她，可是那女生正好对着她，她看清那脸了。

又是一朵花，他们院三花之一的张晓清。

比起黄露惠、唐思瑶两人，李佳人对张晓清更熟悉。

一个是张晓清跟她念同个专业，虽然不是同班，但有时候上几个班连上的大课也会碰到几次，而不像黄露惠是和吾卿一样念 ACCA，唐思瑶念的是工程审计跟她不同系，平时碰不到。

还有个原因，是因为张晓清以前追吾卿是出了名的。

大一时，对张晓清来说，最囧的一件事，是她在手机里把吾卿的号码备注写成了“亲亲”，然后有人和她开玩笑，以为“亲亲”是她男朋友，就偷拿她的手机打了恶搞电话，结果听到接电话的人是吾卿就吓傻了。

恶作剧的人以为张晓清追到吾卿了，两人成了一对，所以才会有那样的备注，因而自然地把他们当成了情侣，而张晓清也没有解释。

吾卿被张晓清“追到”的消息很快就传遍了全校，最终传到吾卿那里，然后就有了吾卿第一次在学校八卦论坛发帖声明自己没有女朋友，如果有的话，他一定会主动告诉大家，请众人不要听信谣言的事。

要知道卿贵人是从来不理会八卦消息的，更别提特意声明了，所以这声明一出，就等于打了张晓清的脸，弄得张院花一度没脸来上课。

吾卿的声明贴在S大八卦论坛上至今都是被顶得很前的帖，以至于李佳人大一刚入学，就从王青青她们嘴里听到这则八卦消息，知道有这么件事，但一直没放在心上。

因为她从未想过自己有一天会跟学校第一男神扯上关系，并且成了他的女朋友。

可现在事情不同了。

学校里喜欢吾卿的女生有很多，但是跟吾卿跳舞的，张晓清是第一个。

李佳人不得不承认自己吃味了。

她能不能让吾卿别跳了？

Part6

S大图书馆信号差是出了名的。

S大图书馆是全省漂亮的图书馆，就连外面的长椅都是柔软无比的皮质沙发，里面还有咖啡厅可以吃东西也是出了名的。

李佳人从咖啡厅吃完晚饭出来，经过阅览室借了几本杂志，然后又躺回沙发上，杂志翻了没几页，她就开始眼皮打架，很快就睡着了，丝毫没听到手机振动。

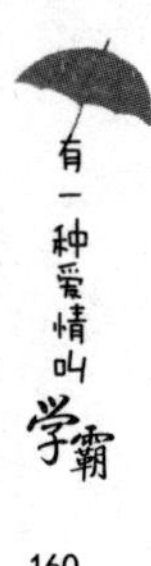

吾卿是他们主席团排练时间最短的一个，其他人从节目定下来一开始就过来排练了，他是直到最后几天才赶过去。

前面都监督他家小佳人去了。

张晓清见到他，就跟花痴似的，他很不喜欢跟她凑一对。

可是没办法，谁叫他最晚来，大家都已经各自选好女伴了，只有张晓清留着，他也只能和她搭。

那女的老故意跳错步子，一个劲拖排练时间，害得他们这组一直在练，他都没时间去找李佳人。

吾卿算好脾气了，要换其他人，估计直接一巴掌抡过去了。

硬是忍着头皮坚持彩排到最后一天，吾卿从表演室一出来，立刻松了口气，去楼下话剧社找李佳人，结果只看到孙小毛和人在打牌，没李佳人的影子。

问了才知道李佳人来楼上一趟就突然跑了。

吾卿隐隐地猜到李佳人又跑路的原因，苦笑下，打电话给她，信号很差，服务人员提示短信呼。

一连打了几个电话都这样。

吾卿皱起眉头，又得去找。

李佳人一觉醒来，惊悚地发现图书馆二楼的灯都黑了，只剩下她一个人，背上瞬间冒起了冷汗。

下意识地拿手机看时间，才七点，她愣了。

图书馆不是十点关门吗？怎么七点就灯都黑了。

李佳人以为二楼的灯坏了，用手机照着，摸索到一楼的大门那里，被吓了一大跳。

图书馆大门都被关了。

李佳人整个人都感觉不好了，慌乱地打电话求救，发现有几十条短信提示，有人拨打过她的电话，查了下都是吾卿的。

李佳人急了，吾卿这会儿肯定也在找她。

果然……

她的手机响了，是吾卿打来的。

一楼的信号好点儿，李佳人倚在大门上边接电话边朝外面招手。

皎洁的月光从门外扫进来，落在李佳人身上，她能看到图书馆外面经过的同学，要是那些同学朝图书馆望一眼，准会被吓到。

一脸色惨白的女鬼正贴在玻璃门上张牙舞爪呢！

囧。

“佳人？”

吾卿的声音从听筒中传来，带着急切的喘息声。

李佳人一听到他的声音，莫名地就湿了眼眶。

“吾卿……”李佳人鼻酸地喊了声。

“你跑哪里去了？”

吾卿站在图书馆和穆和楼中间的S形木桥上，额头、背上全是汗。

知道李佳人不会跑到学校外面去，所以他只在学校找了，除了图书馆其他地方他都找遍了，就是没找到人影。

可是今天图书馆大扫除，七点就闭馆了，李佳人要在的话，肯定出来了。

虽然是这么想，但找不到人的吾卿还是朝去图书馆的路上走着，手不停歇地打李佳人的电话，总算给接通了。

如果幼儿园李佳人突然失踪让他伤心了，那这次李佳人又一次找不到人，真的是让吾卿怒了！

吾卿怒的不是李佳人瞎跑，而是她每次瞎跑都让他好难找！

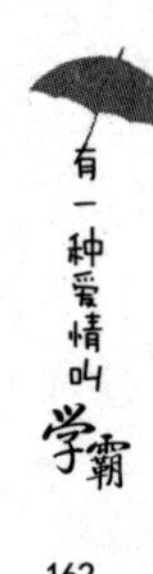

不过前一秒还很生气，后一秒听到某人弱弱的带着哭腔的声音喊他的名字时，吾卿瞬间就心软了。

“我被关在图书馆了，我就睡了一觉，醒来周围都黑了，就我一个了。呜呜，吓死我了！”

李佳人终于忍不住哭出声来。

本来还没那么怕的，但是不知道为什么，一听到吾卿的声音，李佳人就变得脆弱了，迫切地想要寻求安慰。

这种情况，可以用两个字来形容，那就是——“撒娇”。

吾卿僵硬的俊脸忍不住抽搐几下，语调艰涩道：“所以，你这么久都在图书馆睡觉？”

“一开始玩了会儿手机，后来肚子饿去咖啡厅吃完饭，然后困了就睡着了。”李佳人忙着解释，心里隐隐地感到不安。

卿贵人说话的语气怎么变冷了！

吾卿又一次怒了，恨不得把手机摔了。

他找得那么累，她竟然舒适地玩手机吃东西还睡觉！

吾卿：……

唉！

谁叫那是他的心头肉呢，李佳人再荒唐，他都舍不得骂。

只能自己憋着气，人走到图书馆外的楼梯上，缓下声来：“你待在原地不要动，我让人……”

还没说完，吾卿就听到不远处有人在声嘶力竭地朝他号。

“吾卿……我在这里……这里……这里……”

李佳人整个人贴在玻璃门上，手用力地挥舞着，对着站在外面台阶上高挑纤瘦的男生用力呼喊着，生怕他听不见似的。

她忘了，他们还在通话，根本不用喊这么大声，手机里还是能听到的。

但是，李佳人要想得到这些，就不是李佳人了。

事实证明，她家卿贵人耳力是很好的，一听到她喊就望过来了，可是……

他的表情为什么这么惊恐？

李佳人囧。

如果不是李佳人的声音，吾卿真以为图书馆闹鬼了。

一个头发凌乱的“女鬼”，脸在月光下惨白惨白地贴在玻璃门上，要多瘆人有多瘆人。

吾卿觉得，长这么大，他头一次被吓得这么厉害。

他家小佳人真的够折腾的。

Part7

图书馆管理员是在接到吾卿的电话半个小时后才姗姗来迟，把李佳人给放出来的。

其间，吾卿一直站在图书馆玻璃门外陪着李佳人，手里握着手机。怕李佳人嗓子喊坏，他让她用手机跟他聊。

“吾卿，我觉得我们俩这会儿像奥特曼和小怪兽，小怪兽被困在玻璃瓶里，眼巴巴地望着瓶子外的奥特曼。我就是那小怪兽。”

李佳人可怜巴巴的声音透过传声筒传来，吾卿绷着的脸终于忍不住松动下来，心念着某人还知道自己是小怪兽，不给奥特曼惹点儿事博关注就浑身不舒服。

内心虽在抱怨，但卿贵人嘴上又是忍不住哄李佳人。

“再等会儿，管理员很快就来了。”

“嗯。”李佳人有气无力地点着头。

两人就这么戳在图书馆大门两侧，路过图书馆的同学都惊愕地看着他俩，一开始好奇哪个女生这么蠢图书馆闭馆都不知道，还被关在里面，哪个男生又这么倒霉，摊上了这么蠢的女朋友。

结果，他们就认出了吾卿和李佳人。

又是这对小白和精英的组合。

等管理员慢悠悠地赶到时，李佳人早站得腿软了，一屁股坐在地上等人开门，样子很是颓废。

门开了，吾卿和管理员都站在一旁。管理员在训李佳人粗神经，闭馆都不知道，害他跑这么一趟，卿贵人和颜悦色地忙着打招呼。

李佳人嘟着嘴哀怨地看着他们。

送走管理员，吾卿回过身，见李佳人还一屁股坐在地上，丝毫没爬起来的意思，无奈地叹了口气，弯腰把小佳人用公主抱给抱了起来。

李佳人当即惊得两手慌乱地抱住吾卿的脖子，眼睛睁得大大地看着他，小脸从脖子红到了耳根。

将吾卿和张晓清跳舞的不满瞬间抛到九霄云外，李佳人只感到一颗心跳腾得很快，似乎要蹦出胸口一般。

李佳人害羞地把脸埋进吾卿的颈窝里。

吾卿忍不住勾勾嘴角，这样的李佳人，叫他如何生得起气来。

这次出走，谁也没提。李佳人没问吾卿为什么不告诉她和张晓清跳舞的事，吾卿也没问李佳人怎么突然跑图书馆来。

两人都心知肚明。

夜色之下。

卿贵人一路抱着李佳人回到家，途中吾卿无奈地看了李佳人几次，希望她能主动提出要下来，他抱得有些累，结果只看到某人在他怀里睡得口水都流下来了。

听到开锁声，李佳人醒了过来，吾卿将她放下。

李佳人站在公寓门口，睡眼惺忪地看着她家卿贵人扶着门板用力喘气。

“佳人……”

吾卿喊了声，欲言又止。

李佳人打起精神，两眼睁大地看着他，等着他继续往下说。

吾卿停顿会儿，最终没说下去，推门进了屋。

他其实想说“佳人，你可以减肥了”，但看着妹子被他养得圆润润红彤彤的小脸，心里一软，又舍不得说了。

李佳人一头雾水地摸着脑袋跟了进去。

从冰箱里拿了些食材出来，吾卿走向厨房，问李佳人：“肚子饿吗？”

李佳人以为吾卿觉得她晚饭没吃饱，所以这会儿要给她做饭吃，怕麻烦卿贵人，赶紧回道：“我不饿，我晚上在图书馆咖啡厅吃了三个茶叶蛋、一个三明治，还有个Q趣。”

李佳人掰着手指头数道，眼睛偷偷地瞅着吾卿。

不知道为什么，李佳人似乎觉得，卿贵人的脸上笑容突然隐了下去，表情暗沉起来。

“不饿就算了。”吾卿声音僵冷地说。

李佳人预感卿贵人好像生气了。就因为她拒绝了他的好意？

想到这里，李佳人赶紧凑到吾卿身边，小手抓抓人家的袖子，讨好道：“其实……我还可以吃些的。”

意思就是，你真想给我做就做吧，我肯定会吃光的，哪怕已经饱了。

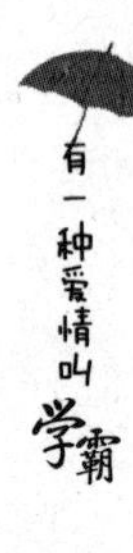

李佳人囧囧地想。

吾卿终于忍不住白了她一眼，傲娇地甩开她黏在他衣服上的小手，背过身去，将调好的鸡蛋放入微波炉中，恨恨道：“晚上吃太多不好。”

“哦。”李佳人悻悻地回道，忽而想到了什么，忍不住多嘴道，“那你可以不用炖蛋了。”

毫无意外地，李佳人又一次被卿贵人瞪了。

吾卿抿着红润的唇，憋气地瞪着李佳人，就是不说话。

两人沉寂半晌后，李佳人终于后知后觉地顿悟，小声地询问：“你不会是……还没有吃晚饭吧？”

吾卿没回，自顾自戴好手套去端微波炉里的炖蛋，走到餐桌旁。

李佳人紧张地跟过去，凑在吾卿耳边，咬手指道：“你因为找我饭都没吃啊！怎么办，你都不说，你要说的话，我帮你做啊！你这样，让人家多难为情。”

吾卿用勺子舀了勺炖蛋，手僵在一边，抬眼看着李佳人。

李佳人也看着他，眼神真挚。

“佳人……”

李佳人听到卿贵人长叹地喊她，赶紧竖起耳朵。

吾卿瞥了瞥她，无奈地叹了口气：“去给我盛碗饭吧。”

为了不让李佳人难为情，他给她找点儿事做。

事实上他知道李佳人吃过了，可是听到她吃了这么多，吃得这么饱，他就不爽了。

对李佳人知道吃醋这事，他本来还很开心，但是，某人吃醋还胃口这么好，这一点，就太让人难以忍受了！

李佳人屁颠颠地领命而去，一分钟后，端着空碗回来了。

“吾卿，电饭煲里没饭了。”李佳人哀怨地说。

吾卿的表情又一次暗淡下来。

李佳人急声道：“我给你煮方便……面……面吧。”

在卿贵人清冷的目光注视下，李佳人还是坚持把话说完了。

虽然说完后，她很懊悔，怎么可以说这种话，方便面那种东西是可以端出来给卿贵人吃的吗？

“我去淘米……”李佳人弱弱地转身，吾卿拉住了她。

“佳人，你先去洗洗睡吧。”

李佳人惊悚地看着吾卿。

洗洗……洗白白……

卿贵人不是饿了想吃她吧！她终于可以完成肉偿任务了？

李佳人大囧。

见李佳人还不走，吾卿疑惑地看着她。

对上卿贵人的视线，李佳人脸一红，捂着脸冲进卧室随手拿了睡衣去卫生间洗澡了。

速度那叫一个快。

吾卿看得目瞪口呆，佳人好像有点儿奇怪啊！

吾卿吃完炖蛋收拾完厨房，去卧室，发现李佳人整个人埋在被窝里一动不动，似乎睡着了。

轻手轻脚地拿了睡衣去洗澡，再度回来，吾卿拿了本财经书坐到床上。

翻了几页，感觉到旁边的被子动了动，吾卿侧过头，某人又一次把脑袋缩回了被子里。

吾卿下意识地掀李佳人头上的被子，李佳人躲在被窝里紧紧抓住。

来了，要来了！卿贵人要动手吃她了！

也不知是闷的还是太紧张，李佳人脸憋得通红，心跳那叫一个快啊。

“佳人，你没睡？”

李佳人躲在被窝里“嗯”了声，心想，卿贵人你这是问的什么话。现在九点都没到，就让我睡觉，怎么睡得着。

而且，你不是让我洗洗等你来吃吗？你都没吃，我怎么睡！

李佳人羞愤地将被子拽得更紧。

以为她还在吃醋，吾卿倒松了气，轻轻拍了拍被子：“佳人，别乱想了，早点儿睡。”

说完，他合上书，关掉大灯，只开了个床头小灯，自己也躺了下来。

今天真的累到他了。

没人扯被子了，躲在被窝里的李佳人反而不淡定了。

难道她刚才拽着被子，吾卿以为她不想给他吃，所以伤心了，不想吃她了？可她不是不想被吃，她是害羞且紧张嘛。

听到身边轻缓的呼吸声，李佳人在被窝里钻了钻，讨好地朝吾卿的身体挪动着。

她得让卿贵人知道，她刚才不是想拒绝他。

李佳人想摸摸吾卿的玉手，表示安慰的，结果貌似钻的方向错了，李佳人不知道自己摸到了什么，只感觉被子被掀了开来，她整个人突然被卿贵人压在了身下。

此刻，吾卿一张白皙清俊的脸涨得通红，眼睛亮闪地盯着她，表情像头狼。

李佳人单纯地朝卿贵人眨巴眼睛，结巴地唤：“吾……吾卿……”

吾卿咬着红唇，表情痛苦地看着她，喘息道：“佳人，松手。”

李佳人听不懂，一紧张，将手心的东西握得更紧，然后她听到卿贵人痛苦又快乐地呻吟了声，她手心的东西又烫又热，还突然变大了。

李佳人后知后觉地意识到自己握住了什么，像抓到烫手山芋似的立刻慌乱地松手，脸羞红地望着压着自己的吾卿。

卿贵人双手压在她身体两侧，无奈地喊了句“佳人”。

李佳人羞愧地闭上眼，等着吾卿吃了她。

但是等待许久，李佳人只感到吾卿在她嘴上不轻不重地咬了口，然后撤离全部力量，从床上爬起，懊恼地丢了句“佳人，你真会惹事”，接着跑去冲冷水澡了。

李佳人没骨气地躲在被窝里直喘气，囧得不得了。

大冬天的，让卿贵人冲冷水澡，她真的是太不道德了！

吾卿离开的时候，她本来想说，没关系的，卿贵人，你想吃就吃吧，别忍着。

但是……

他跑得太快了，她没来得及说。

李佳人内心百感交集，又是庆幸，又是内疚，还有点儿……嗯……失落……

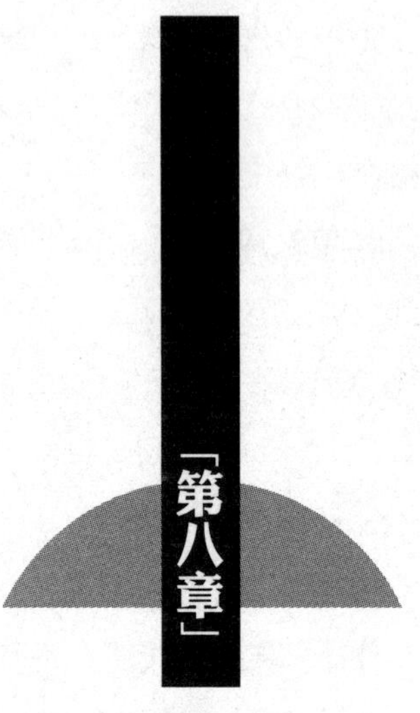

“卿贵人一直记得，小时候是谁拐跑了幼儿园的胖佳人！是大黄！”

Part I

国审院的“双蛋晚会”如期而至，还没开始，学校的体育馆里就坐满了人。

国审院的上层机构团学科早就让各班班长通知同学们必须每个人到场，到时候会有学生会的人签到。

李佳人他们班和审计专业另一个班被安排在舞台下方的那块空地处，其他都坐在体育馆上方的位置。

舞台下方空着两大排椅子，有专门的人看着，不准其他人坐。

李佳人问了身旁的孙小毛，才知道这些座位是给团学科的主席、部长们坐的，下意识地翘首以待，想看哪个座位会是吾卿的。

晚会还没开始，院里那几个风云人物一入场，就引起了轰动，吾卿以最高名誉主席的身份走在团学科那批干部的最前面，身上穿着黑色丝绒西装，里面配着纯白色衬衫，还难得地打了领带。他仿佛没听到周围的尖叫声，举止从容地挑了第一排最中间的座位坐了下去。

李佳人抻长脖子看着她家卿贵人入座，目光停留在吾卿身后的那批人身上。

韩言鑫他们今天都穿上了儒雅的黑西装，搭着白衬衫，考究地打着领带，身旁都配着个女生。女生们穿着专门订购的礼服裙，小手淑女地挽住男伴的胳膊，走向相应的位子，一一就坐。

李佳人认真地瞅了会儿，发现原本和吾卿配对的张晓清没有像其他女

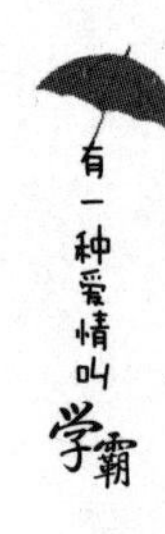

生一样穿礼服，而是穿着平常的衣服，坐在第二排最末尾的地方，即使已经很克制了，但她脸上的表情依旧很难看。

李佳人困惑地望着前方身旁没有任何女伴，只有两个男生坐在身旁的吾卿，很是茫然。

卿贵人难道换女伴了？李佳人垂头幽幽地想。突然，感觉有人激动地摇她的手臂。

李佳人浑噩地抬头，看到孙小毛指着前方，说吾卿喊她。

她讶然地望过去，发现吾卿不知何时转过身来，此刻正朝她招手，周围人的目光都投递在他们身上。

李佳人陡然羞红脸，尴尬地站起来，在众人的注视下，囧囧地走到吾卿身旁。

相对她的窘迫，吾卿则显得格外淡定。

待李佳人走近，吾卿伸手从后面男生的手里接过个塑料袋，里面装着满满的零食，旁若无人地塞到李佳人手上。

“晚会听说要持续两个小时，怕你无聊，让人买了这些。”吾卿淡淡地说，望着李佳人的目光温柔似水。

李佳人脸上一烫，没骨气地抱着零食就跑，不小心被旁边男生伸着的长腿给绊住，人直直地朝地上摔去，还好吾卿拦得快，把人给抱住了。

周围一阵喧哗。

李佳人脸贴在卿贵人怀里，都不敢抬起来。

丢人。

把人送到位子上，见她坐稳了，吾卿才放心地回自己座位。

在场的绝大多数女生都在用羡慕嫉妒的眼神瞪着李佳人，李佳人却只知道抱着吾卿给的那堆零食傻笑。

卿贵人对她真好。

虽然，自始至终，吾卿都没有跟李佳人解释过跳舞的事，可是，她心里再也不疙瘩了，她再蠢也能感觉到吾卿的心意了，主要是这阵子，卿贵人的表现太露骨了。

主席团的华尔兹是整个晚会的开场舞，主持人刚上台，前面两排的人差不多全去后台准备了。李佳人他们的表演被排在最后，所以她和孙小毛还坐在台下看着。

等主持人退场，灯光再度亮起来的时候，吾卿他们出现在舞台上，李佳人还在下意识地搜寻着吾卿的女伴。

可是数来数去，大家都有配对的，就卿贵人独自一个。

李佳人傻眼了。

直到吾卿坐到角落处的那台黑色钢琴处，李佳人才慢悠悠地反应过来，吾卿貌似不跳舞改弹琴了。

悠扬的钢琴曲响起，李佳人的视线根本不在那群翩翩起舞的主席团代表身上，她眼里只有半边身影隐在角落处的吾卿。

即使不懂高雅的李佳人完全听不懂吾卿弹的是什么曲子，但是她依旧很快地陶醉在吾卿的琴技中，再一次被吾卿的人格魅力所折服。

她第一次知道她家卿贵人还会弹钢琴，而且还弹得这么好听。

她内心隐隐感到万分自豪。

她又一次不确定起来，有些不敢相信，这么完美的男人竟然是她的，可是怀里那堆她紧抱的零食，还有吾卿时不时投递过来的温柔浅笑，无疑在对她说：“是的，是的，他是你的，吾卿是你的，卿贵人是李佳人的！”

李佳人激动地拽着身旁孙小毛的手，眼睛闪亮闪亮的。孙小毛还忙着背台词，突然被李佳人抓住，吓了一跳，赶紧拍掉李佳人的手。李佳人握不到孙小毛的手，就去抓另一侧童大宝的，童大宝正聚精会神地看表演，任由她抓着。

向来爱坐前面的王青青，难得没有嘲讽台上的韩言鑫，安静地看了会儿，回头，恍惚地问李佳人她们："台上那人模人样，领舞的，真是我认识的韩骚包吗？"

没人回她。

李佳人她们都沉浸在自己的思维之中。

王青青回过头去，望着台上认识了十几年的男生，不由得出神了。

钢琴曲结束，舞者归位，吾卿优雅地踱步到舞台中央，带着主席团鞠躬谢礼。

下面掌声一片，李佳人带着她的小伙伴们差点儿把手都拍红了。

"我家卿贵人刚刚好帅啊！好帅！"李佳人兴奋地摇着小伙伴们。

"佳人，有眼睛的都知道吾卿很帅好吧！"

"……"

吾卿回到后台，拿手机给李佳人发了条短信。

"佳人，喜欢我弹的曲子吗？"

李佳人听到手机振动的时候，还兴奋着。

点开一看是卿贵人发来的短信，李佳人笑得眼睛都眯成缝了，将零食袋放到童大宝怀里，指尖如飞地回过去。

"嗯嗯，我听得很感动。"配着个大笑脸。

吾卿看到，很是欣慰，他家小佳人总算懂他一次意思了。

"佳人，那曲子是我给你准备的，我很高兴你喜欢。"

"嗯嗯。"李佳人欢快地回着，"吾卿，你刚才弹的叫什么？"

那边看手机的吾卿脸上的笑容陡然僵住，俊秀的眉毛微微地抽搐起来。

“你不知道？”

李佳人囧，她要知道就不问了。

不懂钢琴曲是不是很庸俗，她是不是要被吾卿嫌弃了？

李佳人有些担忧。

久久没等到吾卿那边的回复，她的担心更多了一分。

她是不是说错话了，吾卿生气了？

“小毛，你知道刚才卿贵人弹的是什么曲子吗？”无助之下，李佳人问孙小毛。

孙小毛白了她一眼：“你觉得我像是那种爱听钢琴的高雅人吗？”

李佳人看童大宝，童大宝忙着拆李佳人的零食。

李佳人找老大，王青青急着上厕所去了。

最后，李佳人只能问了前面的同学，问了好几个，才知道吾卿弹的曲子是克莱德曼的《梦中的婚礼》。

李佳人失魂落魄地坐在位子上，想了很久，终于恍然大悟。

原来刚才卿贵人是在向她求婚啊！

意识到这一点，李佳人真觉得自己错了。吾卿这么有心地弹钢琴跟她求婚，她却没听懂，实在是太不给面子了。

想到这里，李佳人再也坐不住了，直接冲到后台找吾卿。

吾卿正坐在休息室的沙发里盯着手机发呆，只觉得眼前一个影子飞来，然后，李佳人就直直地撞进他怀里，难得不害羞地当众抱着他，激动地笑着。

吾卿愣愣地看着傻笑的李佳人。

李佳人小嘴贴在吾卿的耳边，神秘兮兮地小声说：“卿贵人，我知道

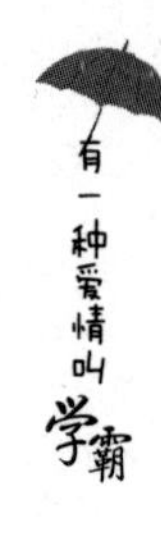

你弹的是什么了。其实你不用这么花心思跟我求婚的，反正我们已经在一起了嘛。不过，我还是好开心。”

吾卿身体僵硬了下，最后还是哭笑不得地抱住李佳人。

他弹那曲子，其实是当作告白曲，希望李佳人能懂他的心意，知道他心里只有她，以后不要再为没必要的事吃醋，可没想到，她又一次成功曲解了他的意思。

不过，他喜欢这样的误解。

Part2

撇开主席团带来的开场舞外，如果说红帆船话剧社表演的《白毛女》是本场晚会最大的亮点的话，那么李佳人绝对是当晚最大的笑点。

当你看到喜儿抱着她惨死的爹跪在黄世仁他家门口，诅咒黄世仁绝子绝孙这么悲惨这么肃杀这么凄冷的画面后，再将目光往角落偏个30°，看到一个人一动不动地站在那边，和背景融为一体时——第一秒，你会惊吓到，第二秒，你会惊愣住，第三秒，不爆笑出声的就不是正常人！

这就跟你看电影，被一个悲伤至极的片段所感染，感伤得要流眼泪时，突然，画面跳转成卓别林的无声电影一样，让人感到无厘头、莫名其妙，却又忍不住想笑。

主要是李佳人一本正经地装背景的样子，太搞笑了。

李佳人认真地当她的背景，突然听到台下一阵哄笑声，心里困惑极了，忍不住拿眼瞅了瞅台上开始变“白发魔女”的喜儿。

同学们的笑点真奇怪，这么悲催的事都能笑得这么快乐，是因为喜儿头上那顶假发做得太假了吗？

李佳人不由得噘噘嘴。

都是韩学长不好啦，大家都建议换个好点儿的假发，就他说麻烦不用换，看，这下被人笑了吧。

李佳人内心念叨着，面上表情不变，继续尽职地演自己的角色。

下面的同学笑得更大声了，笑声一直持续到演出结束。

看到李佳人和其他演员手牵着手站在舞台上谢幕时，下面又笑作一团。

有人指着台上的李佳人，哈哈大笑着。

李佳人木了一会儿，才后知后觉地明白过来，同学们原来是在笑自己。

一下子被这么多人用手指着笑，李佳人感觉很是难堪，下意识地将身子往后移了移，躲在孙小毛身后不敢抬头。

好像又给吾卿丢脸了。李佳人弱弱地想。

重新坐回座位的吾卿，从话剧开始到最后，一直很认真地看着表演。直到演员们弯腰一起谢幕，他才再度站起身，在一片爆笑声中，轻扬嘴角，不轻不重地拍起手来。

卿贵人表情看起来在笑，但是熟悉他的人都知道，他真笑和假笑虽然看起来一样，但是眼神差远了。

坐旁边的几位主席一看到吾卿的眼神，就感觉不对，立刻板下脸来，朝身后还在笑的同学瞪了几眼，然后跟着站起来一起拍手。

得罪谁也别得罪大神，大神生起气来，一群人遭殃。

男生们向来把吾卿当崇拜的偶像，见状再也不敢取笑李佳人。女生们虽然对李佳人抢走吾卿的事耿耿于怀，可是谁叫人吾卿喜欢，再不爽也无可奈何，吾卿的面子总得给的，所以也不敢笑了。

笑声突然被压制下去，李佳人只听到了雷鸣般的掌声，她偷偷地从孙小毛背后探出头来，正对上吾卿投递过来的目光。

那人的眼神，温柔得都能滴出水来。

李佳人像吃了一颗定心丸，心情突然变好了，朝吾卿甜甜地一笑，站回孙小毛身侧，看着红色的幕布落下，将吾卿的身影给遮住了。

换好衣服，李佳人都没和孙小毛打招呼，就急着去找吾卿。

刚跑到后台出口，就看到她家卿贵人一手随意地插在裤兜里，一手朝她招了招。

李佳人条件反射地贴了上去。

白皙修长的手指将李佳人垂落下的一缕头发别到她耳后，给她顺完毛后，吾卿笑了笑，说："佳人，我们回家吧。"

李佳人红着脸羞赧地点头，小手习惯性地抱住吾卿垂落在一侧的手臂，眼睛朝人群张望着，想找王青青她们。

"零食还在老大她们那里呢。"找不到人，李佳人颓丧地嘀咕。

那可是吾卿特意给她买的呢！肯定被老大她们吃光了。

吾卿拍了拍李佳人的小手，安抚道："一会儿经过教育超市停一下。"

闻言，李佳人一脸期待地看着吾卿。

卿贵人笑笑："家里的中性笔用完了。"

李佳人囧，表情悻悻。

卿贵人都开始学会逗人玩了，不带这样子的！

吾卿给孩子顺毛，说："佳人啊，晚上多吃零食不好，明天再买。"

李佳人哀怨地看着她家卿贵人。

吾卿从她手里抽出手臂，环着她走出体育馆，无视周围人的目光，侧过脸去，唇瓣贴上她的额头，哄孩子说："乖。"

李佳人耳根子一软，小脸涨红，不好意思地将脸贴着吾卿的胸口，"哦"

了一声。

吾卿脸上的笑容灿烂了很多。

Part3

回去的路上，吾卿还是带着李佳人去超市买了零食，以至于一路上李佳人都在对他傻笑，蠢萌蠢萌的。

晚上洗完澡，两人坐在大厅里，吾卿抱着笔记本电脑做事，李佳人在一旁看电视，手伸着去抓茶几上的薯片，被吾卿打了下去。

看着表情委屈的李佳人，吾卿无奈地叹了口气，手捂着李佳人被打的地方，边哈气边安抚："刷完牙就不要吃了，对牙齿不好。"

说话的时候，卿贵人柔软的唇瓣时不时地碰到李佳人的手，李佳人感到痒痒的，心里甜甜的，咯咯地笑。

傻样儿！

电视剧不怎么好看，吾卿又在忙，李佳人索性跑回卧室拿自己的笔记本电脑出来打"仙剑"。自从和吾卿同居后，她游戏都不怎么玩了，主要是和吾卿在一块儿，她很少感到无聊。

没打多久，李佳人的QQ响了，她退出游戏一看，是大黄在敲她。

大黄爱旺旺：佳人，我和旺旺明天就过来了。

李佳人看着大黄发过来的话，嘴里"嗯嗯"着，后想起这会儿是聊Q，大黄听不到她回答，赶紧伸手去敲键盘。

小李子：你们上午过来还是下午啊？

大黄爱旺旺：上午吧，我们估计九点多出发，从仙林到你们那儿，要一个多小时，正好赶过去吃午饭。

小李子：囧，大黄你想蹭我饭也不用这么明显的。

大黄爱旺旺：这话说的，我是那种人吗！放心吧，旺旺明天喊她表哥出来，到时候肯定旺旺的表哥付钱。

李佳人囧，旺旺她表哥不就是她家卿贵人嘛，反正不管是大黄让她请吃饭，还是旺旺让表哥请，最终付钱的肯定是吾卿，这一点李佳人很清楚，她和卿贵人交往到现在，出去就没花过钱。不是她不舍得花钱，是因为吾卿根本不给她花钱的机会。

每次李佳人阻挠不让卿贵人付钱，吾卿总按住她的小手，脸色阴阴地说："佳人，你不想花我的钱，那想花谁的？"

我爸的……

李佳人本来想这么回的，可是人家吾卿后头又来了一句："佳人，你不想花我的钱，难道想让其他女生花我的钱吗？男朋友的钱不给女朋友花，那给谁花？"

李佳人就是被卿贵人这种甜言蜜语哄得不知天高地厚，随心所欲地乱花吾卿钱的。

既然提到吾卿了，明天大黄他们来，盼盼肯定免不了要见自家表哥吾卿，她和吾卿交往的事，也早晚会被大黄他们知道。

为了防止明天见面尴尬，李佳人正想和大黄说吾卿的事，大黄的头像突然一暗，下线了。

李佳人坐在电脑前面傻眼。

大黄做什么去了？

吾卿做完事，关了电脑，从大厅里进来，就看到李佳人抱着电脑坐在床上打游戏，表情严肃。

卧室里空调开到了25℃，李佳人身上就穿着睡衣，白皙的脚露在睡裤外，脚丫子活泼地动着，小脸也不知是激动得还是热得，红扑扑的，吾卿看得有些心潮澎湃。

然而，卿贵人没有就这么扑上去抱住小佳人就啃，而是绕出了卧室，转去了客房。

吾卿再度出现在卧室门口的时候，怀里抱着只又大又肥的熊猫玩偶。为了给李佳人惊喜，还故意背退着往后，轻手轻脚地挪到床边，抱着熊猫坐下去，伸手正要拍李佳人的肩膀，李佳人突然用力地拍着键盘，不开心地“啊啊”大号起来，吓了吾卿一跳。

“佳人？”吾卿小心翼翼地喊了声。

听到声音，李佳人回头一看，就被只大熊猫给吓个正着，尖叫一声，拳头就要朝熊猫打去。

吾卿见状，赶紧把熊猫拉开，自己硬生生地挨了李佳人一拳，他闷闷地“嗯”了一声。

打他可以，怎么可以打熊猫！对卿贵人来说，熊猫就是他家小佳人的化身。

这么萌的东西，怎么可以被打。

看到卿贵人被自己打了，李佳人顿时慌了神，赶紧急巴巴地蹭过去给吾卿吹眼角的青印子。

“吾卿，你来怎么不喊我一下，还抱着个大熊猫，吓我一跳。”李佳人给吾卿被打的地方吹气。

吾卿怀里还抱着熊猫，幽怨地看着贴到他脸上的李佳人，没说话。

到底是谁吓谁啊！他这会儿还觉得耳朵轰隆隆地响呢，他家小佳人突然狼嚎起来真惊悚。

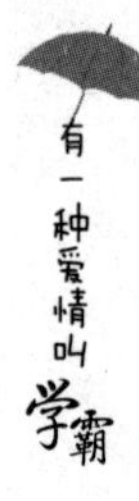

自那次图书馆后，吾卿第二次被李佳人吓到了。

从床头柜里拿了创可贴出来，给吾卿贴了一张，李佳人识相地跪在床上，蹲在吾卿的脚边，可怜巴巴地瞅他。

“吾卿，我不是故意打你的，疼不？”

“唉……”吾卿叹了口气，将熊猫塞到李佳人怀里，幽幽道，“给你的，‘双蛋’礼物。”

李佳人抱着熊猫大囧：“吾卿，你为什么送人家熊猫？”

吾卿抬眼瞅李佳人：“你不喜欢？”

李佳人继续囧：“喜欢是喜欢，但它好像是旧的，你看，耳朵那块有点儿脏。”

吾卿赶紧凑过去看，表情有些尴尬，清了清嗓子说：“明天我让干洗店的人洗一下。”才不告诉李佳人，以前抱不到小佳人的时候，他就抱这熊猫。

本来没期待会有礼物，突然有这么大的一个玩偶，李佳人心里还是很开心的，抱着熊猫亲了几下，又凑到吾卿面前，亲了下他被砸的眼角。

吾卿轻咳了一声，转过脸去，弯着嘴角偷笑。

把熊猫放到地板上，卿贵人把李佳人抱进了怀里，两人坐在被窝里。

“佳人，你刚才怎么了？”吾卿还是对李佳人突然尖叫吓到他的事耿耿于怀，忍不住问道。

卿贵人不问还好，一问李佳人就不开心了。

“都是大黄了！明明是他先在Q上找我说话的，可是又突然下线不理我了！”李佳人愤愤地说。

她打游戏本来想平复下心情的，可是越杀怪，内心越不平衡。

凭什么啊！

明明就是大黄先找人家的！

跟吾卿抱怨的李佳人都没发现，自己竟然在不知不觉中被吾卿宠得脾气坏了。

大黄又不是第一次突然跟她聊着聊着失踪了，她也不是第一次被无视了，可她还是头一次这么不爽。

但是，这里有个比她更不爽的人。

吾卿一听到“大黄”这名字，脸色就阴沉了下去。

大黄，大黄，这是个让吾卿从小就咬牙切齿的名字！

他一直记得，小时候是谁拐跑了幼儿园的胖佳人！

是大黄！

卿贵人吃醋了，很可怕，更可怕的是，李佳人没发觉。

李佳人只觉得周围的气压突然变冷了，身子朝吾卿怀里缩了些，弱弱道：“吾卿，我们把空调再打高些吧。”

吾卿：“……”

李佳人小手挠吾卿的衣袖，小声地喊：“卿贵人？”

吾卿：“佳人，明天大黄要来了吧？”

李佳人愣住，吾卿知道了。话说，她还没跟吾卿提过大黄的事呢，卿贵人知道，应该是他表妹盼盼说的。

“嗯，他说明天上午和女朋友过来。”李佳人情绪不高地说。

一想到今天大黄突然下线都不说，明天还要来这里蹭饭，李佳人就不开心。

吾卿斜眼瞥了李佳人一眼，瞳孔微缩，眼神暗淡下来。

李佳人看起来不开心啊！

看来她还是有点儿喜欢大黄的，不然为什么听到大黄带盼盼来都不笑。

吾卿抱着李佳人的手臂紧了紧，漂亮的丹凤眼危险地眯起。

大黄是吧？

很好。

Part4

睡觉前，李佳人特意把手机闹钟定到八点，一旁的吾卿眼神定定地看着她。

又怕睡过头听不到闹钟响，李佳人不放心地求吾卿帮忙：“明天大黄他们来我们这里，我头一次见盼盼，不知道穿什么好。明天要早起，好好打扮下，不能给你丢脸。”

这话要换在以前，听到小佳人要给自己长脸，吾卿准高兴得跟什么似的，但这会儿，他听着，怎么就特别别扭呢。

关键就是，李佳人是因为大黄要来才想到要打扮自己，平时也没见她为自己打扮。

卿贵人又一次吃味了。

大黄……

好你个大黄……

见吾卿没说话，李佳人以为卿贵人同意了，便放心地钻进被窝睡觉，徒留吾卿一个人坐着，眼神晦暗地思考着什么。

李佳人很快就睡着了，没有发现她家卿贵人出去偷偷给人打了电话。

李佳人睡了不到两个小时，就被老大王青青的电话给吵醒了。

李佳人困得眼睛都睁不开，偷偷看了眼身旁睡着的吾卿，边打哈欠边去阳台接电话。

怕吵醒吾卿，李佳人说话的声音很小。

“老大，什么事啊？”

“什么事！佳人，出大事了！刚才辅导员发微信给大宝说今年的线性代数卷子会出得史无前例地难，让我们元旦三天好好复习，别玩了，假期一过就开考。明天一大早，我和小毛她们就去图书馆占位，你要不要一起？”王青青在电话里激动地喊。

李佳人握着手机的小手有些颤抖，也不知道是外面太冷，还是被吓到了。

“要。你们明天几点去啊，带我啊！”怕被丢下似的，李佳人急切地回。

那边王青青干脆地说：“六点就起，然后去食堂吃完就去图书馆排队，等七点开门占位。”

“嗯嗯，那我也六点起。”

李佳人刚说完，王青青就把电话给挂断了。

李佳人失魂落魄地从阳台踱回卧室，发现吾卿醒了，侧躺在床上，一只手枕头，在眯着眼看她。

不知道为什么，李佳人一看到吾卿，就忍不住抽起鼻涕来，嘤嘤道：“吾卿，老大说我们今年期末数学卷子会出得特别难，怎么办啊？我只会做简单的线性代数，呜呜，我不要挂科啊！”

似乎早有预料，吾卿扬起嘴角微笑了下，拍了拍身旁的空位，朝李佳人勾勾手指头。

李佳人又一次条件反射地走了过去，拉开棉被钻进去，窝在吾卿怀里抽噎。

吾卿微笑地给李佳人顺毛，安慰说：“别怕，佳人，有我呢，明天我们早点儿起来去补课吧。”

李佳人用力地点头，抬起水汪汪的大眼睛，感激地瞅着吾卿：“之前期中考试你教我的，我现在又全不会了，我怕元旦三天不够补，老大她们六

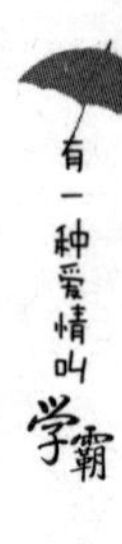

点就起来去图书馆占座了，现在期末考试，图书馆和空教室里位子很难抢的。我们五点就起吧，然后去空教室！”

看小佳人紧张的样子，卿贵人感到很是满意，咳了一下，双手环紧怀里的李佳人，下巴枕着李佳人的小脑袋，眯眼说：“嗯，五点，你把闹钟重调下。”

李佳人闻言，赶紧拿手机调啊调，丝毫没发觉卿贵人偷睁开眼看她，脸上的表情很是得意。

大黄是吧，明天甭出现了！

时间退回到一个小时前，李佳人睡着了，吾卿在大厅打电话。

一个打给他表妹旺旺。

“旺旺，明天1号，元旦商场全体打折，我在你卡上打了点儿钱，你和男朋友去逛街看电影吧，不用来我们学校了。”

“表哥，你为什么突然对我这么好？”旺旺同学很是惊讶地问。

吾卿微微地咳了一声，回道：“你刚离家来这里上大学的时候，二姑妈就让我照顾下你，我一直忙没时间，是表哥不对，这次算补偿你的。”

旺旺同学感动得热泪盈眶：“表哥，你对我真好。”

那头某人很受用地“嗯”了一声。

和旺旺通完话，吾卿又打给了自己证券部的几个干事慰问下本月的工作情况，随便闲聊了几句。

“那个刘恒，我今天碰到今年给你们出线性代数卷子的董老师，听他意思，这次卷子出得比较难，你和其他大一新生说一下，部里的事，可以先放放，先忙考试要紧。”

“真的吗？可是学长，他们不是说，每年期末卷子题型都和去年差不多吗，为什么今年突然难了？”小刘同学求知欲很强地问。

“这我倒不清楚了，我也是听出卷的董老师谈起，具体卷子也没看到，改天再碰到我帮你们问问？”卿贵人继续淡定地误人子弟。

“学长要麻烦的话，那就不用了，你这么忙。”

“没事，正好我家佳人也要考，我明天问一下。”

咳咳……

“嗯嗯，那就麻烦学长了。”小刘同学对着手机咧着嘴微笑，仿佛大神就站在他面前，朝他温柔地笑着。

吾卿学长真的太有爱了。

“你给其他人也提个醒，好好考试，别挂了。”

“嗯嗯，谢谢了学长，那就麻烦你了。”

“嗯。”

吾卿满意地挂掉电话，心里的大石头总算落下了。

他相信，小刘同学和他的小伙伴们会很快地将今年线性代数卷子很难的消息传出去的。

因为小刘同学是他们证券部最爱八卦的。

Part5

心里有事，李佳人一晚上没有睡好，就怕自己睡得太香，第二天不想爬起来去图书馆看书。

自搬来和吾卿一起住后，李佳人早上还没有六点前起的，何况现在是大冬天，-5℃。

光想想，她就有些后怕。

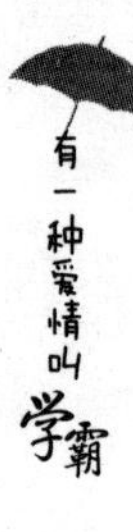

相比之下，解决完大黄的事，吾卿心里就踏实多了，又因为这两天排练有些累，躺下来没多久，他就睡着了，没发现李佳人失眠了。

天蒙蒙亮，闹钟刚响了没几下，就被人按掉了，李佳人睁着两只夸张的熊猫眼，用手推吾卿要喊他起床。

说好要去图书馆占位子的！

“吾卿……吾卿……”

唤了几声，她家卿贵人还是睡得香喷喷的，她看得有些嫉妒。

果然是脑袋聪明成绩好的人，一点儿都不怕考试，要换学校的其他人，期末前两周就天天往图书馆和空教室跑了。

李佳人算去得晚的了，比起当初为了配得上吾卿努力变好，现在被宠坏的她只想及格，没想考高分，除了线性代数外，另外几门科目她心里还是有点儿底的，所以也不怕。

本来根据往年线性代数卷子的难易程度，李佳人在吾卿的辅导下想过还是很容易的，可是老大王青青说今年线性代数卷子会很难很难啊！

这就让李佳人不得不担心了。

喊了吾卿几下，他非但不起来，还抓住李佳人的手，将她整个人又按进了被窝。

“佳人，再睡会儿。”吾卿声音慵懒地咕哝，眼睛都懒得睁开。

李佳人其实也舍不得离开温暖的被窝，也想睡觉的，可是她这会儿心里乱得慌，睡不着。

又困又累，想睡又不敢睡的李佳人最终无奈地听吾卿的话又在被窝里躺了会儿，熬了一夜终于还是忍不住倦意，不小心睡了过去。

等李佳人醒来的时候，已经是早上九点了，床上早就没了吾卿的身影。

李佳人惊叫几下，急急忙忙穿好衣服光着脚跑出房间找吾卿，一看到卿贵人，李佳人就忍不住哭号："吾卿，你起来怎么不喊我？我都睡过头了！怎么办，这会儿去图书馆和空教室，肯定找不到空位了。"

吾卿正在做早餐，听到李佳人嚷嚷，端着两份餐点从厨房走了出来。

将盘子放到餐桌上，卿贵人从容地边解腰上的围裙边让李佳人去刷牙洗脸。

李佳人急吼吼地跑进洗手间，几下弄完出来，走到吾卿身旁，表情哭丧着不知怎么办。

吾卿把早餐放李佳人面前让她先吃饭。

李佳人眼眶红红的，边吃饭边说怎么办才好。

最终看不下小佳人那可怜的样子，吾卿忍不住叹口气，一手扶额，看着她道："佳人，有我在，你担心什么？"

李佳人撇着嘴楚楚可怜地望着吾卿，心存幻想地问："你让人给我们占了位？"

吾卿无奈，摇头："家里就我们两个人，很安静，复习不一定要去外面，家里还有空调，不更好？"

听吾卿这么一说，李佳人脸上的表情慢慢地舒展开来。

对哦，之前是因为寝室太吵，所以大家复习都跑图书馆和空教室，可现在她都搬出来了，吾卿家这么安静，完全没必要特意跑去外面占位啊！

李佳人暗暗地念叨，突然想到什么似的，抬眼定定地看着继续吃早餐的吾卿。

"吾卿，你为什么不早告诉我？这样我闹钟就不定那么早了，害我怕睡过头占不到位子，昨天都没怎么敢睡。"李佳人幽怨地朝吾卿抱怨。

吾卿瞥了下郁闷的小佳人，脸色如常，毫无愧疚地回："我以为你后来自己想到了在家比在外面好。"

李佳人囧。

不知道为什么，李佳人弱弱地有种又被忽悠的感觉。

吃完早餐，吾卿也不忍心再看李佳人急下去，收拾完餐桌，就让她拿书过来补习。

跟之前期中考补课一样，吾卿先帮李佳人把书从头到尾的知识点重新圈了一遍，让她先做书上的例题，自己在一旁给她出新题。

书上那些例题，李佳人前阵子复习就已经做过了，做了几道很顺，就不想做了，催着吾卿给她出难点儿的新题。

吾卿无奈，先弄了几道加了点儿难度的题给她，嘴上安抚道：“佳人，假期有三天呢，你不用这么心急的。”

李佳人埋头疯狂做题，都没听到吾卿说什么。

卿贵人无奈地瘪嘴。

难题果然不同凡响，李佳人艰难地做完第一道题，往下做第二题时，就开始咬笔杆子了。冥思苦想了一会儿，把圆珠笔头都快咬破了，最终，不会做的李佳人只能抬头可怜巴巴地向吾卿求助。

经吾卿耐心地提点后，李佳人又欢快地做起题来。

一路忙下来，时间过得很快，不知不觉竟然大中午了。

李佳人饿得肚子叫了几声，吾卿拿起桌上的手机一看，都已经十二点多了。

吾卿指尖敲了敲桌面，喊李佳人出去吃饭。

提到吃饭，李佳人突然想到了什么事，一惊一乍地叫出声来。

“完了，我们忘记今天大黄和旺旺要来了！怎么办，这都很晚了，他们午饭都该吃完了吧。”

刚说完，没注意到身旁卿贵人突然暗下去的脸色，李佳人的手机就响了。

李佳人赶紧去接，真的是提曹操，曹操就来，是大黄打来的。

大黄在手机里兴奋地嚷嚷，没等李佳人开口说话，电话就被大黄给挂了。

李佳人握着手机，看着吾卿，悻悻地说：“那个，大黄说他们不来了，今天商场打折，他陪旺旺逛街。”

她隐隐松了口气。

大黄他们不来，她和卿贵人也就不用花时间招呼他们了，她还得抓紧时间补课呢。

虽然早知道大黄来不成了，但是吾卿面上掩饰得很好，淡淡地“嗯”了一声，拿着钥匙准备出门。

李佳人没有跟上去，人依旧坐在凳子上，幽幽地朝吾卿道：“我想吃鱼香肉丝煲仔。”

吾卿讶然地回过头看她，惊诧地问：“你不和我一起出去吃吗？”

李佳人抱着手边的那堆复习资料，决然地摇头：“我还要做题目呢，还有好多不会做，感觉要来不及了。”说完，不愿浪费时间，又咬着笔头，继续埋头苦干。

吾卿拿着钥匙愣愣地站在门边，隐隐有种预感，这三天美好的假期，他和李佳人都要在枯燥的复习中度过了。

他本来还打算带李佳人出去旅游的，他们交往这么久，都没去外地玩过，看来计划要泡汤了，都怪他没事说什么卷子出难了。

吾卿暗暗地捏住口袋里已经买好的去常州恐龙园的票，忍痛走了出去。

不管怎样，李佳人心心念念的大黄，总算不用来了。

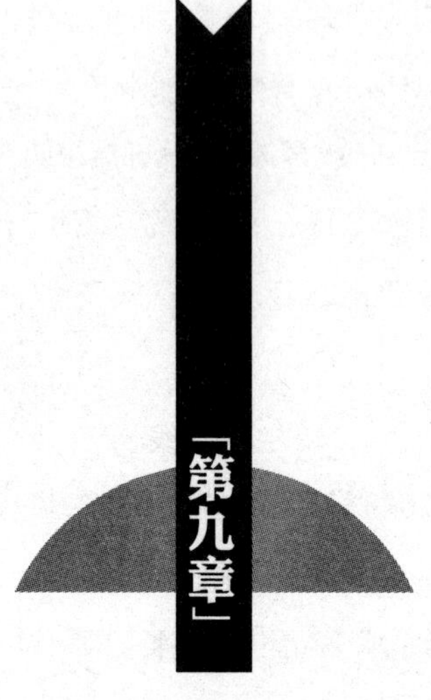

让他从小就惦记的假想敌“大黄”，

竟然是这个大黄……

还不如是黄大大呢！

Part I

在吾卿的悉心辅导下，李佳人期末线性代数考得是她所有科目中分数最高的一门，她总算可以安心地过个寒假，不用担心新学期来补考的事了。

考试时跟她坐一起的老大小毛她们也因为她传的几道题，安全通过，大家都动身准备回家过寒假之前，她们还特意请李佳人和吾卿去堕落街撮了一顿，虽然最后还是吾卿付的钱。

正好是寒假放假高峰期，几个大学都一起放了，所以汽车南站里的人特别多。

李佳人穿着厚厚的羽绒服，小手握着两只行李箱的拉杆，站在候车大厅门口，耐心地等着她家卿贵人。

箱子一个是她的，一个是吾卿的，嗯，吾卿这次和她一起回家，他们老家是一块儿的。

刚开学的时候，李佳人是一个人来的学校，国庆回去，她来回也都是一个人。这城市坐车回家需要五个小时，以往李佳人每次都是在车上睡几个小时，然后玩会儿手机，熬回去的，以至于她每次回家或者回学校都特别怕，但是这次不同，有吾卿陪她。

想到这里，李佳人脸上浮现出幸福的微笑来，搓了搓手上吾卿给买的熊猫手套，摸了摸有些涨红的脸蛋。

吾卿买到票朝候车厅走来，远远地就看到他家小佳人捂着脸在偷笑，虽然不清楚她在笑什么，但他觉得心里一股暖流淌过，不禁扬起嘴角，心情很是愉悦地跟着微笑起来，嘴里轻柔地唤了声："佳人。"

听到吾卿的声音，李佳人立刻转过头来，就看到他笑意吟吟地朝自己走来。他身上穿着黑色呢大衣，脖子上围着她买的灰格子围巾，白皙清俊的脸上那双桃花眼特别勾人，她不由得看呆了。直到吾卿走到她身旁站定，摸摸她的头，她才憨憨地在他的胸口蹭了蹭，心里瞎乐。

这么好看的男人是她家卿贵人呢！

吾卿一手拉着拉杆箱，一手搭在李佳人的肩膀上，揽着她走进候车大厅。李佳人任由吾卿挽着，在外的那侧手里同样拉着个箱子，东张西望地跟着吾卿往里走。

两人俨然一副热恋小情侣的样子，因为吾卿外形气质俱佳，在人潮涌动的车站依旧是一眼能望到的存在，因而他们走到哪儿，都能吸引到一群人的目光。

还没到上车时间，吾卿拉着李佳人坐在候车椅上，右手随意地放在李佳人的椅背上，见她没像以前那样坐下就拿手机玩，吾卿下意识地顺着她的目光望去，看到不远处有个摊位在卖粽子还有糖炒栗子。

吾卿想，他家小佳人真是吃货病又犯了，走哪儿第一眼就是找吃的。

这会儿八点五十几，他们八点半吃的早饭，她不会又饿了吧？

心里虽然这么想，人已经主动站了起来，迈着长腿朝那摊子走去。

李佳人惊愕地看着突然站起的吾卿，跟着站起来，急着问吾卿去哪儿。吾卿只是朝她笑笑，手指了指她脚边的行李，示意她别跟过来，看着东西，于是，她就没跟上去。

安静地坐回座位，李佳人想，卿贵人可能是要去尿尿呢。

吾卿出去没多久就回来了，手里拎着满满一大包糖炒栗子还有两个鲜肉粽以及两瓶水。

李佳人远远地就看到吾卿走来，自然也看到了他手里拿着的东西，当即两只大眼睛亮了起来，嘴角不由得弯出幸福的弧度。

卿贵人怎么就这么好，因为刚吃完早饭，她看到粽子和栗子都没脸说想吃，可他就知道了。

吾卿走近，凤眼眯看着已经站起来迎接他的李佳人，黑眸捕捉到她脸上那感动的小模样，心像被人用羽毛挠了一下，痒痒的。

"吾卿……"

李佳人表情憨憨地叫了声，声音软软的，像含了糯米团似的，小手急巴巴地就朝吾卿手里的好吃的伸过去，半路就被吾卿拍掉了爪子。

"别急，到车上再吃，还有几分钟就检票上车了。"话是这么说，语气却是温柔得出奇。

"哦。"李佳人悻悻道，对着吾卿憨笑，抱着他的手臂摇啊摇，"吾卿，你真好。"

那表情一脸的讨好，看得吾卿心更痒了。他勾了勾手指，李佳人屁颠颠凑上去，趁旁边没人注意，他快速地在她耳畔亲了下。

李佳人顿时羞得满脸通红，不敢抬头与头顶那炽热的目光对视。

卿贵人真是的……

Part2

时间一到，两人检完票出来去找车。

吾卿去放行李，李佳人先拿着好吃的和票上车找位子，结果就遇到了难题。

卿贵人买到的票座位号是24和25，这两个座位不是在一排的。

李佳人站在走道里，看着坐在23号座位上的女生又望着坐在26号座位上抱着小孩子的妇女，表情可怜巴巴的。

她想和吾卿坐一块儿，可是……

纠结着，吾卿已经走了上来，看到站着还没坐下的李佳人，蹙眉问道："怎么了？"

李佳人愁眉苦脸地把票给吾卿看。

吾卿瞥了眼上面的数字，很快就意识到是什么状况了，当即温柔地问23号大学生打扮的女生："同学，可以和我们换下位子吗？"

那女生从吾卿上车后，眼神就没从吾卿身上移开过。

帅哥是见多了，但这种气质这么出众的少有。姑娘一下子就看呆了，直到吾卿问了第二遍才回过神来，目光朝吾卿身旁的李佳人扫了扫。

李佳人正双眼期盼地看着她，样子就跟穿靴子的猫后传小猫卖萌那星空眼一样，就是带点儿蠢气。

姑娘看着不舒服了，有些嫉妒地瞪了下李佳人，别过头去，看着车窗上吾卿的倒影不吭声。

这是在装没听到呢。

李佳人无奈地叹了口气，这女生不愿换就算了吧，总不能让后面抱小孩的阿姨特意挤出来换，她脚边都堆着一堆东西呢。

见换座无望，又不想吾卿跟那女生一起坐，李佳人让吾卿去坐阿姨旁边的位子，她自己则去跟那女生一起坐。

那女生一见李佳人过来，立刻把外面的位子给占了，留了里侧的给李佳人，还特意指了指头顶上的座位号。李佳人无奈，只能默默地坐下。

其实也没什么大不了的，以前她没跟吾卿谈恋爱的时候，她也是独自坐车回家的，只是现在在一起了，头一次一起回家，所以没法坐一起稍有些遗憾吧。

不过，换个角度来讲，最起码卿贵人跟她还在一辆车啊！

想到这里，李佳人便释然了，靠着窗户准备睡会儿，她有些晕车，以前每次坐车，都是一路睡过去的。

车有点儿颠簸，李佳人睡得迷迷糊糊的，突然听到吾卿的声音，卿贵人说了一声："要吃吗？"

李佳人素来对"吃"这个字眼特别敏感，闻声，骤然醒来，睡眼惺忪地说了一声："不吃了，我有点儿晕车。"

话落，李佳人揉了揉眼，看了下四周，发现身旁的女生正一脸鄙夷地看着她，周围的人都被她突如其来的咋呼吓了一跳，皆震惊地看着她。

李佳人感到有些囧，小脸有些发烫，她偷偷地朝吾卿的方向瞄了一眼，正好对上吾卿含笑的目光。

吾卿手里握着一块大白兔奶糖，之前被阿姨抱着的小男孩儿不知何时钻到了卿贵人的怀里，正伸着小手抓卿贵人手中的糖，声音软糯好听地回着："吃，要吃。"

原来不是给她吃的……李佳人尴尬地低下头去，别过脸，郁闷地拿小手抠车窗。

天啊！她是猪吗！只知道吃吃吃。

耳边传来吾卿窃窃私语的声音，也不知道他跟别人都说了些什么，没一会儿，李佳人就看到跟吾卿坐一起的阿姨抱着小男孩儿满面含笑地走到她们的座位前说要换位子，男孩儿的手里还攥着一大包大白兔奶糖，甜甜地朝她喊了声："谢谢姐姐。"

李佳人一副受宠若惊地从座位上站起来，跟阿姨换了位子。身侧的吾

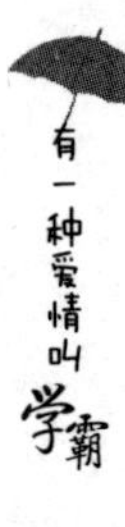

卿帮忙把阿姨的行李给递了过去。

再度就座之后，李佳人终于忍不住地问吾卿，怎么说服人家换座的。

吾卿给她调好座椅，微笑着回她："不是你说的嘛，阿姨听说你晕车，怕你没人照顾，主动要求跟你换的。现在这社会就是好心人多啊！"

李佳人认同地点点头，想到那小弟弟谢她，还是有些纳闷。

吾卿看出了她的心思，凑到她耳边小声道："我说那包糖是你的。"

糖是吾卿买的，因为她爱吃大白兔，可他却对小男孩儿说糖是她的，不外乎是想给她增添点儿路人缘。

李佳人内心很是感动，对吾卿的爱慕又是多了几分。

隔壁的小男孩儿一口一个地在吃糖，吧唧着嘴巴，浓浓的奶糖香源源不断地传入李佳人的鼻子，让她想睡都睡不着。

李佳人最爱吃的就是大白兔奶糖了，好几次她睁开眼，可怜巴巴地望着男孩儿的方向，欲言又止，心里在哀号，卿贵人怎么不多买一包。

哎，她又不好跟小孩抢吃的，何况是已经送出去的吃的。

李佳人抿着嘴，忍着口水。

吾卿见她这样，不由得失笑，牵过她的手，变戏法似的，从口袋里掏出一块大白兔奶糖给了她。

"你……"李佳人惊愕地看着他，说不出话来。

吾卿笑："特意给你藏了一块。"

李佳人红着脸把糖放进了嘴里，这不是她吃过的最好吃的糖，却是她吃过的最甜的，把她的心都甜化了。

Part3

巴士上开着空调，怕暖气跑掉，窗上帘子都被拉上，李佳人和吾卿都没有发觉外面下雪，等到站下车，看到外面白茫茫的一片，才不得不感慨他们第一天回家就赶上了家乡今年的第一场雪。

吾卿一手拉着行李箱，一手拉着小佳人，一路踩着雪走出车站到马路边，他伸手去拦出租车。

没等多久，就来车了，吾卿让李佳人先上车，自己把行李拎到了后备厢。

等吾卿上来，李佳人热情地给他拍大衣上的雪，笑眯眯道："我刚刚和司机说了，先送你回家，你家住锦绣花园，我没说错吧。"

吾卿没有立刻回答她，身子前倾，对开车的司机说："师傅，不去锦绣花园，直接去惠萍镇。"说完，他坐好，转头对惊讶的李佳人解释，"我爸妈出国旅游还没回来，我去奶奶家，正好经过你家。"

李佳人"嗯"了一声，心里却疑惑，吾卿不像是那种爸爸妈妈不在家，就不能照顾自己的人啊，他在大学都一个人搬出去住了，为什么市区的家不住，要大老远跑乡下的小镇去呢？

半晌，李佳人才迟钝地反应过来，脸上浮现出两抹奇异的红晕，卿贵人这是变相地送她回家呢。

她要不要先提前跟爸妈打个电话，说她是和男朋友一起回的家？虽然之前在电话里，她和爸爸妈妈提过跟吾卿谈恋爱的事，但都没正式见过面。

李妈妈是个百晓生，镇上的事都知道些，一听吾卿是镇上吾医师的孙子，是李佳人幼儿园时班里最好看的那男孩儿"吴亲亲"，非但没反对李佳人恋爱，反而一个劲地鼓励她和吾卿好好交往。

即使家里人对吾卿很满意，但她从来没有把男朋友带回家过啊！主要是因为吾卿是她第一个男朋友。

囧。

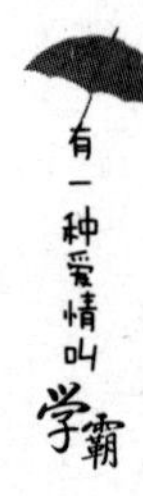

吾卿就在身旁，李佳人怕卿贵人听了感到有压力，就没有打电话，只是发了条短信给妈妈，说她和吾卿一起回去，让家里准备下饭菜，他们午饭都没吃呢。

发完，李佳人焦急地等着妈妈的回复，就怕妈妈没收到短信，等下她和吾卿回到家，别吓到了爸爸妈妈。

所幸，妈妈很快就回了信息“Ok”，李佳人这才松了口气，抬头看吾卿，发现他正盯着她看。

李佳人脸瞬间涨得通红，将手机藏在背后。

吾卿好笑地摸了摸她的头，嘴角上扬：“佳人，你比我还紧张，以后去见我爸妈怎么办啊？”

李佳人红脸，支吾着：“你不是说你爸妈出国了吗？”

“出国就不用回国了？早晚要见的，佳人。”

李佳人“嗯”了一声，眼神飘忽起来，开始想象着日后见吾卿爸妈的场景，越想越紧张。她不像吾卿，各方面都那么优秀，让家长一看就喜欢，她什么都不突出。有吾卿这么优秀的儿子，吾卿的爸爸妈妈对儿子女友的要求肯定也很高，万一看到她这么没用，不喜欢怎么办？

李佳人忧心忡忡地咬了咬唇瓣，突然感觉到车停了下来，竟然到家了。

出租车停在李佳人家洋楼后面的水泥路上，吾卿一下车就被眼前的阵势给镇住了，在后面下车的李佳人，也吓了一大跳。

她家后屋口围满了人，有她二婶三婶、爷爷奶奶，还有住同一个镇没事不会来的大姑妈二姑妈三姑妈，还有周围的很多邻居。他们一看到李佳人和吾卿下车，就热情地围过来，直接把李佳人给挤到一旁，围住了吾卿。

“就这小伙子啊？吾医师的孙子都长这么大啦，平时不怎么见，乍一见，就跟电视上的明星似的，真帅气。”佳人小婶子说。

“这真是吾皇他孙子吗？吾皇这人我记得长得挺丑的啊！怎么孙子这么好看，这不是亲孙子吧？”佳人爷爷说。

佳人奶奶没好气地拧了下佳人爷爷的胳膊，板着脸道：“瞎说什么，儿子都长得像妈！”

李佳人囧，想要挤进去救卿贵人，结果被她大姑妈的大屁股撞了下，一脚踩在路边的积雪上，滑了一跤，只好皱着眉头坐在路边，爱莫能助地看着被围得严严实实的吾卿。

吾卿被李佳人家的三姑六婆围着轮流问了很多问题，他耐心地一一作答，目光搜索着李佳人的身影，发现那丫头正坐在雪地里手捧着头，歪着脑袋看他。

吾卿朝她使了个眼色，示意她来帮一下自己，可是她突然站起来，拍拍屁股，拖着行李跑了，他愣住了。

不是李佳人不想帮吾卿，是她根本就没看到吾卿对她眨眼，想着自己在这边也没法救人，肚子又饿了，不如先回屋看看她爸妈饭菜弄好了没有。

吾卿被李佳人的几个婶婶和姑妈轮流摸脸。

头一次被这么多大妈调戏，向来淡定的卿贵人也不淡定了，白皙的俊脸开始微微泛红。

“这鼻子摸起来是真的，不像是那种整形的。啧啧，同样是鼻子，你说人怎么长这么好看，我家华仔就是个塌鼻子。”佳人二婶说。

“儿子像妈，你自己就一塌鼻子。”

佳人爷爷拉开二儿媳，挤到人群里，把吾卿给拉到一边，踮着脚，偷偷地问：“好小子，爷爷问你个事，他们说你爷爷吾皇在十字路口的那套别墅里面装了电梯是真的假的？三层楼还装电梯？”

吾卿好脾气地点点头："我奶奶风湿腿，走楼梯不方便。"

佳人爷爷听完，"啧啧"几声，背手摇着头走了，嘴里咕哝着："这装样的事，也就吾皇这老小子干得出来。"

吾卿囧，佳人爷爷好像不怎么喜欢他爷爷啊！

Part4

看一群人把人围在路边不大好看，佳人奶奶最先反应过来，摆出老长辈的架势，让女儿媳妇和邻居们散开，先让孩子进屋再说。

吾卿进屋的时候，李佳人正围在她妈身边吃水饺，看到吾卿进来，一个水饺呛在喉咙口，差点儿噎死。

对着卿贵人戏谑的眼，李佳人拍着胸口急着眨眼。

她才不是丢下他一个人躲着偷吃呢！她是先帮他尝尝味道。

李妈妈一看到吾卿，赶紧盛了碗饺子迎上去，热情地笑着："小卿是吧，肚子饿了吧，来尝尝阿姨做的饺子，我们家佳人最爱吃了。"

吾卿从容地接过来，礼貌地说了声谢谢。

李妈妈听着脸都笑开了花，伸手赶了赶还围着她家"准女婿"的三姑六婆。

一碗水饺十来个，吾卿咬一口，就回答那群阿姨一个问题，脸上看不出丝毫不耐烦。李妈妈在一旁看着，心里那叫一个欢喜啊。

早就听说吾医师家家教好，大儿子和大儿媳都是社会精英，大孙子吾卿从小就是个天才，她一开始听佳人说和吾卿在交往，吓了一跳，就怕吾卿会嫌弃她家佳人。突然听说吾卿过来，就怕怠慢了人家，没想到这孩子竟然这么好相处。

问完了些辅助问题，三姑六婆直逼主题，问吾卿和佳人是怎么认识的，又怎么好上的诸如此类的。

吾卿该回答的回答，不该回答的也巧妙地蒙混了过去。

一席话谈下来，众人都对这孩子满意得要死，佳人的婶婶姑妈羡慕丫头好福气，邻居们感慨为什么这么好的男生不是自家女儿的男朋友，或者自家儿子怎么就没人家成器。

李佳人在一旁红着脸不敢出声，从头到尾一直闷着头在吃饺子，吾卿一碗都没吃完，她已经又盛了两碗。

反正这种情况，只管吃就好了。

实在是吃得太多了，第四碗吃了两口，李佳人就再也吃不下了，怕被妈妈骂浪费粮食，她习惯性地把碗里没吃完的饺子全往吾卿的碗里倒，倒完才惊觉，这不是只有她和吾卿两个人，还有一大群人在呢。

李佳人惊悚地看着一群瞪她的人，尴尬得不知道该说什么好，下意识地伸手要拿吾卿的碗，把饺子重新扒回来，可已经习惯性地吃她剩下的东西的吾卿，竟然也没在意地夹了一个饺子塞进嘴里。

周围一片唏嘘声。

这对小情侣要不要这么秀恩爱，当她们这群三姑六婆都是不存在的吗？

察觉到了什么状况，吾卿的筷子僵在了一边，没等他夹第二个饺子，李佳人把他的整个碗都抢了过来，脸涨得通红地说：“一顿吃太多不好的，我去给大黄吃。”

“大黄？”吾卿眉头皱起，凤眼警觉地眯起。

其他人疑惑地看着他。

邻居黄大大的妈妈也在，听到李佳人提到“大黄”，下意识地提醒：“佳

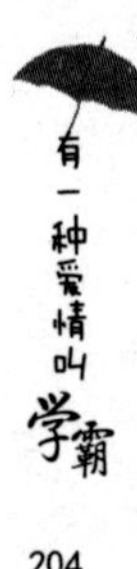

人，我们家大黄还在学校没回家呢。”就算回家，你也不用把你们吃剩下的给我们家大黄吧。

下一句黄妈妈没好意思说出口。

李佳人茫然地睁着大眼睛看着黄妈妈，解释着：“不是啊，我知道大黄没回家啊，我说的不是黄大大啊，是大黄啊！就是你们家抱过来的狗大黄啊！”

李佳人说完敲了下碗，然后一条老态龙钟的大黄狗突然从门外蹿了进来，吐着舌头围着她转。

其他人了然地“哦”了声，就吾卿睁大眼睛，定定地看着蹲在狗盆边吃饺子的大黄狗，天灵盖像被人重重地打了下，有点儿疼。

这大黄是不是……

“这狗都养了十几年了，还没死啊？”黄妈妈惊奇地问。她平素都在上海，黄大大的爸爸在那边包了工地，而她也在那边陪老公，所以很少回家见到李佳人养的大黄，还以为狗早就死了。

“怎么会呢，我家佳人很宝贝这狗的，幼儿园的时候为了跟你家黄大大抢这条狗，连幼儿园都不去了天天守着它，后来没办法，就让她上了附近的幼儿园。平时她吃什么，都给这狗一份，真的喜欢得要死，连后来上大学，每次打电话回家，都要问起大黄怎么样了、大黄什么的。”李妈妈说。

李佳人宠溺地把大黄招呼到手边，给它顺毛。

吾卿感觉头更疼了，一种说不出来的感觉在心底弥漫开来。

小时候他以为李佳人为了大黄所以丢下他转幼儿园了，他也一直把大黄当情敌，可是，他万万没有想到，那个把小佳人拐跑的大黄，不是黄大大，而是狗大黄！

他，吾卿，堂堂的卿贵人，一代男神，竟然吃一条狗的醋吃了十几年！

一想到这里，吾卿的嘴角就狠狠地抽搐起来，这太打击人了。

三姑六婆们看吾卿的脸色有些阴沉，想可能是她们待久了，妨碍他们小情侣话别了，就识相地组团离开了。

很快，李佳人家里就只剩下了她和吾卿，还有李妈妈三个人。

李妈妈象征性地和吾卿聊了几句，卿贵人一一回答，可李佳人总觉得哪里不对了。

她家卿贵人干吗一直盯着大黄看啊？眼神还那么阴森！

就因为她把他的饺子扔给大黄吃了？

吃完饺子后，在李佳人家坐了有一会儿，吾卿才起身道别。

吾卿爷爷吾皇就住在他们十字路口那栋豪华别墅里，离李佳人家就三分钟的车程。

吾卿要走的时候，李爸爸已经提前下班回来了，热络地开车送他。

李佳人想要跟着去，不料吾卿朝她摆了摆手，让她回去陪大黄玩，不用送他了，然后表情黯然地提着箱子走了。

李佳人弱弱地觉得，卿贵人离开时的样子，好失魂落魄啊！

他是饺子吃撑了吗？要知道吾卿胃口很小的，很有可能吃撑了。

李佳人摸着她家年老的大黄松软的毛，暗暗地想。

大黄在她手边欢快地叫着。

吾卿抑郁地坐上了李爸爸的车，手托着额头，疼。

大黄……

让他从小就惦记的假想敌“大黄”，竟然是这个大黄……

还不如是黄大大呢！

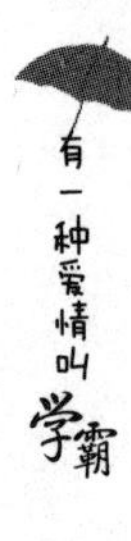

Part5

自从李佳人回家后，她家的老狗狗大黄就天天绕着她脚跟转，嘴里嚷嚷，是要吃肉呢。

这种时候，李佳人常常感到欣慰，大黄果真是她养的，什么都像她，无肉不欢啊！

因为大黄想吃肉，她也想吃肉，李爸爸和李妈妈平日都得去上班，所以家里买菜做饭喂大黄的事就全落在了她自己身上。

每天下午三四点，准能看到李佳人骑着她家小电瓶车，戴着小头盔，慢悠悠地穿过水泥路朝菜市场的方向行驶，电瓶车后面跟着一条十几岁了却依旧像青年狗狗、充满活力的大黄狗。

去菜市场必定要经过吾卿爷爷家那栋别墅，因为那别墅就盖在马路边。

李佳人每次路过，都会下意识地朝别墅里面望一眼，兴许能看到吾卿。虽然说，她和卿贵人天天都煲电话粥，可他平素也不会贸然来她家，她也不会突然去他爷爷家拜访，所以两人自回来一周都没见过面了，怪想念的。

当然有时候电脑QQ视频能看到对方，可是，看得到摸不着才是最难受的好吧。

某天，李佳人又像往常一样，买完菜回来，骑着电瓶车经过吾卿爷爷家的别墅，惯性地侧过头朝里望了一眼，这一眼，她就看到了多日不见的真人版吾卿。

卿贵人穿着藏青色的大棉服，双手环在胸前，人侧着身子倚靠在他爷爷家别墅围栏的大门边，对着愣住的小佳人，勾了勾手指头。

夕阳的余晖洒落在他白皙清俊的脸上，使他整张脸都笼罩在一股奇妙的光晕之下，看得李佳人不由得吞了吞口水，当即停下车，摘掉头盔挂在车头，鬼使神差地朝他走过去。

一看到小佳人过来，卿贵人长臂一伸，就把人带到身前，一只手揽着李佳人的细颈，一只手轻佻地捏起她的下巴，凤眼微眯："佳人，你想我可以直接约我见面的，不用天天在我爷爷家别墅外面转悠的。"

脸上能感觉到卿贵人那轻细微暖的呼吸，李佳人皮薄地涨红了脸，两只手指绞在一起打转转，下巴仍被吾卿捏着，就这么仰着小脑壳，支吾着想解释。

"我是去买肉，正好经过顺便看了那么几眼，也不是想……"也不是想看你才天天跑菜市场的……

李佳人还没说完，就感到唇上一软，吾卿的脸贴了上来，修长的手托着她的后脑勺儿，就这么吻了上来，把她的话都堵回了肚子里。

李佳人脸上通红一片，眼睛睁得大大的。

这光天化日的，卿贵人怎么可以这样！

一旁的大黄看到主人被调戏了，"汪汪"地不停大叫。

吾卿戏谑地加深了这个吻。

路边有人经过，看到这番情景，忍不住啧啧几声："现在的小年轻！"

李佳人羞得要伸手推开吾卿，不料吾卿先撤离开来，人靠在铁门上，低低地笑着。

本以为吾卿会就这么放了自己，没想到卿贵人竟然还作死地伸手揉捏她的嘴唇，暧昧地"啊"了声，道："嘴唇都破了啊，回去涂点儿润唇膏。"

李佳人囧，推开吾卿的手，摇摇晃晃地走到车旁，重新戴好小头盔，像被勾了魂似的飘回家了。

晚上李佳人上 QQ，看到卿贵人的头像在跳动，小手握着鼠标小心翼翼

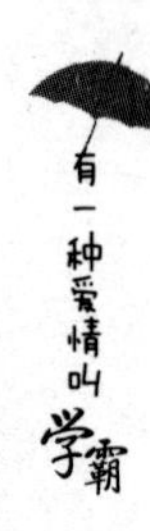

地点开。

“我爸妈回国了，在上海我外婆家，明天那边有点儿事，让我过去，我要去那边待一阵子。今天那吻算送别礼物。”

卿贵人不提到那吻还好，一提到，刚洗完澡的李佳人就觉得浑身燥热起来，小脸又是一阵发烫。

傍晚那场景，她光想想都觉得羞人。

吾卿真是的，每次亲她都不打个招呼。

她手指灵活地敲击键盘，回了个“嗯”过去，觉得只写这个太简单了，又在后面加了句“路上小心，到那边记得给我打个电话”，写完又感觉太冷情了，可是害羞的话她又说不出来，于是直接又发了几个抱抱的QQ表情过去。

等了会儿，吾卿的QQ一直没反应，估计他正忙，李佳人就一个人玩起了游戏。

谈恋爱耗时间，她“仙剑”到现在还没打完，得趁着寒假通关了。

玩了会儿，听到QQ响了，李佳人下意识地以为是吾卿，从游戏界面退出来，发现是班级群在响，孙小毛在群里嚷嚷着找人PK“连连看”，被一群人吐槽玩的游戏太低端。

见没人陪孙小毛玩，李佳人好心地点了孙小毛的界面，主动陪同。

两人高兴地进了2V2场，孙小毛的窗口抖了抖。

“佳人，你瞎点点就行了，看我的，我带你刷分。”

“嗯嗯。”

孙小毛在她们寝室号称“弱智游戏小天才”，玩连连看对对碰那种游戏，简直就是神级选手，所以李佳人果真听了孙小毛的话，自己随便点点，坐等拿分，边消耗时间边等吾卿回复。

玩了几轮，床上的手机突然响了，留孙小毛一个人在那里狂点，李佳人从电脑前面站起来去接电话。

是吾卿打来的。

“佳人，我刚才在洗澡，出来电脑被爷爷玩了，你看到我的留言了吗？”吾卿用毛巾擦着湿漉漉的头发说。

李佳人囧了囧，她不仅看到了，还回了啊，吾爷爷没告诉他吗？

一想到吾卿爷爷看到她发过去的“抱抱”表情，她就忍不住打了个寒战，要是吾爷爷又是个好奇的人，点开他们的聊天记录看了怎么办？

虽然之前两人没聊什么太露骨的话，可是真的甜得能腻死人。

亲亲抱抱的表情一大堆，当然亲亲一般都是卿贵人发的，她只发抱抱。

“佳人？”

见电话里没人回答，吾卿狐疑地喊了一声。

李佳人慢慢地回过神来，“嗯”了一声，想着木已成舟，吾爷爷要真看了的话，她也没什么办法，只能不去想那些，把Q上对吾卿说的那些又口头表述了下，大致就是让他去上海的时候注意安全什么的，顺便问了下吾卿什么时候回来。

吾卿以为她想他，嘴角不觉上扬起来，含笑道：“一周内就回来了，我还订了去三亚的机票。”

李佳人茫然：“你要去三亚做什么啊？”

“当然是去旅游啊，冬天最适合去三亚了。”

“呃，你和你爸爸妈妈一起去吗？再过一周的话，就要过年了啊！你们准备在三亚过新年吗？”李佳人不解地问。

吾卿笑了笑：“不是他们，是我们。我爸妈刚旅游回来，不出门了。是我和你去，佳人。”

李佳人惊住，疑惑道："为什么突然要去那儿？"

"现在新年很无聊，想着待在家里还不如出去逛逛。我们在一起这么久，也没好好去外地玩过，所以这次一起吧。"吾卿解释。

玩当然是好的，三亚这地方李佳人从小就梦想着有一天能去，但她爸妈要上班，平日没多少时间带她出去玩。上大学后，之前和室友也出去玩过，但是没跑过三亚这么远的，主要是那边对学生来说，消费有些高。之后和吾卿谈恋爱，平日感觉生活也挺紧凑的，也就没想过出去旅游什么的。这次吾卿一提起，她倒是有点儿心痒痒，很想去呢。

"那……那我等你回来。"太激动，李佳人说话都结巴了。

吾卿咳了下："嗯，你可以先准备下泳衣什么的，那边用得着。"

李佳人脸红，害羞地说："泳衣，这个，还是不要穿了吧。"

电话里，吾卿轻笑，勾起嘴角，故意曲解她的意思："佳人，我不介意你在我面前什么都不穿的，但是有其他的人的话，还是穿一下泳衣吧。"

李佳人的脸瞬间又涨成猪肝色。

她又被吾卿调戏了。

Part6

李佳人躺在床上失眠了，不知道是因为听到要去三亚太激动，还是因为这一周都见不到吾卿了。

卿贵人在电话里说了，这一周他很少有时间上网，如果她想他了，可以直接打电话。

所以这会儿都没法视频看人了。

唉，熬熬就行了，掰着手指头数也就六七天而已。

这一周，李佳人很少跑菜市场了，连邻居们都意外，想着佳人怎么不去街口那别墅看她帅哥男友了，后来问了人才知道，这吾皇的孙子跑去上海外婆家了，怪不得这阵子看佳人那一副失魂落魄的样子。

小年轻就是这样，腻歪习惯了，分开就别扭了。

但其实李佳人最近心神不宁，没去菜市场是有其他原因的，她家的大黄病了，吃什么吐什么，连以前最爱吃的肉都不想吃了。

李佳人天天守着它，看它病恹恹的样子，心里特别难受。

带大黄去兽医那儿看了，兽医说大黄是岁数到了，让李佳人给它选择安乐死，李佳人死活不愿意，就天天蹲在家里守着大黄哭。

明明前几天都活蹦乱跳的，怎么突然就不行了？

从学校回来的黄大大来李佳人家看她，听她这么说，热心地解释：“佳人，这就跟人死之前一样，回光返照啊！”

李佳人气呼呼地把黄大大推出门，不爱跟他玩。

大黄都十五岁了，在狗狗中已经算长寿了，看李佳人老这么守着，都没心情好好吃饭睡觉，李妈妈最终无奈，趁李佳人睡觉的空当，和李爸爸把大黄抱到了兽医那儿，让它安乐死了。

第二天早上，李佳人醒来没看到大黄，哭得直岔气，把自己关在屋内不出来。

虽然知道自己再舍不得，大黄最终还是会离开自己，安乐死对大黄来说也是好事，它就不用这么痛苦了，可是她心里还是难受得不行。

这一周因为大黄的事，她都没心思找吾卿，意外的是，吾卿也没主动找过她，原因她都没心思去想。

一个人躺在床上哭累了，李佳人看了下日历，吾卿都走了七天了，应该回家了，想起之前两人说好去三亚旅游的事，她擦了把眼泪，坐起身来，

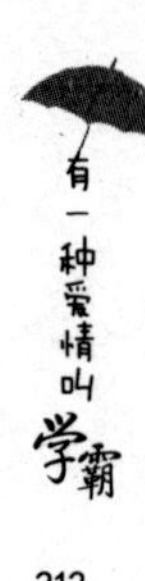

拿手机给吾卿打电话。

大黄刚离开，她没什么心情出去玩了，旅游的事就算了吧。

打了好久才有人接听，李佳人能听到他手机里传来的嘈杂声，有干杯的声音，她想，卿贵人可能正在饭局呢！

吾卿从包厢里出来，把门带上，走到走廊边，询问地唤了声："佳人？"

感觉好久没听到吾卿的声音了，一听到李佳人就忍不住鼻酸想哭，但又怕吾卿担心，就憋着，无声地掉眼泪。

"佳人，怎么了？"以为是信号不好，听不到声音，吾卿换了个地方，走到酒店门口，又问了句。

李佳人吸了吸鼻子，忍住眼泪问："那个，你回家了吗？"

李佳人的声音带着浓重的鼻腔，吾卿不由得蹙起眉头："还没有，这边有点儿麻烦事。你鼻子怎么了？"

"感冒了……那个，你反正还没回来，我们三亚的旅游就不要去了吧。"李佳人吸了下鼻子，尽量让自己的声音保持正常。

吾卿疑惑地眯眼，扫了眼不远处从包厢里出来朝自己走近的靓丽女孩儿，揉了揉额头："佳人，出什么事了吗？"

李佳人牵强地笑笑："也没什么，就是我感冒了，没力气出去玩了，然后又要过年了，我也要去外婆家拜年，所以，就不去了。"

吾卿总觉得李佳人有点儿怪怪的，哪里不对，想继续问下去，那边的女孩儿已经走到了他身前，笑意吟吟地喊他："吾卿，你在跟谁打电话呢打这么久，叔叔阿姨让我来看一下你。"

甜美的嗓音从手机里清晰地传来，李佳人思维蓦地停滞了下，直到吾卿喊了她几遍，才回过神来。

"那好吧，旅游我们可以下次再去。你自己注意点儿身体，别忘了按时吃药。我这边有点儿事，先挂了。佳人，乖乖等我回来。”

李佳人来不及说什么，吾卿已经挂了电话。

李佳人对着手机，愣愣地出神。

吾卿旁边好像有其他女孩儿？

李佳人冷不丁打了个寒战，不敢往下想，将脑子里的不好想法全部晃掉，安慰自己，吾卿让她乖乖等他回来呢，所以，佳人你不要多想，要相信吾卿啊！

嗯嗯，相信。

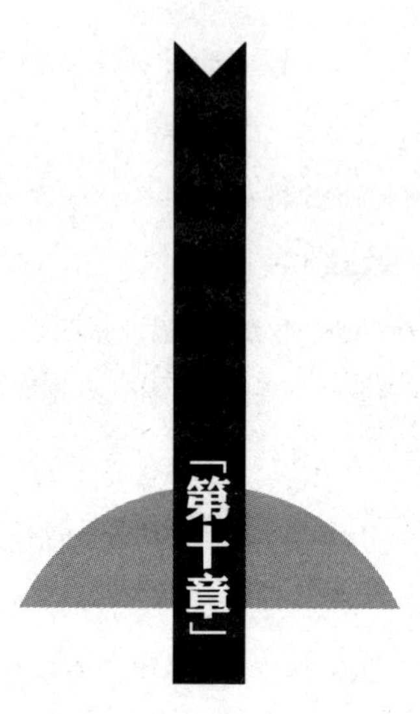

「第十章」

“你吃那么少，我为什么要喜欢你？”

Part 1

挂断电话，吾卿右手插在裤袋里，像没看到人似的从杨籽身旁走过。

杨籽娟秀的小脸瞬间黑了下来，气恨地跺了下高跟鞋，绕到吾卿面前瞪着大眼睛质问他："吾卿，你有没有看到我，有没有听到我说话？"

吾卿抬眼轻微地乜了她一眼："有事？"

杨籽无语地看着他，叹了口气，挫败地问："吾卿，你不喜欢我，今天又为什么过来和我相亲？"

"来之前没人告诉我是相亲，我以为只是和往年一样，双方父母工作上有往来，年前一起吃顿饭而已。"

吾卿老实的解释让杨籽听起来觉得特别残忍。

她和吾卿从小就认识，因为双方父亲是大学同学，都在审计局做事，所以两家关系很亲密，闲空的时候，常会聚在一起吃饭。

吾卿小时候就长一张魅惑人的脸，少女杀手一点儿都没错，但是他这人寡情，从不搭理那些喜欢他的女生，也不见他和人谈恋爱，也没听他说喜欢谁。

高中的时候，他们是一个学校的。杨籽学习成绩很差，而吾卿一直是学校的 No.1，杨籽爸爸无奈之下拜托吾卿爸爸，让吾卿带杨籽学习，所以两人在高二分班被安在了一个班，且还是同桌。

平时不怎么爱搭理女生的吾卿，碍于两家人的关系，勉为其难地给杨籽补课，这让学校倾慕他的女生很是惊愕，都以为吾卿不谈恋爱，原来早已有喜欢的人了，而这人就是杨籽。

谣言很快就被传开来，吾卿向来无视这种谣传，所以都懒得解释，然而这就让杨籽误会了。

杨籽本就是千金小姐，人又长得漂亮，身边不乏人追，个性又傲，一般男生看不上，吾卿是她喜欢的型，可是人家不主动说喜欢她，她也不会表现出来。

这会儿听学校里都这么传，吾卿又不出来解释，她心里就飘飘然起来。敢情吾卿跟她一样，其实心里都有对方，就是傲着不主动说。

最终还是杨籽先沉不住气，有次课间忍不住问吾卿是不是喜欢她。

结果人吾卿抬眼瞥了她一眼，竟然问她一顿吃多少。

她是典型的淑女，胃口丁丁点儿小，能吃多少，当然是半碗，但是怕男神觉得她这样太装，就硬是给自己多说了半碗，说她吃一碗饭。

这会儿想想，天知道她为什么要回答吾卿这么怪的问题，搞得她一直很悔恨。

主要是吾卿听到她说一碗饭，就蹙起眉头，摇头很是嫌弃地说："你吃那么少，我为什么要喜欢你？"

杨籽："……"

说完这话，吾卿就不理杨籽了，别过头对着窗外的景色发呆，脸上的表情变得柔软起来，目光柔和至极。

吾卿好像又看到了幼儿园的时候，一个圆滚滚的小女孩儿吃完她自己的那碗饭，脸上还黏着米粒子，看着他剩下的半碗饭，咂吧着嘴念叨："吴亲亲，你看你又剩饭了，还好有我，不然老师看到你没吃完又要骂你挑食了。

来，我帮你吃掉。”

然后，那妹子一点儿都不嫌弃地把他的剩饭给吃掉了，脸上净是满足的表情。

那妹子叫李佳人。

“吾卿，我现在能吃很多了！”从回忆里挣扎出来，杨籽低着头，咬着唇瓣，忍住羞耻地小声说，感觉到周围没回应，愕然地抬头一看，身边哪还有吾卿的影子！

杨籽气得直跺脚。

由双方父母私下讨论，擅自决定的相亲会以吾卿的“流水无情”宣告结束。回去的车上，吾妈妈一个劲儿地给儿子洗脑。

“我觉得杨籽这孩子人不错啊，长得漂亮，家境也好，活泼可爱，又有礼貌，你为什么看不上啊？”

吾卿坐在后座，耳朵上插着耳机听财经报告，修长的手指划动着手机屏幕，一声不吭。

吾妈妈见状，耷下脸来，生气道：“你别以为我不知道，你奶奶都说了，你和他们那边一个叫什么佳人的谈恋爱。我不管你爱不爱听，反正我丑话说在前头，我不会要个乡下儿媳。”

“媳妇儿是我的，我要就行了。”吾卿抬起头来，凤眼危险地眯紧，盯着他妈看。

吾妈妈气岔了，哆嗦地指着吾卿激动道：“你怎么就这么糊涂，你条件这么好，有的是女孩子倒贴，为什么非要那个？反正你不听我的话，以后休想问我要钱。”

吾卿不以为然地笑笑：“我十八岁后就没拿过家里的钱了。”

吾妈妈压住慌乱，挺着胸脯往前，顶住气场，继续说：“你一意孤行，

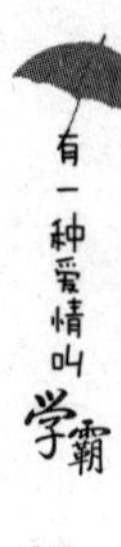

等到时候结婚，我这边不给你办婚礼，反正我不承认那是我儿媳，看你怎么办，哼！”

吾卿埋头刷微信，手指停在某一处，眉头皱了下，无所谓道：“我不介意入赘，佳人家也肯定不介意。”

“你还想做倒插门女婿！你……”

吾妈妈气得血压直往上升，头晕，吾爸爸赶紧停下车安抚，拿眼瞪儿子：“你就不能不气你妈！”

吾卿对他妈温柔地笑了笑，说：“妈，你还想要儿子的话，就别纠结这事了，以后也别给我安排这些了，我有佳人了。”说罢，长指扣住车门，推开走了出去。

看到儿子下车，吾妈妈气得直翻白眼，指甲用力地掐着老公手臂上的肉，求证道：“那小子，刚才是不是在威胁我？你说他是不是在威胁我！”明明一开始主控权在她那儿的，是她威胁人怎么现在成了被威胁那方了？

哎哎……头疼！

老公……

Part2

吾卿从他爸的车上下来后，直接到车站坐车回老家了。

第二天一大早，李佳人被楼下的嘈杂声给吵醒，打着哈欠下楼，游魂似的拐进卫生间，拿起牙刷准备刷牙，突然感觉哪里不对劲，挪开脚步跑出去朝客厅一看，沙发上坐着朝她笑的那人不是吾卿还能有谁？

不敢相信所看到的，李佳人睁大眼睛握着牙刷，噔噔地跑到吾卿面前蹲下，惊喜道：“吾卿，你怎么突然来啦？”

吾卿伸手揉了揉她乱糟糟的头发，将膝盖上的羊绒围巾掀开，里面探出一个小脑袋出来，竟然是一条小狗。

李佳人惊讶得张大嘴，说不出话来。

没去上班的李妈妈微笑地从厨房走出来，笑吟吟地说："吾卿听说大黄死了，就给你新买了一条狗，还特意送过来了。"

李佳人惊喜地蹲在吾卿脚边，伸手逗弄着那小狗，听到她妈这么说，脸上露出惊讶的表情："呃，你怎么知道大黄走了呢？"为了怕他担心，她昨天特意没说，吾卿又是从哪里知道的？

看李佳人那痴傻的样子，吾卿笑笑，心想道，不就是个傻丫头在微信上发了大黄死了的消息，还有一大排哭泣的表情吗。

想到和她打电话的时候，她那抽鼻子的声音，他就立刻顿悟过来，向来身体很好的小佳人怎么会突然感冒，八成那会儿在哭不敢告诉他呢。

傻丫头。

"吾卿，你快说你怎么知道的嘛。"李佳人用手指轻轻地戳着吾卿的手心。

"旺旺说的。"吾卿微微俯身，凑近她的脸，大手一紧，将她乱动的小手给包在了手里。

明明可以直说他是在微信上看到的，他就是那个"卿本佳人"，可他偏偏要绕这么大圈，扯到完全不相干的旺旺身上。主要是想着李佳人既然猜不到，就别告诉好了，这样比较有趣，说不定还能听到他的小佳人不敢说给他听的话。

"旺旺？"

是吾卿的表妹，大黄的女朋友旺旺吗？

那应该是黄大大说的。

说起黄大大，上次被她赶走后，他就没来过了。

黄大大家早就在市区买了房子，很少到乡下来，难得来一次，还被她赶跑了。

想到这里，李佳人对黄大大感到有些愧疚，毕竟他也是好心来看她的。

吾卿突然从上海归来，还一大早带了小狗过来看她，这点让李佳人感动得不得了，一时忘了要去刷牙洗脸，只顾着玩小狗，和吾卿絮絮叨叨地商量给小狗取名的事，直到吾卿提醒，才恋恋不舍地放下叫“熊仔”的狗狗，走向卫生间。

刷牙的时候，李佳人还在疑惑，为什么吾卿要给狗狗取名叫“熊仔”，还问它眼睛那两圈黑的像不像熊猫，难道吾卿有熊猫情结？

想到之前“双蛋”时，吾卿送的大熊猫玩偶，李佳人释然了。

也许，卿贵人真的有熊猫情结。

可是，他为什么这么喜欢熊猫啊？

熊仔让刚失去大黄的李佳人感到很是安慰，整个假期除了吃饭睡觉，以及和吾卿每天聊天之外，就是陪熊仔玩。

虽然有了熊仔这个新玩伴，但李佳人还是惦记着她家死去的大黄，既想养狗，但又害怕熊仔有一天老了，也会跟大黄一样离开。她一直不喜欢生离死别这种痛苦的事，可是人到一定时间，也都免不了一死，何况一条狗呢？

与其担忧未来不可确定的事，还不如多珍惜现在的时光，陪熊仔好好玩呢。

给李佳人送完小狗，在乡下又待了几天，吾卿才回到市区过年。

临走的前一晚，卿贵人坐在爷爷家的客房里，抱着电脑和李佳人视频。

李佳人抱着熊仔早就守在了电脑前面，看到吾卿，就握着熊仔的前肢跟吾卿打招呼。

吾卿好玩地在视频里逗狗，笑着跟熊仔说话。

“熊仔，我要走咯，你想和我说些什么吗？”

李佳人囧：“吾卿，熊仔又不是小孩子，不会说话，不会喊爸爸再见啊！”

吾卿尴尬地咳了下，然后正色说：“佳人，很晚了，你抱着熊仔洗洗睡吧。”

李佳人郁闷：“吾卿，你就算生气，熊仔也不会跟你说话啊！”

吾卿黑线，他没生气，他只是那个……嗯，觉得自己刚才的行为举止有些丢人……

就这么聊了会儿，两人各自下线洗洗睡了。

春节，李佳人家很是热闹，来了很多亲人聚在一起玩，周围的小伙伴们也都回家了，大家常几个人凑一桌，要么打牌要么吹牛皮。

相较于李佳人，吾卿的新年就过得很是枯燥，有钱人家就是这样，有钱没地方花，所以一到这种时候，就有数不清的饭局，见形形色色的人物，说各种官方客套话……

抽不出时间和李佳人腻歪，这让吾卿很是怀念在学校的日子，那里，他几乎抬眼就能见到李佳人，就算有时候她不在眼前，但找一下后就能佳人在怀，而不像现在，对着电脑视频，摸不着碰不了。

偶尔两人在市区约会吃饭看电影，时间又过得特别快，短暂的甜蜜之后又是无尽的空虚。

吾卿就这么一种煎熬着，熬到了开学。

大三下学期课就上得差不多了，很多学生已经在外找实习单位准备实习了。吾卿倒不急，和李佳人在学校腻歪了两个多月，才恋恋不舍地去外面早就确定好的证券公司上班。

虽然学的是 ACCA，但是比起父母热衷的审计、会计学科，吾卿更喜

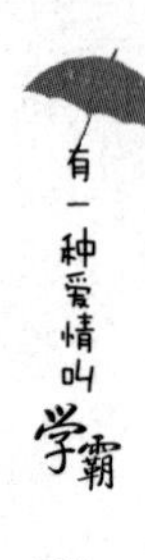

欢证券投资，所以自然没去爸爸安排的公司。

没必要，也不需要。

S 大离城市最繁华的市中心很远，坐车要一个半小时，而吾卿的公司正是在市中心。为了方便，卿贵人在公司附近租了公寓，而大二下学期开始学业繁忙的李佳人，则搬回了寝室，继续和室友们同住。

两人见面的时间逐渐少了，但是李佳人并不感到任何失落，相反，她觉得很快乐。

她又可以回到正常的大学生活啦，天天除了上课，就在寝室里和室友们扯淡、玩游戏、看剧，偶尔双休去逛街。

好吧，双休的时间多半被吾卿给霸占了，卿贵人工作那么繁忙，周末难得休假，就精力旺盛地拉着小佳人出去溜达。

一天不见想得慌，几天不见急得慌，一直被小时候的阴影所羁绊，吾卿老担心李佳人会突然再跑掉，所以隔三岔五，没事就往学校跑，找李佳人。

市区离学校虽然说远了点儿，但毕竟是在一座城市，所以两人见面还算方便。

俗话说“小别胜新婚”，李佳人和吾卿不住一块儿，隔得远了，见面的时候反而更腻歪。

李佳人大二下学期到大三上学期，也就是吾卿大三下学期到大四上学期那一年，两人真的算是典型的热恋情侣了，不知羡慕死多少人了。

本来两人的交往一直算很顺利的，一路甜蜜着，直到一份被滞留很久的报纸问世。

Part3

李佳人刚上大三上学期的那个冬天，十二月初冬的N城特别冷，她已经裹起了大棉袄，里面却只穿一件单薄的羊毛衫。

因为她最近得天天去操场练跑步，穿多了跑不动。

为什么要跑步，一个是学校的体能测试要到了，另一个就是学校的秋季运动会拖到冬季总算要开了，其中李佳人报了几个项目，有女子1000米长跑，还有扔铅球。

女子1000米和扔铅球，一向是运动会时很少人愿意报的项目，特别是大冬天的，要你脱掉暖和的外套去跑，李佳人班上的女生几乎没人愿意。

李佳人其实也不大愿意，可是孙小毛这学期成班上的体委了，没人参加，孙小毛不好向体育部交代，最后只能拉自己寝室的人充数。

女子1000米和800米，每项一个班要两个名额，她们寝室四个人，正好一人参加一个，李佳人和孙小毛是1000米，王青青和童大宝是800米。

四个人中，童大宝长得最壮，李佳人吃得最多，所以两人又被拉去扔铅球。

虽然说是友情参加，名次什么的都不重要，可是离运动会召开前的一周，李佳人她们七八节课下后就往润园的塑胶操场跑，做前期锻炼。

就算得不到好名次，但是锻炼一下，比赛的时候也不至于输得太丢脸嘛，毕竟运动会那会儿，会有很多人看着。

平时懒散惯了，只管吃喝，都不怎么运动，身体素质也不够好，不锻炼怎么上场。

又是1000米又是扔铅球，最初那几天，李佳人和小伙伴们从操场上回来，洗完澡就直往床上躺，倒头就睡，浑身酸疼，不要太累。

平时和吾卿总要在电话里聊上一会儿，那几天，李佳人连吾卿的电话都不怎么想接。主要是卿贵人忙完他的事，打电话过来的时候，已经晚上

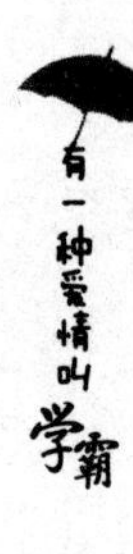

七八点了，李佳人她们七点从操场回来，吃完饭洗完澡就立刻躺床上睡觉。平时还会玩会儿游戏，看会儿视频，闲扯什么的，但是那阵子都没那个力气了。

吾卿打过来的时候，李佳人一般要么刚准备睡，要么刚睡着被他吵醒，常常和他聊了没几句，电话都没挂断，她又睡过去了，然后第二天醒来，手机上就是吾卿的短信，让她别这么拼命，运动会就是过过场，走走形式，就算拿个倒数第一也不丢脸。

李佳人囧，这太不像个学校干部代表说的话了。

他们国审院是学校院里排名第一的，无论做什么事，演讲赛、红歌会、运动会什么的，都要稳住学校第一的宝座，要他们班拖了后腿，院长肯定会批评他们的。

想到这里，李佳人就不敢偷懒了。

反正就几天的事，运动会她的项目比赛完，她就解脱了。

运动会前一晚，大家感觉准备得差不多了，就放松了一个晚上，李佳人早早地吃完晚饭洗完澡，就躲在被窝里，把床帘一拉，主动打电话给吾卿。

吾卿的电话无人接听，李佳人皱皱眉头，看下时间，七点多，是吾卿以前打给她的时间，他应该忙完了啊。

可能今天事多一时忙不完吧，反正吾卿要看到她的未接来电会重新打过来的。

李佳人心里甜蜜地想着。

果然，不到半个小时，吾卿的电话就回了过来。

“佳人？”

李佳人正在床上做倒立，听说这样能使小腿变细。

听到手机响，她急急忙忙地稳下身子，去接电话。

吾卿刚处理完手上的文件，从公司出来，沿着霓虹璀璨的马路，一边朝公司附近租的公寓走，一边跟李佳人打电话。

刚接通，就听到李佳人的惨叫声，吾卿眉头蹙起，紧张地发问："佳人，你怎么了？"

李佳人捂着抽疼的腿，躺在床上愁眉苦脸："我好像腿抽筋了。"刚才下来得急，就抽筋了，好疼。

"多揉揉抽筋的部位，要是还疼的话，用热水泡会儿。抽筋应该是缺钙了，上次你没课来我这边，回去的时候，给你整理行李，我在你包里放了几瓶钙片，吃完了吗？"

钙片？

李佳人囧，她一直没怎么动过那些包，所以没注意看，都没吃过。

吾卿揉捏了下自己胀痛的太阳穴，脸上一副"我就知道"的表情。

果然，他不说李佳人就找不到，他不在身边，她就照顾不好自己。

李佳人没空去纠结钙片的事情，她想起自己之前找吾卿是有事要跟他说呢。

"吾卿，你明天有空吗？"

话刚落，李佳人就后悔了，她这是问得多么愚蠢的一个问题。

明天是周五，吾卿要上班的，怎么可能有空。

"嗯，明天要去跟人谈个合作项目，有事？"吾卿下意识地问。

李佳人心里叹了句"果然"，怕吾卿多想，以为她有什么事，赶紧解释："也没什么事，明天开运动会了，我本来想说你要有空的话，可以来学校看我比赛的，我比赛完就没什么事了，我们可以一起玩。"

听着李佳人扭捏的话，吾卿终于忍不住哧笑出声，直言道："佳人，你想我了。"

卿贵人说的是肯定句，不是疑问句，李佳人当场就囧了。

好吧，她是有点儿想吾卿了，距离上次见面，又过了一周了。

床上有遮光帘挡着，李佳人羞涩地红起脸，难为情地“嗯”了一声。

声音虽小，吾卿却听得很清楚，忍不住扬起嘴角，轻轻地微笑起来。

头顶的月光正好，月似圆盘状，离他上次和李佳人分开也就那么几天，可是总感觉很久没见了，这会儿突然格外想念起来。

想着吾卿第二天还得上班，需要早点儿睡，李佳人没继续和吾卿聊下去，草草地挂断电话。

她用手揉抽筋的腿，揉了会儿感觉舒服多了，就下床去翻自己的行李包，果真在里面找到吾卿放的几盒钙片，心里喜滋滋地打开瓶子，拿了一粒往嘴里一塞，就跟吃糖似的，那叫一个甜。

Part 4

第二天一大早，李佳人她们寝室都起得比较早，女子长跑在上午，要是早餐不吃饱点儿怕跑不动。

S 大三大食堂的早餐都很好吃，品种繁多，口味俱佳，价格又便宜。李佳人要了一个菜饼、一个烤地瓜、一个鸭蛋，还有一碗白粥，一共才两块五。

她和吾卿同住那阵子，早上随便做个三明治都不止这个价。

把咸鸭蛋敲碎，挖出里面的蛋白拌进白粥里，用勺子舀了口，味道不要太好，李佳人满足地眯起眼睛，突然想起吾卿，不知道忙着上班的吾卿，这阵子有没有好好吃早餐。

应该有吧，像吾卿这么自律的人，饮食习惯肯定很规律。

李佳人幽幽地想，继续埋头吃东西。

吃着吃着，对面的孙小毛突然用筷子敲了敲李佳人的碗，神秘兮兮地问："佳人，你家卿贵人今天来看你比赛吗？"

李佳人急急地把碗里的最后一口粥喝掉，摇头，口齿不清地说："应该不来，吾卿说他今天有事，谈项目什么的。"

孙小毛皱了皱眉，饶有意味地看了李佳人一眼，想再说些什么，手臂被身旁的童大宝拉了下，最终也没再说。

李佳人觉得她俩怪怪的，侧头看跟自己坐一排的老大。

王青青在忙着挑她炒饭里的葱头，感觉到李佳人看她，愣愣地抬头，惊愕道："你直勾勾地看着我做什么？你想吃我的炒饭？想吃你自己拿勺子舀就好了。"

李佳人摇头，抿嘴，回头再看小毛和大宝，那两人有些心虚地低着头不和她对视。

李佳人心里很是疑惑，总觉得她们好像有事瞒着她。

既然小毛她们不想说，李佳人也不喜欢逼人问话，继续没心没肺地吃早餐，吃光了自己的见王青青盘子里剩了一堆炒饭，她觉得浪费，秉着从小养成的优良传统，主动帮忙解决了。

四人吃完早饭，就动身前往操场，等着看参加运动会的开幕式。

大学的运动会和高中不同，开幕式也有游行队伍，但不需要每个同学参加，每个班里就抽几个人，一个大院凑一群就可以了。

孙小毛是班上的体委，自然是游行队伍中的一员。童大宝也是班上的活跃干部，也在队伍里。

开幕式的时候，塑胶操场上方的看台上，李佳人、王青青和班级的大部队坐在一起。坐下没多久，王青青觉得口渴，一个人跑去买饮料了，只留下李佳人一个，百无聊赖地和隔壁小寝室的人聊天。

其实也没什么好聊的，很快大家就没了话题，李佳人一个人玩手机刷人人，结果就看到了件大新闻。

在李佳人他们学校，那真算是大新闻了，而且新闻和吾卿有关。

之前就说了，国审院三枝花之一的黄露惠和吾卿是高中同学，并且也是国审院编辑部的部长。这个编辑部因为校新闻报的宣传曾经采访过吾卿，在图书馆和穆和楼之间的S形木桥上给吾卿拍了风景照，准备刊登在报纸校园明星版块。

那报纸出了好几期了，每个班都会发，人手一张，李佳人找了好几期都没找到吾卿的身影，以为吾卿后来不答应露脸，不愿意帮忙宣传了，哪知道有吾卿照片的那期报纸最近出了，还在人人网上广为流传。

吾卿的确在那校园明星版块没错，可是跟之前吾卿讲给李佳人听的不一样，那版块刊登的内容关于吾卿攻ACCA的考试经验只有很小一块，大部分都是他的绯闻。更关键的是，那绯闻还不是他和李佳人的恋爱传闻，而是——“校第一男神相亲记，女方是豪门千金”。

李佳人隐隐地知道早上小毛她们欲言又止是为什么了。

仔细地把孙小毛分享的关于吾卿那版块的校内新闻看完，李佳人大囧。学校的校报什么时候变得这么具有娱乐精神了，以前太学术，一点儿都不好看，每次发下来，几乎没学生看，现在改版了，那八卦气息真的是扑面而来。

李佳人啧啧感叹了一番，才后知后觉地惊愕自己好像关注错点了。

她这会儿该在意的是那报纸上吾卿相亲的新闻才对。

那新闻怎么说的来着，哦，吾卿相亲了，女方很优秀，跟吾卿家是世交，和吾卿又是高中同学，跟黄露惠也是高中同学，是他们学校当年很多男生的女神来着。还有就是，嗯，吾卿和李佳人可能已经分手，两人已经结束“同居”生活，李佳人颓废地搬回了学生寝室。

上面还有李佳人从吾卿的公寓搬东西回寝室那天被偷拍的照片，照片上的李佳人在狂风中凌乱着，一股浓浓的“悲怆”感扑面而来。

李佳人沉闷地咬着嘴唇，内心辩解：“那不是颓废啊，那是风大，把我的头发给吹乱了。”

Part5

对一份向来没多少读者，为了稳住校第一纸质媒体地位而用八卦博眼球的报纸，李佳人对上面的一切内容，不管是新闻还是绯闻，都表示很理解，所以刷完人人，她心情毫不受损地跟重回座位的王青青聊天。

王青青看了眼李佳人未关掉页面的手机，了然地点点头，乜起眼不屑：“假的，扯淡。”

李佳人赞同地点点头：“是啊，我和吾卿昨晚才通的电话，要分手我自己怎么可能不知道。”

王青青鼻子里哼气：“就是，你看上面写的吾卿相亲的日期，是去年寒假那会儿，要那时候吾卿就跟人看对眼了，怎么今年还和你腻歪一整年。早上小毛她们看到这报纸的时候，我就说是假新闻了，学校那校报改成了八卦新闻报也不是一两天的事了。”王青青数落着。

李佳人头点得跟小鸡啄米似的，太认同了。她家卿贵人才不是那种会背着她去相亲的人。就算她不相信自己有多大魅力能把吾卿吸得牢牢的，可是她相信吾卿的人品啊。

脚踏几条船，人前一套，人后一套这种事，吾卿是绝不会干的。

可是，总觉得哪里不对劲……

李佳人忍不住回头又看了看报纸上说的吾卿和“大小姐”相亲的日期。

她皱了皱眉头，那日不就是她家大黄走的那天吗，她记得特别牢。那天，她给吾卿打过电话，然后……

她不敢再继续想下去，只觉得思绪变得有些恍惚起来。

王青青被赶过来的童大宝喊去参加女子 800 米预赛，也没顾得上和李佳人继续闲扯，拍拍屁股走人了。

李佳人又一个人坐在座位上，表情比之前呆滞很多。

她想，那天和吾卿通话，电话里听到的女声就是黄露惠那八卦报纸上写的千金大小姐杨籽吗？

吾卿那天和杨籽在一起？相亲？

可是，怎么后来都没听吾卿提起过呢？

李佳人相信相亲的事就算是真的，肯定也是有隐情在里面的，吾卿绝不是那种跟她谈着恋爱，还会和其他女生相亲的人，这一点，她很有信心。哪怕她知道自己不够好，但是她知道，吾卿要不喜欢她，都不屑搭理她，何必还跟她交往这么久。

两人在一起也一年多了，她虽然愚笨，但是也不似最初那样什么都不懂，最起码现在她能清楚地知道吾卿是真喜欢自己，再也不会胡思乱想。

可是话虽这么说，即使心里知道，就算吾卿并不像报纸上说的那样，但李佳人心里还是忍不住有了疙瘩。

为什么吾卿从没跟她说起过杨籽的事呢？

那次“相亲”到底是什么情况？

李佳人就这么脑子浑噩地被跑完 800 米回来的童大宝喊去扔铅球了。

李佳人心思不在铅球上，比赛的时候，她随便一扔，竟然扔了七米多，比她锻炼的时候扔得还好。要换之前，她这会儿铁定很兴奋，可是现在她连看都没看一眼，幽幽地飘走了。

下面一个选手上场，李佳人还在轨道上慢悠悠地飘，身后的体育老师催促着，铅球轨道前面的人快跑开，不要挡在铅球投掷范围内。

李佳人没听见，还没来得急跑开，后面那选手就开始扔了。

人群中不知道谁喊了声“杨籽”还是“杨子”来着，跟童大宝喊李佳人的声音混在了一起，李佳人惯性地回过头去，就被飞过来的铅球砸了个正着，她脑门儿一冷，两耳轰鸣，两行鼻血一淌，眼前一黑，人就栽倒在地了。

李佳人被铅球砸晕了，所以连女子1000米都没来得及参加，直接被送去抢救了。

等李佳人醒过来的时候，她已经躺在离学校最近的医院里了，头痛得都不能乱动，医生让她小心点儿，说脑震荡这事可大可小。

李佳人愣住，哭丧着脸，可怜巴巴地望着医生，嘴一瘪，哭了。

她，脑震荡了……

脑震荡后，李佳人醒来就只记得自己刷人人看到报纸的事，关于她受伤时的情况和经过她都记不起来了，后来还是经过送她来的童大宝口述，她才隐隐约约有些印象，但回过神来的第一件事就是，让童大宝别把她被铅球砸的事告诉吾卿。

吾卿忙着谈项目，不能打扰他。

可是等李佳人说的时候，已经晚了。

李佳人被砸晕，来医院的路上，童大宝就让王青青联系韩言鑫（韩言鑫和吾卿在一家公司实习），让他通知吾卿了。

虽然寝室里的几人嘴上一直说想要吾卿的电话，但实际上都是瞎说说的，谁也没真的去要。

“佳人，韩言鑫已经通知到吾卿了，说吾卿很快就会赶过来。刚刚医生也说了，你脑震荡需要留院观察个两三天，做些详细的检查，这里什么都没有，我得先回学校帮你拿点儿换洗的衣服。”童大宝扶着李佳人起来，把枕头垫在她背后，说道。

李佳人僵硬地朝她点点头，不好意思地说：“大宝，这次真麻烦你了。”

童大宝没好气地瞪了她一眼：“说什么话呢，我们什么关系。你先一个人躺会儿，我走了，等我收拾好再和老大、小毛她们一起来。”

童大宝说完，拍拍手干脆地走了，只留李佳人一个人在病房里叹气。不知道吾卿会不会因为她耽误了他的工作而生气。一会儿要是吾卿来了，她该不该问他寒假相亲的事？

吾卿和杨粁相亲这件事，李佳人到记得清清楚楚，没有因为脑震荡而忘掉。

唉……

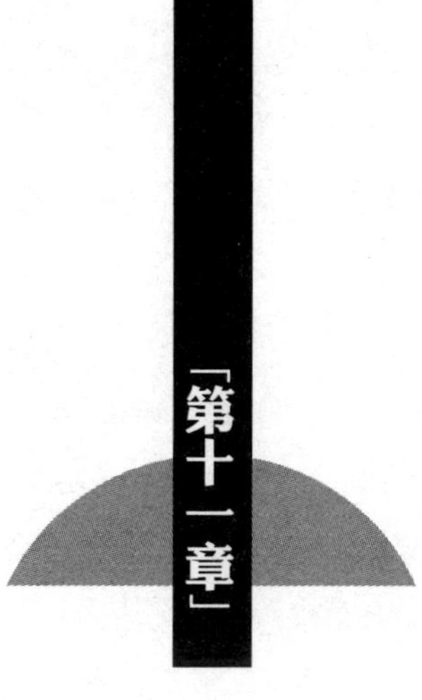

「第十一章」

“佳人的确什么都没有，可是妈，
她有别的……”

Part 1

比预期的时间短了一半，吾卿迅速地和人谈完手上的项目，收拾好东西起身离开公司，准备回S大去找李佳人。

没有事先告诉李佳人他会来，是想给她一个惊喜，可是打车去S大的路上，他就接到了韩言鑫的急电。

韩社长在电话里咋呼地大叫着，说李佳人给铅球砸坏脑子了。

也不知道童大宝和王青青怎么说的，王青青又是怎么传给韩言鑫的，反正事情传到吾卿耳里就成了这样：李佳人在运动会上被铅球砸到，在医院里昏迷不醒，医生说脑子重损，要住院。

韩言鑫呱啦呱啦地叫着："吾卿，你说你家小佳人已经那么笨了，这会儿还被砸了脑子，万一成了傻子怎么办啊？"

韩言鑫说话向来喜欢夸大事实，吾卿深知他的脾气，知道李佳人应该伤得没他说的严重，可还是忍不住担心起来，像有只小手紧紧地抓住他的心脏一般。

万一……韩言鑫说的都是真的呢？

这么一想，人再也按捺不住，没耐心地逼问韩言鑫："有说在哪个医院吗？"

韩社长被问住了。王青青这倒霉孩子，跟他吧啦吧啦一大堆，竟然忘了把李佳人在哪个医院告诉他。

"还不快去问！"卿贵人火了，不顾形象地在出租车上大吼起来。

司机大叔惊惶地透过车镜看吾卿，心想着现在的男孩子啊，真是长得越好看，脾气越差。

被吼了的韩社长赶紧挂掉电话，给王青青拨了过去。那坑爹的孩子，偏偏这时候关机了，韩言鑫叫苦不迭，哭丧着脸又打给吾卿，支支吾吾地说联系不到人。

吾卿都懒得理他，直接挂了电话，边让司机朝 S 大附近学生常去的医院赶，边拨电话给李佳人。

韩言鑫说李佳人送医院有一会儿了，如果这时候能接他的电话就说明醒了，情况应该比韩社长嘴里说的好些，要是没接，那就……

吾卿白皙的额头上渐渐渗出汗来。

许久都没人接听电话，卿贵人的心慢慢寒了下来，难道韩言鑫真的没有乱说？心脏怦怦跳得很快，吾卿喉咙一阵发紧，在听到“您拨打的电话暂时无人接听”之后，颓然地垂下手。

去医院的路上，吾卿想了很多，就算李佳人真的被砸坏了脑子，变成白痴，她还是他的小佳人，丢不得。

你问吾卿为什么这么喜欢李佳人？李佳人身上都挑不到任何优点。学校里的同学、他周围的朋友，以及他的亲人，都无法理解他为什么会喜欢上李佳人。只凭幼儿园那会儿，小佳人天天帮他吃剩饭，他就喜欢了吗？

不，当然不是……

他喜欢李佳人，是因为他一路成长过来，李佳人是唯一一个，不因他的家世，不因他的才能，不因他的外表等各种虚华的表面，就对他示好的人。

幼儿园的吾卿，什么都没有，没有爸爸妈妈在身边，从小由乡下的爷爷奶奶带着，爷爷奶奶都是白手起家，年轻时都是吃过很多苦的，所以在教育小孩子这个问题上，他们并不主张吾卿从小就奢侈。他的吃穿都跟幼儿园的其他小朋友一样，在金钱上，毫无优势。当然，幼儿园的孩子才几岁，对

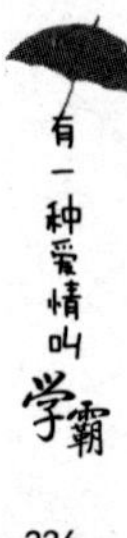

金钱的概念也不深。

反正那时候，吾卿的脸蛋确实长得好看，只是太像女孩子，身体又弱，脾气又差，性格孤僻，在幼儿园中其实并不讨喜，女孩子男孩子都不喜欢和他玩，李佳人是唯一一个。

他什么都没有，没人喜欢的时候，只有李佳人在他身边。后来，他慢慢长大，渐渐地有了很多男生没有的东西，很多女生喜欢他，可是她们的喜欢，都是因为他变得优秀了，他太过于显眼。倘若有一天，他什么都没有，就跟其他男生一样平凡，她们也就不会看上他。

可是他优秀的时候，李佳人却不在了。而他也找不到像李佳人那样，纯粹地对一个人好的人。

从幼儿园到再遇李佳人之前，吾卿想，幼儿园的李佳人的确是单纯的、纯粹的、没心没肺的，这会儿她长大了，或许早已不是最初的她了。

“真心话大冒险”那次，他接了韩言鑫的电话，听到李佳人的名字，说不触动是不可能的。

事过后，他就查了李佳人的资料，暗中观察了她很久。他想从李佳人身上找出点儿杂质，让他结束这十多年来类似强迫症一般的爱情观，可是徒然，他眼里的李佳人，就算是长大了，依旧能和他记忆中的小佳人完全重合。

或许，这就是命中注定，命中注定，不管李佳人是比别人优秀还是不如别人，都不妨碍他喜欢她。

李佳人，他要的只是李佳人而已，要她多优秀做什么？

Part2

吾卿到底是吾卿，就算不清楚医院，但还是能摸个准。

在离S大最近的医院挂号室一问，果然有李佳人，某人微微地松了口气，向柜台的护士道谢后，急急朝李佳人的病房跑去。

吾卿进李佳人的病房的时候，李佳人正准备给他回电话。

刚刚吾卿打电话过来的时候，她已经醒了，可是手机在外套里，她身上穿着病号服，外套被童大宝脱下来放在房间里的另一张空病床上。

她想下床去拿，可是人一动，脑袋就犯晕，感觉整个天地都要颠倒过来似的。

医生让李佳人别乱动的，李佳人胆子小，又怕死，所以头一晕，就不敢下床了，直挺挺地躺在病床上，一动不动。

后来负责她的医生过来查房，她才请医生帮忙帮她拿下手机，结果翻了下通讯记录，发现刚刚是吾卿打来的，就想打过去。

手指刚在手机上按了个“1”字，李佳人就听到有人喊她的名字，声音温温润润的。

“佳人，我来了。”

李佳人闻声抬头朝门口一看，就看到了吾卿穿着军绿色的大衣，迈着长腿走到了她床边。

她还处在呆愣的状态，吾卿已经伸手扶着她的背，把撅起上半身来的她又放回了床上。

“佳人，头哪里被砸了？医生怎么说？你感觉怎么样？”

吾卿自进来后，目光就一直停在李佳人的脑袋上，看看小佳人哪里被砸伤了。

李佳人就刚被砸到的时候，感觉脑袋很疼，醒来后，除了头晕、恶心，只觉得后脑勺儿有些许疼痛，但是还算能忍。可是听吾卿这么一问，她突然感觉脑袋疼得不得了，眼泪唰地就下来了，把吾卿吓了一跳。

“吾卿，呜呜，医生说我脑震荡了。”像个小孩子似的，李佳人小手揪着吾卿的大衣领子，抽着鼻涕哭诉着。

吾卿微微地松了口气，坐到床头，把李佳人抱在怀里，脸贴着小佳人的额头，侧过脸，唇瓣贴在她的脸上，安抚着：“乖，没事啦，我在呢。”

见到李佳人之后，吾卿一路悬着的心总算落了下来。

还好，她只是脑震荡，没被砸坏脑子，还记得他叫什么。

“吾卿，我很不舒服，头晕，还犯恶心。”卿贵人一来，李佳人就忍不住撒起娇来，都忘了之前要问他相亲的事了。

“嗯，是脑震荡的后遗症，一会儿我去问问医生，看看有什么办法可以让你感觉舒服些。”

“医生说没办法，大宝走之前已经帮我问过了，说必须住院几天观察下，慢慢调理什么的。”李佳人可怜兮兮地躲在吾卿的怀里说道。

说起童大宝，吾卿的眉头蹙了蹙，忍不住出声问：“送你来的同学去哪儿了？怎么把你一个人丢这里？”要是他找不到医院，佳人一个人在病房里，出什么事怎么办？

吾卿想着，又一次觉得李佳人的小伙伴们做事很不靠谱。

“大宝啊！她回学校给我拿换洗衣物了，医生让我住院，可这里什么都没有。”李佳人帮童大宝解释，别过头，试图看吾卿的脸色。

总觉得卿贵人刚才的语气好像不大高兴，是因为他在工作被喊过来，所以生气了吗？

唉，她就想让大宝别打扰吾卿的，他那么忙。

李佳人有些不好意思起来，在吾卿的怀里动了动，准备起来，结果被吾卿一手按了下去。

“你头晕乱动什么？”吾卿抓住她的两只手，不由得提高音量。

李佳人不敢再动了，默默地低着头，不安地咬着嘴唇。

吾卿好像真生气了。

“其实，我觉得不是很难受，我这会儿感觉好多了。你不是今天要谈项目吗，要忙的话就去吧，我一个人可以的，有什么事按下呼叫铃就可以了，医生和护士很快就会赶来。而且，大宝和老大她们很快也会……”

李佳人絮絮叨叨还没说完，就被吾卿打断了。

“我是良药吗？你跟我说几句话，一会儿就感觉好了？佳人，不会说谎就不要说谎，你说违心话的时候，声音都发颤，带着那种小委屈，就好像那种小孩子，撒谎说‘我不喜欢吃糖’，可是又眼巴巴地看着你吃的感觉。”吾卿嘴贴着李佳人的耳边说道。

李佳人感觉耳朵痒痒的，也不知是害羞还是因为被吾卿揭穿了心思，小脸涨得红红的，别扭道：“我以为你被喊过来，耽误了工作，生气了。”

吾卿捏了下她的鼻子，无奈道：“生气是生气，但不是因为工作，项目我早谈好了，本来就打算今天来看你的。我气的是，你一点儿都不会照顾自己，连参加个运动会，都能给我整出个脑震荡来。佳人，我在想，要没了我，你怎么办啊？”

李佳人两只小手，食指对着食指，垂着头，小声嘀咕：“我有老大、大宝，和小毛嘛！”

吾卿冷冷地乜了她一眼，要不是看这孩子脑震荡了，不然他真有点儿忍不住想敲下她的脑袋。

她到底听不听得懂他的话？

哦，原来在她心里，他和她那些蠢萌的小伙伴是一条线的？

卿贵人吃味了，没好气地把李佳人从怀里拉了出来，扔回了被窝里，不过动作还算轻柔。

“我去找医生问一下情况，你先在这里躺会儿。”

李佳人听话地躲在被窝里，眨着眼睛看着脸色阴沉的吾卿，终于忍不住多问了句：“吾卿，你是不是嫌我笨啊？”

看倒霉孩子那战战兢兢的样子，吾卿心软地伸手摸摸李佳人的小脸，微笑地叹气：“要嫌弃你，我就不来了。乖，别乱想，脑震荡乱想脑袋会疼的，到时候变更笨了怎么办？”

李佳人“哦”了一声，将被子往上拉了些。

吾卿在李佳人嘴上亲了下，留了句“等我回来”，然后就出了病房去

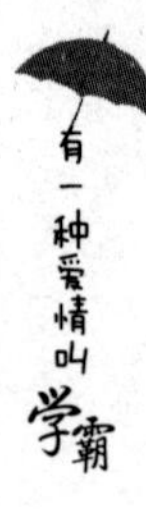

找李佳人的主治医生，只留下李佳人一个人呆呆地望着天花板。

吾卿是真心对她好的，真的喜欢她。和杨籽相亲的事一定是意外啦。李佳人暗自想。

被吾卿说中了，脑震荡乱想真的会头疼，果然，她才想一点儿东西，头又疼了。

赶紧把脑袋里的那些杂念全晃掉，李佳人告诉自己，她这样吾卿都不嫌弃，她更不该瞎怀疑他的。

两人在一起，需要信任的啊！

她实在是太不应该了，竟然还怀疑卿贵人那样的好男人。连老天爷都看不过去了，所以她才被铅球给砸了。

嗯，就是这样。

Part3

检查结果出来，李佳人只是轻微脑震荡，修养一阵子就好了。

周一，李佳人出院，吾卿跟公司请了假，带着李佳人和她的小伙伴们去外面餐馆吃饭。

医院伙食太淡，李佳人好几天没吃到肉了，特别想吃。

吾卿带着李佳人她们去吃山城火锅。

包厢里空调温度打得很高，众人一进去，就感到热了。

王青青她们脱了外套，就跟饿狼似的找了位子一屁股坐下，拿着菜单点菜。

李佳人呆呆地站在一旁，动作笨拙地解她大衣的扣子。她脑震荡还没好全，虽然医生准许出院了，可是还是会感到头晕和恶心，更难过的是，她的反应比以前更迟钝了，做什么都比人家慢很多。

医生说这也是脑震荡后遗症之一。

吾卿把自己的大衣脱掉，里面是灰色的羊毛衫，配着白色的衬衫，将袖子挽起，回头看李佳人，倒霉孩子扣子还没解完，正眼巴巴地看着王青青她们围着菜单点这点那，眼神羡慕得不得了。

李佳人想，她连脱件外套都比人慢，一会儿吃饭的时候，伸筷子也比伙伴们慢，那她就吃不到多少了。

一想到待会儿自己得眼巴巴地看着老大她们把肉给夹走的情景，她就郁闷了。

万恶的脑震荡啊！

一只手突然伸到李佳人面前，几下帮她把解不开的纽扣给解了，把厚重的大衣脱下，放到椅背上。吾卿体贴地帮她把椅子拉出来，揽着她的腰带她坐上去，在她耳边细声道："一会儿想吃什么给我个眼神，我给你夹。"

李佳人感激地抬头看向吾卿，对着他眨眼。

她不能点头，点头会头晕。

跟吾卿吃过几顿饭了，知道吾卿慷慨，所以王青青她们点起菜来，一点儿都不手软，把贵的都来了一份，以前不舍得吃的，现在全给点了，反正吾卿有的是钱。

三人把自己想吃的点完，还算有良心地把菜单拿到李佳人面前，让她继续点。

李佳人粗略地看了下菜单，已经点了很多了，五个人根本吃不下，就没再点，把菜单推给王青青，让王青青给服务员，结果吾卿却拦住了她，在菜单上多要了三份羊肉卷，还有一盆干锅牛蛙。

钩完把笔放下，吾卿朝李佳人眨了眨眼，李佳人红着脸，在桌上偷偷地伸出手指在吾卿的手心里挠——亲爱的，你怎么知道我最爱吃这两样。

不知道怎么当你亲爱的。吾卿回了个眼神。

王青青递菜单去了，孙小毛和童大宝忙着给大家用清水刷碗筷，谁都没注意李佳人和吾卿间的小动作。

菜一盆盆被摆上来，李佳人的小伙伴们看着自个儿都觉得难为情了。

“吾卿啊，你看，这次又害你破费了。点这么多，吃完肯定要撑死了。”王青青边说边已经把筷子伸进了那盆牛蛙里，面上看不出一丝客气的样子。孙小毛和童大宝也是嘴上跟吾卿客气了几下，手上动作一点儿也不含糊。

李佳人偷偷地看了眼吾卿，为自家小伙伴们表以抱歉。

吾卿倒不在乎，好像已经习惯李佳人的小伙伴们的行为，自顾自给李佳人倒果汁，垂着眼淡定地回道：“这顿算韩言鑫账上的，你们韩社长一会儿过来。”

听到韩言鑫的名字，王青青反应最大，瞬间将脸从饭碗里抬起来，惊诧道：“韩骚包来做什么？”

吾卿给李佳人夹牛蛙，瞥了王青青一眼，嘴角含笑道：“佳人住院他没空过来看望，这顿饭算他赔礼的，庆祝我们佳人今天出院。”

王青青“哦”了一声，又感觉哪里不对劲：“佳人住院那两天正好是双休，他双休都没空过来，怎么周一有空请我们吃饭了？”

吾卿眼神玩味地看着王青青，模糊不清地戏谑道：“双休我们佳人在医院，你也在医院，有些事不好在医院解决，所以今天正好。”

“什么事啊？跟我有关？”王青青被吾卿这话弄得感到莫名其妙起来，韩言鑫请吃饭，跟她在不在医院有什么关系？

王青青正困惑着，包厢的门突然被人推了开来，多日不见混迹职场的韩社长依旧以那副吊儿郎当的姿态出现在大家面前，一看到王青青就扑了过去，抱着人王青青就亲人脸蛋，嘴里唤着：“亲爱的，想不想我？”

王青青惊得眼珠子都快掉下来了，当即炸毛地一巴掌朝韩社长的脑袋扇了过去，大吼道：“你发什么神经呢！”

韩言鑫难得被打还没跟王青青叫板，只是让与王青青坐在一起的孙小毛坐旁边去，自己占了孙小毛的位子，拉着王青青的手，嘴里说着“青青，你还是这么暴躁”，目光却看着门外。

李佳人她们顺着他的眼神看过去，惊愕地发现门口还站着一个人，是个形象气质俱佳的美女。

美女手上还拎着名牌包包，典型的白富美。

跟那美女一比，李佳人和她的小伙伴们瞬间乡土了。

韩言鑫不停地给对面的吾卿使眼色，手还紧紧地抓着一旁盛怒的王青青。吾卿笑了笑，朝门边的美女招招手：“杨籽，吃饭了吗？过来一起吃吧。”

杨籽？

这名字一被吐出来，李佳人和她的小伙伴们都惊呆了。

一直忙着吃的孙小毛和童大宝都停下了筷子，呆呆地看着迈着高跟鞋走过来的美女。

杨籽？那不就是黄露惠那校报上传说和吾卿相亲的千金小姐吗？怎么跟着韩言鑫一块儿过来了？

其他人的视线都在杨籽和继续给李佳人夹菜的吾卿身上打转，可是杨籽竟然看都没看吾卿一眼，只是咬着嘴唇走到一头往王青青怀里蹭的韩言鑫身旁，高傲地对着已经让开一个座位的孙小毛说：“麻烦你能不能让个位，我要坐这里。”

孙小毛囧，为啥又让我让位，大小姐你不是卿贵人的绯闻对象吗，你不该坐吾卿身旁吗？你跟我们韩社长坐这么近做什么？

看杨籽目光一直围着韩言鑫转，王青青隐隐嗅到了些什么，难道这美女喜欢的是韩骚包？

看了看杨籽，又看了看一个劲儿躲在她身边的韩言鑫，王青青自行脑补了一朵鲜花插牛粪上的情形，感觉很满意，于是拍了拍桌板，对杨籽热情地说：“来来，美女，你坐我这里。”

王青青要起身，结果被韩言鑫抱住了腰。

韩社长黑着脸对着她咬牙切齿：“青青，你忘了年初你爸到我家提亲

的事啦？你爸哟……他……”

他还没说完，就被王青青用手捂住了嘴。

王青青恨恨地瞪了他一眼，又慢慢地挪回凳子上，尴尬地朝杨籽笑，撒谎不脸红道：“那个，我家鑫鑫特黏人，就爱和我坐。”

李佳人和小毛大宝都愣住了。

这到底是怎么一回事？

李佳人求解地望向吾卿，杨籽不是和他相亲的吗？

吾卿安慰地对她笑笑，凑近她咬耳朵：“知道黄露惠那报纸为什么越办越差吗？新闻注重时效性，她那都是老新闻了。”

李佳人愣愣地看着他，原来新闻的事他都知道。

可是他怎么都没有跟她说过这事？

似乎看出了她的疑惑，吾卿弯起嘴角，继续小声说：“我本来就没当回事，没想到你这么在意，还因为这被铅球砸了头。佳人，我很高兴你在乎我，但是还是要注意点儿安全的。”

李佳人囧，羞愧地低下头。

一定是小毛她们在医院里跟吾卿瞎说自己是看了那绯闻，才失魂落魄地被铅球砸到的。

虽然事实确实是这样。

“那么，你那次真和她相亲了？”李佳人还是忍不住拉拉吾卿的袖子，看着逼着孙小毛让座，要坐在韩言鑫身旁的杨籽。

“一开始以为是普通饭局才去的。”吾卿别过头说，唇瓣正好贴在李佳人凑过来的小嘴上。

李佳人涨红了脸，撤回身子，再也不多嘴了。

Part4

孙小毛最终还是抵不住杨籽的眼神荼毒，乖乖地让了座位，老老实实地和童大宝凑在一起只顾着吃。

菜一上来，杨籽就只管给韩言鑫夹菜。

韩社长“给脸不要脸”的功夫学得一流，一脸嫌弃地把杨籽夹的菜全夹了出去，然后去抢王青青饭碗里的肉，就算被王青青瞪得要死，依旧乐此不疲。

这架势，谁都看得出来，杨籽在倒贴韩社长，但韩社长还看不上人家。吾卿相亲的绯闻九成是假的。

一顿饭吃得莫名诡异，不过终于不被吾卿相亲消息困扰的李佳人，吃得很开心。

吾卿给李佳人夹了很多肉，李佳人真的是吃到撑了，从包厢一出来，就跑去厕所吐了。

脑震荡真是各种不好，不吃也要吐，吃了也要吐。

等李佳人回来，发现孙小毛正用一种很诡异的目光看着她。

李佳人头皮发麻地躲在吾卿身后，吾卿笑呵呵地揽着她的肩膀。

碍于杨籽这个突然杀出来的外人在场，孙小毛她们就算好奇，也没敢问“佳人，你是不是怀孕了？最近看你吐的”。

要孙小毛她们问了，李佳人一定会很不屑地告诉她们，你们一定是没得过脑震荡的人，所以不知道脑震荡会常常头晕呕吐。

这病症状还真的很像怀孕。

囧。

王青青不知道受了韩言鑫怎样的威胁，竟然真和韩言鑫在杨籽面前装起了情侣，不等杨籽继续黏上来，韩社长就带着王青青上了辆出租车闪人了。

杨籽在马路边气得直跺脚，用漂亮的凤眼瞪吾卿：“你不是说他没有女朋友的吗？”

吾卿笑，冤枉地说：“女朋友这么私密的事，他不愿意告诉我，我也

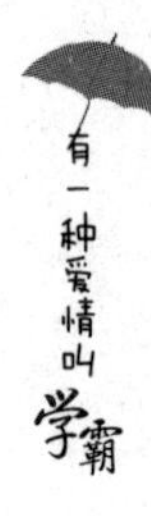

没办法啊。你喜欢他的话，何必在意他有没有女朋友。”

李佳人偷偷地拉吾卿，卿贵人你这不对啊，你这话是让人做小三啊！

吾卿安抚地拍拍李佳人的手，朝她眨眨眼睛。

果然杨籽恨恨道：“我像是那种会当小三的女生吗？吾卿，我们认识这么久了，你就算不喜欢我，也不能诋毁我的人格。”

吾卿扶额：“杨籽，我真没诋毁你。你既然不愿做小三，就放手吧。”

杨籽噘了噘嘴，沉默地低着头不理他。

吾卿也懒得自讨没趣，让孙小毛她们帮李佳人再请几天假，说李佳人后遗症还没好，他准备带她回他的公寓修养几天。

修养是假的，温存是真的。

孙小毛和童大宝同学虽然心里跟明镜似的，但也不好拆穿卿贵人，当即头点得跟小鸡啄米似的。

杨籽见自己被晾在一边没人搭理，不开心了，指着李佳人问吾卿：“她一顿吃多少啊，你这么喜欢她。”

吾卿笑笑：“我喂多少吃多少。”

不知道杨籽为什么会突然问这句，但是吾卿的回答，让李佳人又脸红起来。

杨籽不屑地哼了一声，踩着高跟鞋走了，临走前还不忘骂咧几句：“我到底倒了什么霉，看上的都这么奇葩，口味这么重！”

李佳人和她的小伙伴们都石化了。

大小姐刚刚是在骂她和王青青吧？顺便把吾卿和韩社长一起骂了？

啊哦！

吾卿带着李佳人回市区的公寓路上，跟李佳人解释了韩言鑫和杨籽的事情。

原来吾卿实习的公司董事长正好是杨籽的姑父，那时候杨籽还没遇到韩言鑫，心思还在吾卿身上，学校一放假，她就往她姑父的公司跑。

吾卿一直是那副不搭理她的样子。

时间久了，向来高傲的杨籽也觉得自己这样死缠没意思，渐渐对吾卿没了心思。

恰好那阵子，吾卿为了躲杨籽，常常让韩言鑫去帮忙拦杨籽。韩言鑫性格很活泼，跟谁都自来熟，本来秉着帮吾卿的目的去招呼杨籽的，哪知道在吾卿那边受挫的杨籽，碰到热情的韩言鑫，很快就移情别恋了，开始倒追韩言鑫。

一开始韩言鑫还没感觉，杨籽来公司，他都以为是冲着吾卿来的，就自动帮忙撒谎骗杨籽吾卿不在，然后把人家姑娘带离吾卿的视线。

本来是没什么问题的。

可是问题就是，后来几次杨籽不是冲吾卿来的，是冲他韩言鑫来的。杨籽一进公司，就碰到习惯性凑上来的韩言鑫，这让后来喜欢韩言鑫的杨籽，又一次产生了误解，以为韩言鑫喜欢她，所以他才老撒谎吾卿不在，要带她走。

等韩言鑫发现不妙的时候，来不及了，杨籽已经彻底黏上他了。

好不容易双休了吧，可以好好休息了，可是韩社长一大早就被门铃声吵醒，开门就看到杨籽打扮得花枝招展的，站在他家门前对他抛媚眼。

韩社长被吓得那叫一个惨。

双休躲哪儿，杨籽跟到哪儿，后来才知道那姑娘竟然偷偷在他手机上设了定位器。

所以说，没事买 iPhone 做什么，被人跟踪了都不知道。

韩言鑫觉得自己已经够变态了，没想到杨籽比他还变态，竟然干起了跟踪良家妇男的事。

总算开始理解吾卿当初心情的韩言鑫又一次甩掉杨籽后，去找吾卿帮忙，结果某人真的是过河拆桥，只是无情地丢了句：“我当初要甩得掉，还用得着你帮忙吗？”

什么叫“搬起石头砸自己的脚”，就是韩言鑫这种。

最后走投无路的韩言鑫，在吾卿的授意下，只能去找王青青帮忙，心想着自己有了女朋友，杨籽应该不会再缠上来了。

听完吾卿的述说，李佳人还是有些不解地问他：“韩社长要找人假装女朋友，为什么偏偏找上老大呢？他不是和老大，两看生厌吗？”

吾卿神秘地笑笑：“这得问韩言鑫。”

李佳人似懂非懂地点点头。

后来有机会，李佳人再次碰到韩言鑫问了这事。韩言鑫笑得一脸狡诈地回答：“这还用想，当然因为熟啊！”

李佳人囧，另一头就听到她家老大在号叫。

“听他瞎扯什么，他不就是揪着我的小辫子，当我是软柿子好捏嘛。”

王青青被韩言鑫抓了什么小辫子呢？

这还得怪王青青自己不争气。

她从小到大不修边幅，性格粗鲁暴躁且猥琐，活了二十多年，别说谈恋爱了，就没见有男生喜欢她，关键是她自己就太像个汉子了。

这一点让王青青的爸妈很担心。王青青的爸妈和韩言鑫的爸妈是发小，平时和王青青玩的男性也就韩言鑫一个。

所以担心女儿日后嫁不出去的王爸爸和王妈妈，无奈之下，在某一天带着两只大羊腿隆重地拜访了韩言鑫家，隐隐有意思是希望韩言鑫和王青青凑一对。

这事后来被王青青知道了，当然千万个不愿意啊，和家里吵了一架，结果她爸心脏病发了，王青青就软了下来。

结果韩言鑫一直拿这事笑她。

囧，真的是各家青梅竹马事不同。

只是李佳人弱弱地觉得她家老大不像是那么容易屈服的人，里面应该有猫腻吧。

Part5

晚上，在吾卿的公寓，吾卿给李佳人做了头部按摩，然后让她去洗澡睡觉，他自己则开电脑做事。

假不是白请的，该做的事还是得做。

李佳人洗完澡出来，看到吾卿还在电脑桌前忙碌着，怕打扰他，连电视都不看了，直接躺在床上睡觉。

吾卿的新公寓布置得跟他在学校的公寓一个样，从某种程度上，可以看出，卿贵人不是个见异思迁的人。

房间里开了空调，被子又是轻柔的羽绒被，才八点多，本来没什么睡意的李佳人，躺了没多久，就困得眼睛都睁不开，不知不觉地就睡着了。

要不是被王青青的电话吵醒，李佳人估计一觉要睡到天亮。因为吾卿睡下的时候，都没忍心叫醒她。

王青青打过来的时候，都已经凌晨一点多了，那会儿吾卿抱着李佳人正睡得香甜，被突然吵醒，难免有些不爽。

李佳人拿着手机边和王青青说话，边要从床上下来，准备去阳台打，结果手刚掀起被子，就被吾卿按了下去，整个人被某人霸道地圈在怀里。

“外面冷，就在这里聊吧。”吾卿把头埋在李佳人的颈边说。

李佳人“嗯”了下，拿着手机听王青青发牢骚，主要说的是韩言鑫这人怎么怎么极品，自己惹事，拉着她去擦屁股。她活了二十多年，头一次被人啃脸，当然小时候她爸妈啃不算。反正就是骂韩社长的，吧啦吧啦一大堆，李佳人都插不上话。

骂累了，王青青又开始羡慕起李佳人来，说她大难不死必有后福，被铅球砸一下，就能和吾卿腻歪了，羡慕死人。

李佳人囧，她宁愿不要和卿贵人腻歪，也不想被铅球砸好吧。

老大真的是没被铅球砸过，不知道脑震荡多可怜，她这会儿连对着手机久了都感觉头疼。

王青青应该喝了酒了，话特别多，一时没完没了。

李佳人还能从手机里听到童大宝的咆哮声："老大，你再闹下去，估计全校人都知道你因为被韩言鑫占了便宜发酒疯呢！"

"其实我觉得韩社长人也不错啊，虽然比起卿贵人是差了点儿。"还有孙小毛的声音。

李佳人被手机里小伙伴们的大嗓门儿震得有些头疼，犹豫着要不要跟老大说拜拜，身后的吾卿已经伸出手来，抢过她的手机，一把按掉，丢在了床头柜上。

李佳人囧，嘤嘤地问吾卿："什么都不跟老大说，就这么突然挂了电话好吗？老大要生气怎么办？"

吾卿把李佳人还裸在外面的小手藏进了被窝里，眯着眼很困地说："半夜三更扰人清梦才是不好的，你后遗症还没好，手机听多了会头疼。快别想了，睡觉吧。"

李佳人赞同地"嗯"了一声，觉得吾卿的话有道理，并且又一次被吾卿的心有灵犀给震撼到，她头疼都没说，吾卿就知道了。

这种微妙的感觉让李佳人内心觉得甜滋滋的。

第二天一大早，吾卿要先去公司一趟，交下工作任务，留李佳人一个人在家看电视，他很快就回来。

李佳人听话地待在吾卿的新公寓里，拿起昨晚两人吃晚饭的时候，在街上买的毛线球，给吾卿织围巾。

大一的时候，学校堕落街上有家毛线店，谁要在那里买毛线，老板娘都会教织围巾。冬天一到，那家店常常聚集很多学校里的女生，大多是有男朋友的，想冬天给对象织条围巾。

李佳人那时候因为图新鲜，也常常和室友们光顾那毛线店，从而也学会了织围巾。

李佳人其他方面比较笨拙，但手工方面真的很有天赋，她织的围巾都可以当作店里的样品了。

吾卿走了有一个小时，李佳人就织了小半条围巾，突然听到有人按门铃。

一开始以为是幻听，但仔细一听，是真有人按门铃。

估计是吾卿回来了，忘了带钥匙了。

一想到是吾卿，李佳人欢脱地去开门，看到来人时，她茫然地瞪大了眼睛。

门外站着的是一个漂亮阿姨，不是吾卿。

那阿姨看到李佳人也愣了下，眉头下意识地皱起。

李佳人隐隐地发现，这阿姨长得跟吾卿有点儿像，难道是……

"你是谁？怎么会在我儿子的公寓里？"

没等李佳人说出心中猜想，那阿姨已经率先开口了，语气听起来很是不善。

李佳人只觉得太阳穴猛烈地跳腾了几下，忍不住就头疼起来。

没想到会在这种情况下见到吾卿的妈妈，李佳人一点儿心理准备都没有，只知道笨拙地把人领进屋，然后去端茶送水。

"那个……阿姨，我叫李佳人，我……我是吾卿的女朋友。"

像小燕子碰见老佛爷似的，李佳人结巴地朝坐在沙发上面色阴沉的吾妈妈自我介绍。

吾妈妈是聪明人，立刻就知道李佳人是谁了，脸色更难看了，都懒得理她，只是把茶喝了，居高临下地坐等吾卿回来。

李佳人战战兢兢地站在一旁。

吾卿从公司回来的时候，就看到他家小佳人颓丧地站着，沙发上还坐

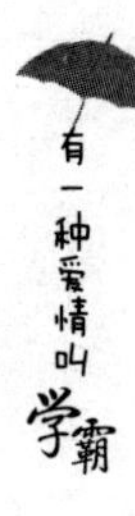

着个不速之客。

吾卿硬着头皮上去喊了声：“妈，你怎么来了？”

吾妈妈拿眼瞪儿子，恨恨道：“我要不来，怎么知道你在外面跟别人瞎搞。”

吾卿神经抽了抽，他妈这话说得，他怎么瞎搞了？

李佳人一看到吾卿过来，就偷偷地挪着脚步躲在他后面。

她虽然反应迟钝，但是吾卿妈妈不喜欢她，她还是能感觉到的。

察觉到李佳人的紧张，吾卿伸手握了握她的手，冷着脸对吾妈妈道：“佳人的事，我们之前就谈过了，我不想再跟你谈这些。”

吾妈妈怒了，气得一掌拍在桌面上：“你以为我想和你谈这些事吗？你要找个杨籽那样的，我会说你？”

吾卿黑下脸来，冷声道：“我喜欢谁我最清楚，你别老帮我瞎凑。”

“我就给你凑了杨籽一个，怎么老瞎凑了？这什么佳人的有什么好，一开始我以为就家庭条件差，这会儿看看，全身上下都挑不到一点儿好的，长得一副呆样，连泡杯茶，都用温水泡，怎么看怎么不顺眼。她到底有什么啊？让你这么鬼迷心窍！”吾妈妈气急败坏。

躲在吾卿身后的李佳人被吓得直往后退去，她有预感吾卿爸妈会嫌弃她，可是没想到，他妈妈这么讨厌她。

李佳人觉得很是难堪，她本能地想逃避，可是吾卿就站在她身边，一直紧紧地抓着她的手，让她舍不得逃。

她知道自己不够好，配不上吾卿，可是，她真的喜欢吾卿，她会尽自己最大努力对他好的。

心里纠结了很久，李佳人开口想要把自己对吾卿的心思说给吾妈妈听，希望能得到吾妈妈的理解，可是她一开口，话都没说出来，就是一阵干呕，把吾妈妈吓得脸色都白了。

脑震荡的后遗症实在是太折腾人了，她今天已经不止吐了一次了。

不想给吾妈妈带来更不好的印象，李佳人捂着嘴就往浴室跑去，对着水池就是拼命地呕吐。

吾妈妈脸色青一阵白一阵地望着李佳人离开的方向，表情呆滞地看着儿子，愣愣地问："她那是怎么回事？"

吾卿一眼就看出了他妈在猜测什么，见李佳人还待在浴室没出来，就顺水推舟地故意撒谎道："佳人的确什么都没有，可是妈，她肚子里有。"

这下吾妈妈的脸更白了，张了张嘴，最终没有再说话。

李佳人吐完出来，发现吾妈妈看自己的眼神都不对了，没之前那么冷了，就是怪怪的，老盯着她的肚子看，嘴上不骂了，话也懒得说了，一个人坐在沙发里，好像在思考什么。

李佳人踌躇着自己要不要上去示好，结果被吾卿拉进卧室，扒了外套塞到床上。

"你身体不舒服，去睡会儿。"吾卿摸摸李佳人的头。

李佳人囧，她最近差不多一直在床上躺着，都躺累了，根本睡不着啊！何况吾妈妈在这里，让她怎么能安心睡觉呢。

李佳人挣扎着要起来，一个人影突然闪到她面前，大力地将她按在床上。

这人不是吾卿，是吾卿妈。

"身体不好就多躺躺，瞎动做什么。你不想睡觉，别人还想睡。"吾妈妈冷冷地说着，眼睛依旧直勾勾地盯着李佳人的肚子看。

李佳人惊愣住，一头雾水地看着吾卿和吾妈妈，慢慢地反应过来，肯定是吾妈妈要睡觉了，但看到她眼前晃，睡不着，所以让她睡觉来着。

好吧，她还是听话躺着，别再讨吾妈妈嫌好了。

Part6

李佳人一觉睡醒起来，吾卿妈妈已经走了，连饭都没吃一顿。

她心里很是郁闷。

吃中饭的时候，李佳人终于忍不住，担心地问吾卿："你妈妈是不是很不喜欢我？她好像很反对我们在一起，怎么办啊？"

吾卿扬着嘴角，微笑地给李佳人夹肉，然后对着她眨了眨眼，意外地道："佳人，我们结婚吧。"

李佳人又一次被惊吓住，呆愣地看着吾卿，结结巴巴："为什么突然要结婚？那个，我们还没有毕业啊！"

吾卿抿了抿唇，解释道："是没毕业，不过法定年龄到了，我们大学是允许在校结婚的。"

话是这么说，可是李佳人还是觉得很突然，垂着头想了会儿，幽幽地问："是因为你妈妈不喜欢我，所以你才急着要和我结婚，让你妈妈死心吗？"

这样的话，就算结婚，吾妈妈也不会喜欢她啊！万一知道她和吾卿偷偷结婚了，吾妈妈会更加讨厌她吧。

看出了李佳人的担心，吾卿微笑着安慰她："放心好了，结婚的事，我妈不反对。"

"呃？"李佳人惊疑地抬头，很是困惑，"怎么会呢？阿姨那么不喜欢我，怎么会同意我和你结婚？"

"她不喜欢是她的事，我喜欢就够了。我妈知道她逼不了我，又舍不得我这个儿子，最后就同意了。佳人，你什么时候打个电话给你爸妈，说一下我们结婚的事。"吾卿干脆地回道，似乎想掩盖些什么。

不能让佳人知道，他妈是以为佳人肚子里有了他的孩子，才会松口让步的。

他想早点儿结婚也是有原因的，那就是努力造孩子啊，不然到时候佳人的肚子不鼓起来，他妈不气死才怪。

问题就是，孩子这回事，光亲亲抱抱是没有用的，还需要爱爱。

吾卿和李佳人还没有爱爱过，虽然李佳人一直以为有。

可是到底有没有，吾卿最清楚。两人同居过一阵子，在一张床上也睡过很久了，不是吾卿没有欲望，而是珍惜小佳人，不想在什么都给不了她的情况下，就要了她。

李佳人歪着头，想想还是不明白。

“既然阿姨最后让步了，那我们为什么还要急着结婚呢？”

吾卿沉了沉脸，小佳人关键时候倒也不呆。但是直接告诉她想急着造人，那就不是闷骚的卿贵人了。

吾卿咳了咳：“佳人，你问这么多，是不想和我结婚吗？”

一句话又回到了他们最初的时候，李佳人赶紧伸手做“×”。

“不是，不是这样的，我想和你结婚的。”

“那你是不想这么早对我负责？你知道，我第一夜是给你……”

“不，不是，我说过我会负责的。嗯，早结婚就早结婚吧，我愿意负责的。”李佳人急得涨红了脸。

吾卿满意地点点头，安心地吃了一口饭，声音温润地说：“那么，就结婚吧。”

李佳人：“……”

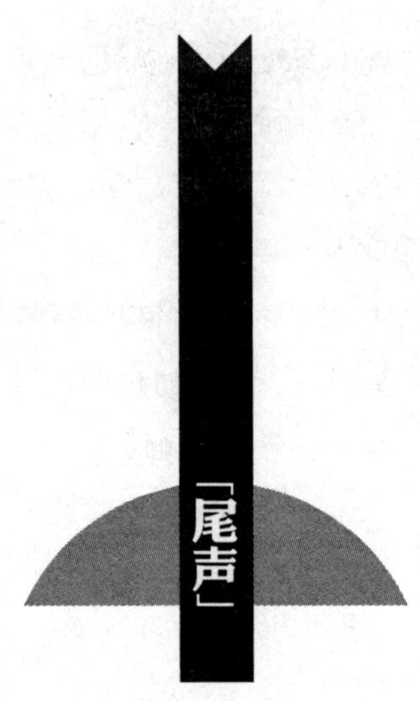

「尾声」

李佳人和吾卿要结婚的消息，来得很突然，把所有人都吓了一跳，除了吾妈妈，因为她早就被吓过一跳了。

但即使很突然，这桩婚姻还是得到了很多人的祝福。

两人是先注册后办婚礼的，婚礼确切办的时间，是在吾卿大四毕业，李佳人准备升大四的那个暑假，也就是吾卿提出结婚的半年后。

李佳人和吾卿的婚礼，是由吾妈妈一手操办的。吾妈妈向来爱面子，所以婚礼设在了他们老家最好的五星级酒店里，整整摆了五十桌，把李佳人和她的小伙伴们都给惊呆了。

婚礼一结束，两人去了早就决定要去的三亚，既当作是李佳人的暑期旅游，又当是两人的蜜月。

回来之后，没休息多久，吾卿在老家注册的新公司开张了，一直忙里忙外，而李佳人也忙着实习。

生活全发生了改变，除了李佳人的肚子。

自吾卿和李佳人结婚回老家后，吾妈妈几乎隔三岔五就往吾卿家跑，主要是看李佳人，确切地说，是看李佳人的肚子，每次来都带着满满的一堆补品。

见到李佳人，总会忍不住摸几下她的肚子，然后自己嘀咕："都这么多个月了，肚子怎么才这么大。"

每次吾妈妈唠叨这事，那晚吾卿准会睡地板。

谁叫吾卿撒这个谎啊，现在她都不知道该怎么办了。

两人注册结婚是在过年的2月，成为合法夫妻之后，卿贵人就再也不大晚上冲冷水澡了，自然地把小佳人给吃了，努力造人，好给他妈一个交代。

虽然日子上和吾妈妈以为的差了几个月，但是小佳人还是很争气的，第一次就中枪了，怀上了。

而新婚夜的第一晚，也让李佳人认清了她家卿贵人是怎么样的一匹腹黑的狼。

那次才是她和吾卿的第一次，可是那家伙硬生生地骗了她那么久，喝了她那么久的鸡汤都不脸红的，竟然还哄骗她和他同居了。

一想到这里，李佳人就觉得她家卿贵人很可耻。

不带这样拐骗良家女孩儿的。

但这不是最可恶的，最可恶的是，他竟然还骗吾妈妈说她怀孕了，所以吾妈妈才同意他们结婚的，害得她被蒙在鼓里好几个月，还每次都听话地把吾妈妈送过来的补药给喝光。

她以为是补身的，不知道是补胎的。

她以为吾妈妈对自己态度转好是喜欢她了，不知道是喜欢她肚子里的孩子。

一想到自己被骗了这么久，先是被骗同居，后是被骗结婚，好脾气的李佳人就忍不住发火了，让吾卿睡地板去了。

吾卿倒也不生气，乖乖地抱着被子去睡地板，心里感叹着，怀孕的女人就是脾气大，但是也很可爱，不是吗？

「一生所爱番外」

重要的是，她还在他的身边。

李佳人怀孕了不好常出门，大四临近毕业，其他人都在忙着找工作，李佳人被吾妈妈留在吾家的大别墅里养胎。整天除了吃睡，就是躺在床上看书，她打算先考个造价员证书，等日后生了孩子，出去工作，可以去她堂哥在的建筑公司实习，当个普通预算师。

她堂哥在那建筑公司当施工经理，还算说得上点儿话。佳人爸妈担心女儿嫁去吾家，什么都不会，招人嫌弃，所以好几次提着东西上门拜托大侄子给佳人打点儿下关系，好让佳人日后也有份工作。

不就是个工作嘛，佳人的堂哥李珏一句话“好说”，就把这事给定下了。回头李佳人爸妈跟佳人说了这件事，佳人很高兴，虽然没自信自己能百分百考上，但佳人很激动地跟爸妈保证自己一定会好好看书，努力考证的。

证书还没考到手，事情还没定下来，李佳人便没有跟吾卿说这个事，打算等一切落实了，再跟他报备。

吾卿正好新公司忙，白天一直在公司，晚上回郊区别墅的时候也已经很晚了，好几次他回家，佳人都已经躺床上睡了。

佳人本就睡得沉，有了孩子之后，睡得更沉了，吾卿自然是不忍心吵醒妻子的，回来后洗澡都是去的客服，洗完回屋，进门都是蹑手蹑脚的，到了床上，才把佳人抱着枕头的小手掰开，环在自己的身上，让她抱着他睡。

佳人睡得早，醒得也早，主要是肚子里的宝宝一大早就开始动了。就跟肚子上安了闹钟似的，一到六点，她就准时被宝宝的小脚给踢醒，醒来，就看到她家卿贵人一脸香甜地睡在她身旁，晨光打在他好看的脸上，她凝望着那张温柔的睡颜，觉得幸福。

半个小时候之后，吾卿听着闹钟醒来，总能看到他的小妻子趴在一旁痴痴地看着他，见他睁眼，她便尴尬地吐舌头，像条哈巴狗。

他逗弄似的伸手揉了揉她软毛毛的头发，然后起床洗漱，吃早餐，去公司，临走前不忘在可怜兮兮地站在门口的她的额头上印上一吻。

当初结婚时，不被很多人看好的婚姻，在吾卿的眼里却十分完美，何为幸福，幸福并不是两个身份地位相当的家庭组合在一起，幸福应该是你内心的渴望得到满足，每次醒来，看到那张因为怀孕而越来越圆润的小脸，看着所爱的女人肚子里怀着自己的孩子……

不登对，不般配，又有什么关系，日子是他过的，旁人说再多，都不过是废话。他认定的女人，不管她是否优秀，她都是他的妻子，他孩子的母亲。

送完吾卿上班，李佳人回房间继续看书，到休息点才休息。

不知道是不是遗传了爸爸的聪明才智，李佳人每次看书的时候，肚子里的宝宝就特别乖，都不乱动。李佳人跟室友们聊起自己的宝宝来，总是无比自豪。只是后来大家都知道吾修衙同学并不是继承了父亲的聪明才智，他是完全遗传了母亲的懒。

是宝宝懒得动。

自从李佳人怀孕后，吾妈妈把工作给辞了，专职在家等着她家小孙子快出世。

在家没事干的吾妈妈，迷上了打麻将，天天下午约几个朋友来家里打麻将，李佳人在楼上看书，她就在楼下打牌。别墅很大，隔音设施又很好，所以并不会吵到李佳人。

有次李佳人看书累了，想要出去走走，打算去花园散个步，途经大厅的时候，正好遇到保姆刘姐端着水果拼盘给旁边棋牌室的吾妈妈她们送去。

李佳人甜甜地跟刘姐打了个招呼，刘姐高兴地回了她一声，从果盘里挑了块大猕猴桃给她吃，说一会儿也给她做一盘送去花园。

刘姐在吾家十多年了，以前是在乡下小镇上伺候吾爷爷吾奶奶的，听说佳人怀孕了，吾皇同志不放心儿媳请的保姆，硬是把刘姐派了过来照顾孙媳妇。吾妈妈一开始不答应，觉得刘姐走了，二老没人照顾，但无奈吾皇同志是个老顽固，宁愿自己再招聘新保姆，也要刘姐过来。吾妈妈拗不过，只好妥协。

但刘姐来了，吾妈妈的确省事不少，刘姐做事勤快又妥帖，事情交给刘姐就没办不好的，时间长了，吾妈妈都有点儿舍不得放刘姐走了。

刘姐也是真心喜欢佳人，来之前她还担心有钱人家媳妇难伺候，来之后她才松了口气，普通小老百姓出身的佳人虽然看起来不是很聪明，偶尔有些小迟钝，但是对谁都礼貌得很，每次见她，都会跟她打个招呼，喊声“刘姐好”，一声声刘姐刘姐，把她叫得心都化了。

刘姐端着果盘进棋牌室，李佳人好奇跟着她一起过去看了会儿吾妈妈打麻将。

吾妈妈的牌友们看到李佳人进来，互相看了眼，嘴角挂着深意的笑，装作随意地聊起自家孩子来。

“听说今年国内就业形势很是严峻，就算是研究生工作也不好找呢？”

“可不是，就算找到了薪水也不一定好，我家闺女国外留学回来，她爸安排她进自家公司她不愿意，说要靠自己能力找工作，结果面试了一圈，拿了好几家外企的 offer，但都嫌薪水太少，又跑国外去了。”

“我家女儿也是，自己考中行考进去了，但结果说嫌累，又任性地不去了，这会儿又在考 CPA，又不是会计专业的，真不知道考 CPA 干什么。”

“这你就不懂了吧，现在不是旧社会了，不再主张女子无才便是德了，都爱多学点儿，才好在社会上立足啊！不然什么都不会，只指望嫁个好人家，靠老公养着吗！”

“你就说靠老公养，现在这社会优秀的男孩子也少了，像庆华家吾卿这样的好男孩儿太少了。嗳，庆华，之前你不是说过吾卿早就过了 ACCA 全部课程，你们打算送他出国进修的嘛，怎么现在留在国内开家小公司了？现在国内小公司很难混起来的。”

说来说去，最后又把话锋指向了吾妈妈。

像李佳人这么迟钝的都听得懂这些阿姨说的话意思了，何况素来精明的吾妈妈呢。

李佳人隐隐地觉得自己错了，她不该跟着刘姐进来看牌的，只是她想着人都下来了，不过来打个招呼也不好，现在想想自己真够蠢的，不仅是来自取其辱，还让吾妈妈跟吾卿跟着自己一起受辱了。

李佳人站起身，强忍着内心的酸楚，说了声：“阿姨你们慢慢玩，我先出去啦。”

说完就要走，站在门口的刘姐给她开门，脸上的表情满是同情。

李佳人低着头，默默地走了过去，刚要出门，就听到身后传来吾妈妈的冷笑声。

素来话多的吾妈妈，在刚才那番话语中根本没出过声，李佳人本就没期望吾妈妈会帮自己说话，因为毕竟吾妈妈当初是很反对她嫁给吾卿的，吾妈妈心里肯定也觉得她耽误了吾卿，但她万万没有想到，吾家有个遗传病，叫护犊子，再不好也只能自己嫌弃，别人说不得一点儿不好。

“公司小不小，能不能混起来，也得是看谁在做。在座的诸位家里的产业也不是一开始就做大的吧，我们家吾卿承蒙各位看得起，算不上十分优

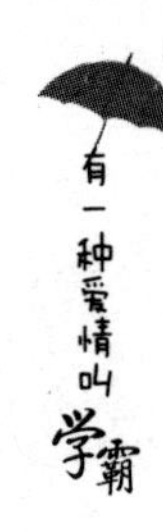

秀，但还不至于给家里丢脸，他那家小证券公司叫什么来着，佳人，吾卿那公司名叫什么？”

听到吾妈妈突然喊自己“佳人”，李佳人吓了一跳，有种受宠若惊地赶忙回头，哆嗦地回道：“李吾证券。”

“哦对，李吾证券，公司虽小，但收益还不错，刚起步，才做了半年，公司就有了几百万的收益，去国外发展确实也好，但咱们都是中国人，能在自家土地上做贡献又何必跑去国外给人家做建设，什么嫌薪水少跑国外去，这也太不懂事了，家里又不差钱，还稀罕那一点儿工资差价吗？还有什么嫌累不想干跑去考证给自己贴金什么的，那有啥用啊，反正贴再多金最后都是嫌累干不下去。”

吾妈妈也是敢说，这番话一说完，棋牌室像遭遇了冷风暴，气压变得很低，再也没法好好打麻将了。

“我们闺女是比不上你们家吾卿争气懂事，但总比某些姑娘好吧，大学都没毕业，把肚子都给搞大了，结个婚混吃混喝的强吧。”那个说女儿在海外留学的阿姨阴着脸不屑地扫了眼李佳人。

李佳人站在一旁被说得有些面红耳赤，她素来知道自己不够优秀，但是也没她们说的那么不堪。怀了孩子也是意外，那么早结婚也不是她要求的，在与吾卿的这段感情里，她其实一直处于被动的状态。她不聪明，偶尔有点儿犯蠢，但是她也不是胡搅蛮缠、爱无理取闹的人，该懂的事理她还是懂的，她一直知道外面很多人都说她配不上吾卿，说她糟蹋了卿贵人，她也想变得更好，拉近与跟他之间的距离，不想他因为自己老被人说他没眼光。

她的爱情一直是老天爷掉给她的大馅饼，是她前世一定做了很多好事今世才修来的好福分，以前她以为两个人在一起只要互相喜欢就够了，可现在她才知道，是自己太天真了。

“什么叫混吃混喝了？我家佳人吃你们家的还是怎么的，轮得到你来说？你不就是因为吾卿不喜欢你家童画，拿佳人出气嘛！怀孕又怎么了，能怀是好事，没毕业就结婚又怎么了，人家学校都没这规定，你管得真宽……”吾妈妈跟牌友们吵了起来。

刘姐在旁劝，谁也没有注意到一旁的佳人不见了，等吾妈妈发现，让刘姐去找，佳人已经离开别墅了，她的行李箱也不见了。婚房的梳妆台上放着佳人留下的信，说她走了，她不想再给吾妈妈、吾卿，所有吾家人添麻烦，让大家别找她了。

李佳人不知道自己该怎么做才能改变旁人对她的看法，很多事并不是努力就能改变的，就像她跟吾卿本质上的差距，也许他们本来就不该在一起。别人说的话也不是没有道理，确实，没毕业就怀孕结婚，并不是什么值得炫耀的事。

有着四个月身孕的李佳人拖着行李箱从别墅区出来，在路边拦了辆出租车坐了进去。她不知道自己该去哪里，她不能去找吾卿，也不好回爸妈那里，认识的人都不能找。思来想去，她决定先去找一家快捷酒店安顿下来。刚情绪有点儿激动，她感觉到肚子里的宝宝不舒服了。

吾妈妈打电话给吾卿，说了佳人失踪的事。

吾卿正在开会，闻言，脸色当场难看了下来，什么话也没说，匆匆离开了公司，开车出去找佳人。

吾妈妈担心孙子，自责得要死，要打电话告诉佳人父母，问佳人有没有回去，被吾卿拦住了。

吾妈妈对儿子说：“你不让打电话，佳人要回家了，我们也不知道啊！”

“她不会回家的，她虽然迟钝了些，但不是傻子。”吾卿冷声说道。

吾妈妈注意到儿子说话的声音有些抖。

话虽这么说，但吾卿还是打了个电话给表妹旺旺，问她有没有看到李佳人回老家。

大黄家这几天老家有事，大黄跟旺旺都在老家，还没有回上海。旺旺说没有看到李佳人回去，如吾卿所想的一样，但他却一点儿都轻松不起来。

李佳人不回家，自然也不会去投奔认识的朋友，这才是吾卿最担心的。几乎没有犹豫，吾卿直接报了警，警方要失踪满二十四个小时才会立案处理，这段时间对吾卿来说，无疑是场煎熬。

吾妈妈动用了吾家的所有关系，按吾卿的建议一家旅馆一家旅馆地找李佳人。一直找到晚上，吾卿才收到信息说李佳人找到了，就在某快捷酒店，对方还发了一张她在酒店楼下面摊吃面的照片给他。

吾卿看着照片上大口吃大排的姑娘，忍不住笑出声来，伸手抹了把眼睛，竟然有泪。

旁人都说佳人不聪明，可对吾卿来说，他没有比这一刻更感激佳人没他聪明，就是因为她思维简单，所以他才能在没出任何意外之前找到她。

他是娶老婆，又不是给公司招聘员工，要选聪明的，干脆跟机器人结婚好了。他家小佳人乖，好养，对生活没多大要求，对所有人都很容忍，从不惹他生气，这样的姑娘到底哪里不好，为什么要被那么多人嫌弃？如果是因为他太好的话，他宁愿自己什么都不是，什么都不曾拥有，只要有他就好了。

问他，他到底看上李佳人哪里了，喜欢她什么啊？

很简单，在他纯白如白纸般的年纪，在那最单纯的童年里，只有她愿意陪着孤僻他，这就够了。

这就够了啊！

生活不就是柴米油盐酱醋茶，哪来那么多的条条框框，世俗眼光。

李佳人吃了两碗面后，郁闷的心情终于转好，她是个很容易开心的人，就像刚才老板看她怀孕，把最大的肉排给她，她就觉得生活美好得不像样子。

吃完面，李佳人去附近的商场逛了一圈，买了点儿孕妇喝的奶粉，然后才慢慢走回酒店，准备回房继续看书。都说一孕傻三年，她得趁她现在孩子还没生下来前把证考了，不然到时候生完变得更笨了，就考不了。

刚吃面的时候，李佳人想清楚了，无论如何，她要先把证考了，把工作找了，再回去，这样的话人家说她配不上吾卿时，最起码不会说她不务正业，混吃混喝啊！

出来这么久了，家里人一定很担心她吧。

乘电梯上去的时候，李佳人拿着手机看了好几次，在犹豫要不要给吾卿打个电话报平安。踌躇再三，最终她决定给卿贵人发条短信，她怕一打电话，就忍不住把自己所在地给泄露出来，吾卿就能找到她了。

编辑完短信，电梯门开了，李佳人走出电梯，将短信发送了出去，然后松了口气，往房间走。

一想到要躲着不见吾卿，李佳人的心就难受得不得了，这一晚都没过呢，她的眼前就全是吾卿了，因为她好像看到卿贵人依靠在她房间门口，在等她。她眨了眨眼，他还在。她不敢置信地又用手揉了揉眼睛，他还是在。

确定不是错觉后，她一下子蒙了，脚步停了下来，手里拎着超市购物袋再也不敢上前，只是低着头像个做错事的孩子偷瞄着几步之遥外的吾卿。

找了她一天，又急着赶回来，吾卿此刻头上全是汗，衬衫后背都湿了一大片，本以为她一个人在外，会难过，会想他，会哭着打电话给他说要回家，结果她倒好，胃口好得吃了两大碗大排面之后，竟然还有心情去逛街，回来还发了条短信给他，说什么“卿贵人，我在外面很安全，你不要担心我，我会好好照顾宝宝的，等我考完试再回去”。

什么叫不要担心她，谁家媳妇带球跑了不担心！

吾卿看着一脸歉意的李佳人，有点儿哭笑不得。

谁让这是他心头宝，舍不得卖，也舍不得打，最后只是伸出手来，说了一声：“佳人，过来。”

只是简短的一句话，就让李佳人红了眼眶。

在吾家被阿姨们群嘲的时候，她也没哭；从别墅出来，一个人在外游荡的时候她也没哭。可是，就这么简单的一句话，让她再也抑制不住鼻腔的酸楚，吧嗒吧嗒地掉起了眼泪。

为什么那个人对她这么好，什么也不怪她。

她害得他没法出国，她害得他那么早结婚，她害得他被别人嘲笑……他为什么从来不怪她？

见佳人哭了，吾卿愣了下，不等她走来，他率先朝她走了过去，将她圈进怀里，伸手给她擦眼泪。

李佳人整个人埋在他的怀里，泣不成声：“吾卿……我……我……”

吾卿紧紧地抱着她，低着头，下巴抵在她温暖的发旋，柔声安抚：“嘘，别说了，佳人，我们回家。”

“我不好……都是我不好……吾卿……呜呜……”

“别哭，别哭，傻瓜，你很好，是我太自私，怕你离开。答应我，佳人，以后，都不要再乱跑了，我会担心，我会害怕。”

“卿贵人……我……”没等她说完，吾卿俯下头，吻住了她，堵住了她想说的话。

不用说他都知道她想说什么，那些都不重要，重要的是，她还在他的身边。

「宠溺番外」

我挑的自然是最好的！

室友孙小毛传来闪婚的消息时，李佳人吓了一大跳。在她的认知里，她一直以为身为资深腐女的孙小毛会是她们寝室最晚结婚的人，却没想到了孙小毛成了她之后，她们寝室第二结婚的。

对此，孙小毛的解释是，找个老公并不影响她继续腐下去，反而还能让她 YY 自己的老公跟别人的老公，让她的生活更添几分乐趣。

李佳人并不是很理解孙小毛的恶趣味，她只是天真地觉得小毛既然选择结婚，那应该也是跟她一样嫁给了爱情，对此，她由衷地为小毛高兴，并且送上深深的祝福。

孙小毛同学是个很现实的人，特不要脸地对李佳人说，佳人，我深切地希望你的红包能跟你的祝福一样深沉。

虽然已经通过造价员考试了，但还未生产的李佳人依旧留在家里养胎，并没有出去上班，她根本没有收入。

见小毛问她要红包，她当即点头承诺孙小毛，说：“必须的，你放心，小毛，红包绝不会少你。我晚上让卿贵人给你多包点儿。”

孙小毛听着眼睛里都开始冒钱，说：“佳人，你结婚最前，当时大家都没工作都给你包了红包，现在我结婚了，我不管，你家卿贵人那么会赚钱，我一定要翻倍的红包。”

就没见过这么厚脸皮直接要钱的，李佳人早已熟悉小毛的脾气，知道她也是嘴上随口说的，也没计较，一连回了几声“好”后，然后又跟小毛扯了会儿，才恋恋不舍地挂了电话，给吾卿的手机拨了过去，问他要红包钱，并弱弱地向其转达了小毛想礼金加倍的意思。

结婚也有大几个月了，平素李佳人在吾家，日常开销都是吾妈妈承担着，她根本没有花钱的地方，所以也从未跟吾卿要过钱。这次她第一次开口，吾卿莫名地感到心情不错，二话不说地给她的支付宝上打了一万块钱过去，让她自己安排。

李佳人结婚的时候，孙小毛她们还没有毕业，那会儿室友们都只给了五百块一个人，但吾卿给了她一万块，她盘算了下，最后给孙小毛包了个1888块的大红包，准备第二天去参加婚礼带过去。

包完红包，李佳人望着支付宝里剩下的钱，打算给吾卿打回去，吾卿却让她留着，随便买点儿什么。

李佳人想了想，自己也不缺什么，所以一时不知道该怎么花钱，可吾卿让她去买东西，她感觉要不把这钱花了实在对不起卿贵人的心意，纠结了会，她突然想起明天参加婚礼，她的衣服都还没准备。

她现在孕期八个月了，肚子大得圆滚滚的，过去的衣服都没法穿了，一时还没顾得上买新的，参加婚姻又不能穿个家居服去。想到这里，李佳人很高兴，当即下楼，拉着吾妈妈陪自己去逛街买衣服。

逛街是大部分女人都爱做的事，吾妈妈当然没有拒绝，开车载着李佳人去了离家最近的一个商场挑衣服。

挑了很久，也没挑到合适的，孕妇的衣服真心难得有好看的，最后两人千挑万选才选到了一条红色的大码韩版连衣裙。

吾妈妈问李佳人喜不喜欢，李佳人看着自己腆得老高的肚子，还有被撑起的裙摆，有些不确定地点了点头。她也不知道好不好看，但是这裙子真心是她唯一能穿得下的了。她怀孕到现在足足被喂胖了二十斤，也难为吾卿没嫌弃她。

买完衣服，两人回家。吃完晚饭，李佳人在卧室等吾卿，见他一回来，就赶紧把新买的连衣裙拿出来要穿给他看，问问他的意见。

一般女孩子买新衣服求男孩子看，都是想听到好的评价的，李佳人也不例外。她穿着红色的大码群，眼神期期艾艾地望着吾卿，问了声：“你觉得怎么样？”

情人眼里出西施，对吾卿来说，李佳人穿什么都不重要，重要的是她是李佳人就好。明知道媳妇等着自己来夸，但是看着佳人一副期待的样子，卿贵人难得动了歪心思，想逗逗老婆，便回了声：“像个大红包。”

其实他这话说得一点儿都不夸张，挺着个大肚子的李佳人穿上这红裙子，真的很像个红包。

可像归像，吾卿说了出来，她就有些难过了。

她有些失望地“噢”了一声，然后默默地去洗手间换衣服，后安静地躺床上睡觉，都没有再说话，只是捂着被子盖住脸，瘪着嘴很是委屈。

什么叫像个大红包，是说她现在丑得已经没法用语言形容了吗？

她也不想的啊，谁让她怀孕了呢，肚子越来越大，她也没办法啊！

见媳妇生气了，吾卿好笑地过去安慰她，都被她一把推开。

估计是预产期快到了，吾卿发现这阵子的李佳人格外暴躁，以前她从来不敢推他的。

知道她在失落什么，吾卿也不点破她，洗完澡上床，准备睡觉，她的背依旧背对着他。

吾卿好笑地憋笑着，没有再逗她，只是体贴地给她盖好被子，怕她着凉。

那天李佳人因为卿贵人说她像大红包的事难过了一晚上，什么时候睡着的都不知道，等她醒来，吾卿已经去公司了，临走前他让吾妈妈陪佳人一起去参加孙小毛的婚礼。

李佳人起床换衣服，望着柜子里那条红艳的裙子，郁闷地摇了摇头，没有勇气再去穿。正当她打算跟小毛说自己不去了，红包让老大她们带给她时，吾妈妈突然敲门走了进来，给了李佳人一个衣服袋子，笑着说是吾卿昨晚回家时带回来的，给她的。

李佳人好奇卿贵人给她留了什么，焦急地拿过袋子往里一看，就一眼的工夫，姑娘的嘴角就笑得再也平不下来。

里面是条素淡碎花的裙子，腰身是按李佳人现在的尺寸设计的，穿在身上正好，既能盖住高挺的肚子，又不失典雅。

望着镜子里脸色红润的自己，李佳人赶紧拿手机拍了照，用微信发给了吾卿，小心翼翼地问了声："好看吗？"

几秒后，那头便有了回信，只有简短几个字。

"我挑的自然是好。"

李佳人赞同地点头，忽发觉吾卿看不见，又给他回了条微信，说："对的，对的，婆婆也说这裙子好看，比我昨天买的好看多了。"

"我说的是人。"停顿了几秒，那头回了过来。

李佳人望着屏幕上的字，蒙了一会儿，才迟钝地反应过来吾卿是什么意思，当即涨红了整张脸，脸颊发烫起来。

卿贵人说起情话来真的能苏死人啊！

「小剧场」

1. 卿贵人的 QQ 被发现了

李佳人的肚子六个月大的时候，和朋友去影楼拍了孕妇写真，然后传上了 QQ 空间。

好友“卿本佳人”瞬间成了点赞小能手，把李佳人的照片一路点了过去。

晚上李佳人刷 QQ，跟吾卿说了这事，说别人给她 QQ 点了好多赞，吾卿这个做老公的，都没赞过呢。吾卿，你也去玩 QQ 啊，给人家赞赞嘛。

吾卿咳了几声，没好意思说，我不是一直陪你玩 QQ 嘛。

孕妇是天，不想睡地板的卿贵人听话地又去注册了 QQ 号加了小佳人，一路点赞下去。

有一天，李佳人和吾卿出去吃海鲜，拍了合照发了 QQ。

刚传上去，就有人回复：“你很漂亮哦，你老公很帅。”然后是一排赞。

李佳人看了看回复的 ID，囧了，这不是吾卿的账号嘛。卿贵人什么时候喜欢自己夸自己了？

李佳人拿着手机去问吾卿这事，吾卿支吾地含混了过去，李佳人也没放在心上。

后来李佳人生完孩子，拍了和宝宝的合照发了上去。

卿贵人又赶紧去回复了，结果忘记把“卿本佳人”换成新注册的老公 ID，结果李佳人的照片下面就有了这么个回复。

“卿本佳人”回复照片：“佳人老婆辛苦啦，我们的宝贝好可爱。”

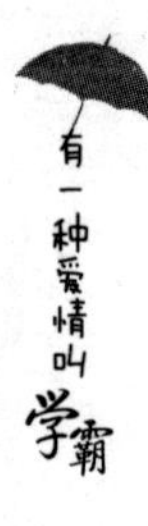

知道真相的李佳人怒了。

吾卿到底有多少事瞒着她啊!

2. 关于吾宝贝像谁的问题

有次，吾妈妈去学前班接孙子吾修衙回家。

学前班的老师跟吾妈妈说，吾宝贝在学校很听话，就是有个很不好的毛病。

说完，老师很难为情地看着吾妈妈。

吾妈妈惊疑地追问：“我家宝贝什么毛病？”

老师说：“嗯，宝贝喜欢吃我们班小番茄同学的剩饭。”

吾妈妈震惊了，回去把这事告诉吾卿，说“你们是不是没好好喂孩子啊，孩子在家没吃饱，所以才在学校吃同学的剩饭来着”。

吾卿安抚吾妈妈：“宝贝这点像他妈，不是没吃饱，是饭量大，消化好，饿得快。”

吾妈妈颤抖啊颤抖!

3. 怀孕去学校，好丢人

大四虽然主要是实习，但还是有一两门课要上。

李佳人虽然怀着宝贝，课也选择在家里修，但考试还是要自己去学校的。

大四上学期期末考，李佳人挺着大肚子去学校，去的时候还挺高兴的，因为很久没见老大她们了。

回来的时候，小佳人竟然哭得妆都花了，一看到过来接她回家的吾卿，就挥着小拳头捶人家。

吾卿边哄李佳人边问：“怎么了？”

李佳人哭得一抽一抽地说，她在学校走哪儿人家看到哪儿，她发现就她一个大肚婆，感觉好丢人，大家看她的眼神都很奇怪，背后对她指指点点。

吾卿“扑哧”笑了出来，然后板着脸严肃地安慰小佳人：“人家那是肚子里没有，所以好奇。以后人家要还指你，你就说，你有本事也带个球在学校跑。”

李佳人狠狠地瞪了他一眼。

卿贵人识相地认错：“佳人，是我的错，都是我不好，一次就让你中枪了。”

李佳人又哭了，继续捶吾卿：“你还有脸说。”

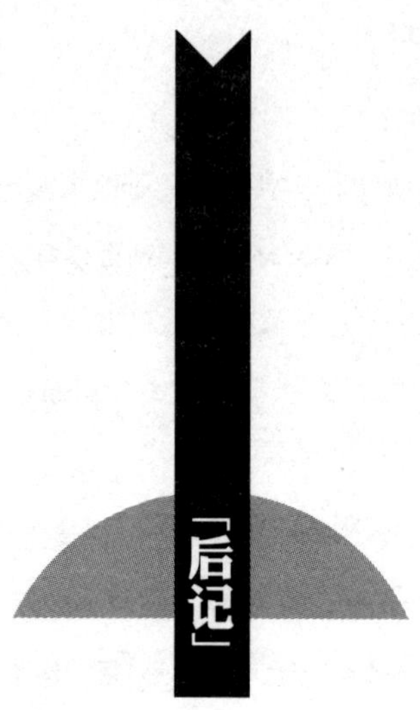

「后记」

说到“学霸”，这应该是带给我最多惊喜的一本书了。

它是我出过的书中第一本再版的书，也是我第一本影视版权卖出的书，也应该是在我最迷茫的时候，救了我的一本书。

去年，我写作进入了有史以来最难熬的瓶颈期，写了十几年的书，突然感觉自己不会写书了，整个人很迷惘，天天在重写“微笑2”，天天熬夜，但天天都进度不前，宅在家里，感觉要疯了，不知道该怎么办，人生好绝望啊！

在我都要放弃改行的时候，我一个一起写书的朋友，马甲无数，人称沈君野，我都叫他债主老爷的汉子跟我说，Q啊，你不能再这样一个人闷下去了，累的话就休息，但别放弃。你想想你这几年怎么走来的，好不容易熬到了今天，怎么舍得放弃。

反正他说了很多话，最后受他启发，我突发奇想地想去开间书吧。

那时候两年没有收入，身上也没存到多少钱，店说开就开，成本一下子超出了预期。跟君野聊起这事，我都没有提起钱的事，突然支付宝上多了几万块钱，是君野给我的，他说放手干吧，没钱跟我说。那个瞬间我真的特别感动，都不知道说些什么好，只是觉得自己其实很幸运啊，何德何能，网上认识的朋友，虽然天天扯皮，但面都没见过呢，就敢借这么多钱给我。那时候我对自己说，以后君野有难，只要我能帮到的，我肯定也会不惜余力地去帮他。人在绝境时，谁愿意伸手拉你一把，真的，一辈子都会记得的。我不知道别人会不会这样，反正这恩情我会记一辈子的。

于是，在什么收入都没有的情况下，一个冲动，我在小镇上开了间书吧，那书吧被说是小镇上最漂亮的店，但很可惜，自开店后就天天在亏钱。哈哈，我这个人真的不适合做生意，不到半年，把身上的钱都亏了进去，最后还是倒闭了。

那会儿真的窘迫到极点了，家里人还生病，各种需要花钱，长这么大，我从来没有金钱概念，那时候开始觉得原来钱真的很重要。快要背债的时候，走了狗屎运，也是托朋友的福，“学霸”的影视版权给卖了。卖下来到我手上的钱并不多，但对我来说，那真的是救命钱，整个人又可以喘气了，感觉又活过来了。

新生了吧!

去年熬过来，大家都说我像变了一个人。

其实发生了很多事，也不只是钱的事。对我来说，能用钱解决的事都不是什么事。

影视卖掉之后，去了长沙参加了公司的三周年庆，很尴尬，一个都没书出的，在一堆作者中真的很尴尬。但也挺高兴，见到了几个铁粉，顺便看了下干儿子。但回来就生了一场病，病了一个月，那个月还在熬夜写“学霸2”，因为截稿期到了呀，一直在跟“微笑2”较劲，没写其他的。

“学霸2”写完，也不知道别人觉得那书好不好看，对我而言，那是本让我写得很舒服很顺畅的书，写了我一整个大学青春的回忆，写得自己很高兴，心情也很好。

“学霸2”写的是韩社长跟老大王青青的故事，跟“学霸1”是姊妹篇，很多人看完“学霸1”都问我有没有单独写韩社长那对的，我一直说可能会写，可能可能，现在终于有了。“学霸2”是本欢脱小虐的文，比起“学霸1”更接地气一点儿，背景也是S大，很多同学也已经猜到了，就是南京审计大学。这本书里，多加了些我自己大学时代的生活经历，女主是个暴脾气的女汉子，男主是个傲娇抖M，先微虐后爆笑，中间依旧有小毛同学的强行客串，希望你们能喜欢。

写完“学霸2”，我回头看了下“学霸1”，以现在的眼光看四年前的老文，更加觉得问题多多。“学霸”的无线在网上卖得挺火，我也看了不少读者的评论，好的坏的都看，估计坏的评论我要比好的记得多点，一般读者说不好，我就留心了，这次全文修订时，尽量把大家觉得不好的地方都改了下。

只是想把稿子更完善些，对部分真心喜欢这本书的读者负责下。

2009年进出版圈，整整待了七年，一路走来，走到今天，该经历的都经历的，该幻灭的也都幻灭了，之所以还在写，只是希望有一天，我还站在这里，是因为我骄傲。

2017.04.07